Sauveteur et papa

*

Le secret d'Emmy

ANNIE O'NEIL

Sauveteur et papa

Traduction française de
CHRYSTELLE POULAIN

BLANCHE

HARLEQUIN

Collection : Blanche

Titre original :
HAWAIIAN MEDIC TO RESCUE HIS HEART

HARPERCOLLINS FRANCE
83-85, boulevard Vincent-Auriol, 75646 PARIS CEDEX 13
Service Lectrices — Tél. : 01 45 82 47 47 - www.harlequin.fr
ISBN 978-2-2804-7196-1 — ISSN 0223-5056

Composé et édité par HarperCollins France.
Imprimé en mai 2022 par CPI Black Print (Barcelone)
en utilisant 100% d'électricité renouvelable.
Dépôt légal : juin 2022.

FSC www.fsc.org MIXTE Papier issu de sources responsables FSC® C159065

Pour limiter l'empreinte environnementale de ses livres, HarperCollins France s'engage à n'utiliser que du papier fabriqué à partir de bois provenant de forêts gérées durablement et de manière responsable.

1.

— Pour moi, c'est le Hailana. Point final !

Lulu ponctua sa phrase du traditionnel *shaka* hawaïen, geste de paix qui ramena le calme parmi ses collègues.

Cet après-midi-là, tout le monde se disputait pour savoir quel restaurant préparait le meilleur plat de crevettes à l'ail. La gastronomie était un sujet de conversation habituel quand l'équipe du Groupe de secours d'Oahu avait fini de débriefer. Et puisque la saison touristique se terminait, on avait un peu de temps pour bavarder – et manger – entre deux missions…

Un puissant signal d'alarme fit, soudain, trembler les murs du poste central. Lulu s'était réjouie trop vite. La pause attendrait !

En cheffe habituée à répondre aux appels, elle courut vers la console radio.

— Ici Lulu, j'écoute.

— Une famille de quatre personnes est portée disparue vers Mokoli'i. Le père, la mère et deux petits garçons. Ils devaient dîner à l'hôtel, mais ils ne sont pas rentrés.

Les brouhahas de conversation joyeuse cédèrent la place à des murmures inquiets. La promenade vers Mokoli'i, un minuscule îlot situé à 500 mètres de la côte, était un classique. Avec ses deux grottes marines et ses plages désertes, le site offrait un cadre paradisiaque… à condition de s'y rendre au bon moment.

— Ils sont partis trop tard, en fin de marée basse. Les

garde-côtes leur ont crié de revenir, mais ils ont continué, précisa l'opératrice.

Le scénario était hélas prévisible : ces gens avaient dû se faire surprendre par la marée montante. On ne pourrait les rejoindre qu'en bateau, de préférence avant la nuit. Il n'y avait pas une minute à perdre car le soleil déclinait déjà.

Lulu, qui avait heureusement refait le plein de fournitures, empoigna son sac à dos et le jeta sur son épaule.

— Casey, prends quatre gilets de sauvetage, s'il te plaît. Deux taille adulte, deux taille enfant.

— Je parie que ce sont des *haoles*, déclara Stewart, le pilote d'hélicoptère de la bande.

— Des étrangers comme toi, tu veux dire ? s'exclama Casey d'un ton taquin.

Avec ses cheveux blond platine et son maquillage impeccable, Casey n'avait rien d'une secouriste baroudeuse. Elle était l'exact opposé de Lulu, qui, malgré sa petite taille, était une sportive accomplie, pratiquant le surf à haut niveau. Néanmoins, elles partageaient les mêmes valeurs et dès leur recrutement – elles étaient arrivées la même semaine – elles avaient noué une solide amitié.

— Arrêtez un peu, vous autres, marmonna Stewart devant les sourires taquins de ses coéquipiers. Je vis sur cette île depuis quarante ans. Je suis d'ici, non ?

— Tu n'as pas l'accent ! répondirent les autres en chœur.

Stewart secoua la tête en bougonnant contre les « insulaires têtus qui ne comprenaient rien à rien ». Né au Texas, il était venu à Hawaï dès qu'il avait eu assez d'argent pour payer son billet d'avion. À soixante-trois ans, il se considérait comme un « local », mais les Hawaïens de souche n'étaient pas du même avis.

— Tu vas conduire, Stew, décida Lulu en lui tendant les clés du hors-bord.

Stewart n'était peut-être pas originaire de l'île, mais

heureusement, tout le monde connaissait sa valeur. Il excellait autant sur les flots déchaînés que dans les airs, et Lulu trouvait important de lui montrer que ses collègues l'appréciaient.

Cadette d'une famille de six enfants – avec cinq frères aînés –, elle avait souvent eu du mal à s'imposer. Elle se mettait donc facilement à la place de Stewart. Quand on se sent seul, un petit compliment fait du bien au moral.

Bien sûr, ses frères l'aimaient d'un amour inconditionnel. Néanmoins, ils avaient tendance à la surprotéger. Ils faisaient fuir tous ses « petits amis » potentiels avant même le premier rendez-vous !

Mais au fond, quelle importance ? Elle n'avait pas le temps d'avoir une vie sentimentale. Sa priorité serait de montrer à son nouveau patron qu'elle était compétente. En réalité, c'était *elle* qui aurait dû obtenir le poste. Ce type allait vite l'apprendre, que cela lui plaise ou non. Elle avait hâte de le rencontrer pour lui mettre les points sur les *i* !

Casey, qui avait dû lire dans ses pensées, lui lança un regard curieux.

— Alors, Lulu, tu as tout préparé pour le nouveau ?

Elle aurait voulu répondre « oui », mais hélas, ce n'était pas le cas. L'administratif n'avait jamais été son fort. Elle était faite pour le terrain, pas pour la paperasse, et l'augmentation de salaire liée à ses fonctions de directrice par intérim ne l'avait guère motivée. En conséquence, les dossiers s'étaient empilés sur le bureau…

Depuis trois ans qu'elle travaillait au poste d'Oahu, elle avait sauvé des dizaines de vies. C'était ce qu'elle faisait de mieux. Finalement, ce poste de cheffe ne lui correspondait pas tant que cela. Elle aurait été flattée qu'on le lui propose, mais l'aurait-elle accepté ?

Ambulancière secouriste, elle s'était spécialisée en sauvetage maritime, sa vraie vocation. Et, ces trois dernières années, elle avait souvent fait des heures supplémentaires, ayant besoin d'argent pour acheter la maison de ses rêves.

Heureusement, cet espoir allait bientôt se concrétiser. « L'Abri aux tortues », la demeure qu'elle convoitait depuis bientôt deux ans, était toujours libre. Cette villa de style traditionnel située en bord de plage, dans une anse préservée, n'avait pas trouvé acquéreur car elle était un peu délabrée, mais, pour Lulu, ce serait le paradis.

Là-bas, elle pourrait surfer à loisir, nager avec les tortues, admirer de somptueux levers de soleil sur l'océan. Et, cerise sur le gâteau, elle vivrait loin de ses frères qui habitaient à l'autre bout de l'île !

Tous étaient restés à Hawaï sauf Laird qui, devenu vulcanologue, parcourait le monde. Leurs parents auraient été fiers de lui. Ils auraient été fiers de tous leurs enfants, d'ailleurs. Mais ils n'en avaient pas eu le temps…

Les grésillements de la radio ramenèrent Lulu au moment présent.

— Allez, c'est parti !

Elle essaya, en vain, de loger sa tresse sous la casquette réglementaire qui accompagnait l'uniforme des sauveteurs d'Oahu. Avoir des cheveux longs jusqu'aux fesses n'était pas forcément pratique, mais elle refusait de les couper. Histoire de prouver à ses frères qu'elle n'était pas un « garçon manqué » comme ils le prétendaient !

— Tu viens, toi ? demanda Stewart, l'air faussement surpris.

En tant que cheffe, elle aurait dû diriger l'opération derrière sa radio. Néanmoins, elle n'en avait aucune envie.

— Oh ! oh…, lâcha Casey, qui avait reçu un message sur son téléphone.

— Quoi ?

— Ils ont relayé l'alerte au Groupement de l'Océan.

Autrement dit, à une équipe rivale… dont le chef

n'était autre que Makoa, le frère aîné de Lulu. Ce dernier essayait de court-circuiter tous les appels pour l'empêcher au maximum de sortir en mer. Comme si elle allait se décourager !

— On s'en fiche. On est plus près.

Techniquement, c'était vrai, mais Makoa et ses collègues disposaient de bateaux plus rapides et d'une logistique importante. Qui atteindrait le site en premier ? Lulu détestait cette compétition. L'intérêt général devait primer le reste. Elle acceptait mal que Makoa veuille toujours passer devant elle, pour lui épargner un accident fâcheux comme…

Agacée, elle interrompit le flot de ses souvenirs. Repenser à la pire journée de sa vie ne ramènerait jamais ses parents.

Le trajet chaotique sur la mer agitée dura finalement un bon quart d'heure. En se rapprochant de Mokoli'i, Lulu et ses collègues aperçurent vite la famille en détresse, réfugiée sur un amas rocheux au-dessus des flots. La mère et le plus grand garçon agitaient frénétiquement les bras. Le père, lui, tenait son cadet serré contre lui.

Toute compétition oubliée, Lulu se focalisa sur sa mission. Ces gens avaient besoin d'aide. Elle se moquait bien d'être arrivée sur place la première !

Elle retira promptement son gilet, sous lequel elle portait une combinaison-short noire à manches courtes. Elle avait également enfilé des sandales en caoutchouc car il y avait beaucoup d'oursins sur cette partie de la côte.

Sans attendre que Stewart ait coupé le moteur, elle descendit du bateau. Alors, avec de l'eau jusqu'à la taille, son sac bien fixé sur le dos, elle se rapprocha du bord du bateau tandis que ses collègues jetaient l'ancre.

— Au secours ! S'il vous plaît ! Notre garçon a besoin d'aide !

La mère, en larmes, venait de crier sa détresse. Elle

montrait du doigt le garçonnet blotti dans les bras de son père.

— Jamie a marché sur quelque chose de piquant, précisa-t-elle. Il avait très mal. Il ne voulait plus avancer. La marée montait, et…

S'ensuivit un flot de paroles que Lulu écouta d'une oreille distraite. L'essentiel était d'examiner le jeune garçon.

Un rapide coup d'œil confirma ses soupçons : le malheureux avait effectivement mis les deux pieds sur des oursins. En général, pour une seule blessure, on désinfectait le site et on retirait les épines à l'aide d'une pince à épiler. Mais, vu l'étendue des lésions – qui étaient déjà noires et bleues –, il faudrait sans doute prescrire des antibiotiques.

— Quand êtes-vous partis de l'hôtel ?

— Il y a trois heures environ… peut-être quatre, bafouilla le mari.

Il précisa avoir laissé sa montre à l'hôtel. Les vacances se terminaient et il avait voulu en profiter jusqu'au bout.

— Je ne vois pas beaucoup mes enfants à la maison, vous comprenez ? Alors je leur ai dit : « Jamie, Robbie, on va faire un dernier truc sympa avant de rentrer » !

— Vous vous en souviendrez, du truc sympa, rétorqua Lulu en pinçant les lèvres.

Une telle inconscience la rendait folle. L'aventure aurait pu très mal se terminer !

Elle se hissa sur le rocher plat où se trouvait la famille, puis demanda au père d'allonger son garçonnet sur le dos.

— Ça pique, mon cœur ? questionna-t-elle.

Le petit opina, en larmes.

— Si tu me montrais tes muscles, Jamie ?

Elle fit jouer ses biceps dans l'espoir qu'il l'imiterait. Ce qu'il fit, lentement certes, mais avec le sourire. Il était bien normal qu'il soit un peu affaibli par sa mésaventure !

Avec précaution, elle approcha la main du pied droit,

en évitant de toucher la voûte plantaire, où se logeait le gros des épines. Elle perçut la chaleur qui émanait de la peau meurtrie et soupira. Ces petits petons auraient besoin d'un bain chaud et, surtout, d'une aspersion de vinaigre, le remède souverain jadis préconisé par sa mère.

Le souvenir des jours heureux lui serra le cœur. Sa chère maman aurait aimé la voir s'épanouir sur le plan professionnel. Elle se serait réjouie qu'elle utilise ses vieilles recettes, qu'elle se remémore ses conseils…

Balayant sa tristesse, Lulu attrapa un thermomètre électronique dans son sac.

— Haut les mains !

Jamie obtempéra en riant et elle put ainsi contrôler sa température. Il était légèrement fiévreux. Rien d'inquiétant, mais elle était maintenant sûre qu'il aurait besoin d'antibiotiques.

— Va-t-il être hospitalisé ? demanda le papa. On est censés reprendre l'avion très tôt demain matin. Si on reste plus longtemps, il va falloir que j'appelle la compagnie aérienne et mon employeur. J'ai entendu dire que, hum… uriner sur les plaies pouvait… faciliter la guérison…

Lulu plissa le nez et secoua la tête.

— C'est une légende, affirma-t-elle.

— Je… m'en doutais. C'était juste… une idée de ma femme.

L'épouse en question le gratifia d'un regard assassin qui le réduisit au silence. Mi-amusée, mi-excédée, Lulu pencha la tête vers le bateau.

— Besoin d'un brancard, là-haut ? cria Casey.

La mer montait toujours et Lulu se rembrunit. N'importe lequel de ses frères – de vraies armoires à glace – aurait pu porter Jamie, elle non. Ne plaisantaient-ils pas toujours sur sa petite taille ?

« Tu dois être une enfant adoptée », lui répétaient-ils pour la faire enrager. Ils l'avaient baptisée « Mini-Menehune », en référence au peuple de nains bâtisseurs très présent dans les légendes hawaïennes. Mais, du haut de son mètre soixante, elle ne méritait quand même pas ce surnom !

En revanche, si elle avait possédé le moindre pouvoir magique, elle aurait volontiers changé ses frères en crapauds…

— Oui, s'il te plaît ! répondit-elle.

Casey descendit immédiatement dans l'eau avec la civière. Rejointes par Stewart, elles transférèrent Jamie, puis Robbie, puis leurs parents sur le bateau, après quoi ils reprirent la mer sans attendre.

Un autre quart d'heure de navigation plus tard, ils abordèrent enfin le ponton réservé au Poste de secours d'Oahu. Un homme de haute taille attendait sur le quai, muni d'un fauteuil roulant. Il semblait contrarié, mais Lulu passa outre à ce détail pour se concentrer sur son visage.

Il était d'une beauté sidérante. C'était même l'homme le plus séduisant qu'elle eût jamais vu ! Et, loin de l'enlaidir, ce froncement de sourcils le rendait encore plus sexy !

Certes, il n'affichait pas la musculature impressionnante des frères de Lulu, mais il avait la silhouette mince et harmonieuse d'un sportif. Son regard bleu hypnotique et ses pommettes hautes avaient dû en faire craquer plus d'une. Quant à ses boucles châtaines, on avait envie d'y glisser les doigts tant elles paraissaient douces…

Apparemment, c'était un *haole*. Si Lulu l'avait croisé auparavant, elle s'en serait souvenue. On n'oubliait pas un tel physique !

Effarée, elle remarqua soudain qu'il portait la veste des sauveteurs d'Oahu. Oh ! non… Le grincheux sexy était son nouveau patron, ni plus ni moins !

Elle força un sourire sur ses lèvres.

— *Aloha* ! dit-elle.

Au lieu de répondre, il la toisa de toute sa hauteur. Il

était manifestement agacé, ce qu'elle pouvait comprendre dans une certaine mesure. Car, s'il voulait chercher la petite bête, il n'avait que l'embarras du choix.

Primo, elle n'avait pas remis sa veste d'uniforme. *Secundo*, l'équipe n'aurait jamais dû accepter cette mission. *Tertio*, il aurait fallu laisser quelqu'un derrière la radio. Et pour couronner le tout, le local était resté ouvert, au mépris du règlement…

Allons. Inutile de s'attarder sur les « fautes » qu'elle avait commises. Ses collègues et elle avaient sauvé quatre personnes. Le reste n'avait aucune importance.

Quand l'étranger chercha son regard, elle détecta une lueur d'avertissement dans ses prunelles azur. Puis, soudain, l'atmosphère changea. La tension était toujours là… mais pour une raison différente. Elle sentait des papillons flotter au creux de son estomac !

Oh ! là… Elle ne pouvait pas être attirée par ce type. Jamais de la vie. Il avait l'air trop désagréable.

Avant toute chose, il allait recevoir une petite leçon de politesse.

Elle descendit sur le quai et, sans cesser de sourire, exécuta un salut militaire. Le nouveau directeur était peut-être un ancien officier, comme leur précédent chef de base ?

Aucune réaction. Mais s'il pensait la déstabiliser par ce ridicule « jeu des statues », il se trompait. On n'était plus à l'école maternelle !

— *Aloha*, répéta-t-elle, ponctuant ce « bonjour » d'un *shaka*. Lulu Kahale, cheffe par intérim. À votre service.

— Zach Murphy. Vous êtes suspendue jusqu'à nouvel ordre. Je prends le relais.

2.

Zach avait l'impression d'avoir réveillé un volcan éteint.

La tension était devenue presque palpable, étouffante comme la chaleur moite dont il avait eu conscience dès son arrivée à Hawaï. Jamais, depuis longtemps, il ne s'était senti mal à l'aise à ce point.

Aïe, aïe, aïe.

Dire qu'il avait prévu d'impressionner ses troupes dès le départ ! Le hic, c'est qu'il n'avait jamais voulu faire mauvaise impression. Tout ça, c'était la faute de cette Lulu Kahale. Elle avait réussi l'exploit de se faire remarquer à distance. Maintenant qu'il se trouvait en face d'elle, les craintes de Zach se confirmaient.

Cette femme était superbe. Elle irradiait une énergie incroyable. Il allait devoir composer avec une tornade en combinaison de surf, dont le sourire narquois, loin de l'enlaidir, la rendait plus belle encore.

Des cheveux d'un noir d'ébène, lisses et soyeux. Un regard doré qui lançait des éclairs. Une bouche rose et sensuelle, à la moue si provocatrice qu'il avait envie de l'écraser d'un baiser…

Quoi ? Mais non !

Il se frotta brièvement les yeux pour se reconcentrer sur sa mission et, sans commentaire, prit le garçonnet blessé des bras du pilote. Puis il installa son patient dans le fauteuil, tout en se reprochant son manque de psychologie. Quel idiot ! Ses parents l'avaient pourtant prévenu !

« Les Hawaïens ne font rien comme tout le monde. Tu devras réviser tes méthodes de gestion », avait dit son père.

Les sauveteurs étaient des gens exceptionnels et courageux, qui méritaient le respect. En tant que médecin-coordonnateur de cent unités médicales chez les pompiers de New York, il avait managé ses équipes avec bienveillance et gratitude. Néanmoins, il n'avait jamais dévié d'une ligne claire : le règlement avant tout.

Sa réputation de chef rigoureux avait séduit les administrateurs du Groupe de secours d'Oahu. On l'avait embauché pour « redresser » la maison. La valeur du personnel n'était pas en cause. Les gens semblaient consciencieux, mais le respect des règles laissait à désirer !

Ces risque-tout n'appartenaient pas au fameux Groupement de l'Océan. Ils travaillaient hors des sentiers battus. On leur confiait des missions périlleuses comme la descente en rappel sur des accidents de canyoning. D'autres fois, il s'agissait d'interventions héliportées pour secourir des surfeurs en détresse. Ils allaient partout, par tous les temps, au péril de leur vie.

Zach n'avait signé qu'un contrat de trois mois, et pour cause : le financement du Groupe s'arrêterait s'il échouait à remettre les choses en ordre. Mais il comptait bien réussir. Son fils et lui étaient venus prendre un nouveau départ à Hawaï. Il avait besoin de ce travail !

Une chose était sûre : il avait du pain sur la planche.

Il avait vu rouge quand, en arrivant, il avait trouvé un local grand ouvert. Personne n'assurait la garde et un désordre indescriptible régnait dans le bureau. Une montagne de papiers s'amoncelait partout, signe que l'administratif était grandement négligé.

La goutte d'eau avait été de voir le bateau rentrer au port avec un équipage dont la moitié seulement portait la tenue réglementaire. À quoi ces inconscients pensaient-ils ?

Il résista à l'envie folle de crier après Lulu Kahale, conscient que cela empirerait les choses : elle le toisait déjà, les sourcils levés, en dansant d'un pied sur l'autre. Il se rembrunit en voyant ses cuisses bronzées et joliment musclées. Pourquoi ne portait-elle pas une combinaison intégrale ? Cette… chose mettait ses courbes en valeur de manière inappropriée !

Sans le quitter du regard, Lulu-la-rebelle prit un petit tube dans sa poche de poitrine. Puis, délibérément, elle s'enduisit les lèvres de baume comme si elle se préparait à livrer une grande bataille. Il eut alors l'impression que sa bouche lui envoyait un message. C'était comme si elle l'invitait au baiser, à changer l'amertume en une saveur plus douce…

Allons, stop. Il déraillait à cause de la chaleur. Ce climat ne lui valait rien !

Il se jeta mentalement un seau d'eau froide à la figure.

Après l'échec de son mariage, il s'était cru immunisé contre les jolies femmes. Preuve que le vaccin n'était pas très efficace. Mais, à sa décharge, Lulu avait un « look » particulier. Une beauté naturelle doublée d'une formidable énergie vitale.

Sidéré par la vague de désir qui montait en lui, il vit que Lulu le dévisageait aussi. Le voyait-elle comme un ennemi ? Ou alors, avait-elle perçu ces drôles de vibrations ?

Il balaya cette idée et, non sans mal, revint au domaine professionnel. Il devait remettre les compteurs à zéro. Son avenir en dépendait.

Lulu le devança :

— Qu'entendez-vous par « suspendue » ? Suis-je consignée dans ma chambre ? Privée de bonbons jusqu'à Noël ?

Le pilote – un type décontracté en polo hawaïen et bermuda – étouffa maladroitement un rire sous une quinte de toux. Zach avait cinq secondes pour éviter de se mettre cette équipe à dos !

Les prunelles ambrées de Lulu s'étaient enflammées de nouveau, et il réalisa qu'il l'avait mal jugée. Elle n'était pas délibérément agressive ou provocante. Elle était fière. Loin de brasser du vent, elle mettait son énergie au service des autres. Et, pour elle qui avait assuré l'intérim, voir un nouveau chef arriver ne devait pas être très agréable…

— Dans l'immédiat, ce patient est votre priorité, répondit-il d'un ton neutre.

C'était la plus belle amende honorable qu'il pouvait faire sans abdiquer son autorité.

— Oh ? Vous m'autorisez donc à faire mon travail ?

Sans attendre sa réponse, elle fit signe à ses collègues – lesquels n'attendaient visiblement que cela – de se remettre en action. Une jeune femme blonde et un autre gars, qui portaient eux la tenue réglementaire, aidèrent la famille rescapée à descendre du bateau.

Lulu, elle, empoigna la barre du fauteuil roulant et s'engagea d'un bon pas sur le quai.

En la voyant balancer les hanches comme une pop star aux Grammy Awards, Zach ne put s'empêcher de sourire. Elle avait du cran. Elle ne lui faciliterait pas la tâche. Il devrait jouer serré pour gagner le respect de l'équipe !

À sa grande surprise, le pilote lui tapota l'épaule.

— Alors, mon vieux… C'est vous, le patron ?

— En effet.

L'homme, qui s'appelait Stewart, se présenta brièvement. Puis, ensemble, ils suivirent Lulu des yeux tandis qu'elle s'éloignait vers la clinique située cinquante mètres plus loin.

— C'est une chic fille, alors ne l'embêtez pas trop, d'accord ? dit Stewart. Avec cinq grands frères, elle n'a pas eu la vie facile. Elle a dû leur prouver qu'elle existait.

Zach eut un sifflement incrédule.

— Cinq grands frères ? Rien que ça ?

Lui aussi savait ce qu'il en coûtait de vivre dans l'ombre de quelqu'un. Son père, pompier professionnel, avait été un héros du 11 Septembre. Mais le pauvre avait eu une gloire éphémère, et, quand il avait pris sa retraite anticipée pour maladie, peu de gens s'étaient inquiétés de sa fibrose pulmonaire.

Les parents de Zach étaient finalement venus s'installer à Hawaï, espérant que le climat adoucirait les choses.

— Les règles sont les mêmes pour tout le monde, répondit-il.

— Je sais, mais le chef précédent… était un peu macho. Il a tout fait pour mettre Lulu au placard. Et maintenant…

Zach leva une main pacificatrice. Il ne voulait plus discuter. Il avait fait assez mauvaise impression comme cela.

— Écoutez, Stewart… Je suis fatigué par le voyage, voilà pourquoi je me suis énervé. Mais je n'aurais pas dû… On fera une réunion d'équipe à tête reposée. D'accord ?

— Pas de souci, chef. Cela peut arriver à tout le monde. C'est juste qu'Hawaï…

Stewart leva les yeux vers le ciel, puis montra la mer du doigt.

— Hawaï est un faux paradis. On croit que tout est idéal, mais…

— Mais ?

— Cet endroit se mérite. *Ho'oponopono.*

— Pardon ? bafouilla Zach, estomaqué.

— C'est la coutume locale de repentir et de pardon. Une manière d'évacuer les pensées négatives. On répète « Je suis désolé, merci, pardon, je t'aime… », ce genre de choses. D'après la tradition, cette pratique aide à trouver le bonheur pour soi-même et en famille.

Zach étudia Stewart plus attentivement. Le pilote cachait sans doute quelques fêlures sous ses airs de baroudeur. Il avait dû lutter pour faire sa place, cela se sentait. Certes, il paraissait désinvolte, mais cela ne l'empêchait sûrement pas de respecter les règles à sa façon.

Malgré sa réputation de chef rigoureux, Zach était encore capable de se mettre à la place des autres. On ne pouvait pas tout prévoir, tout anticiper. Lui-même avait d'ailleurs suivi son instinct en partant pour Hawaï alors que ses avocats lui conseillaient de rester à New York…

Son ex-épouse, Christina, avait toujours privilégié sa carrière de mannequin. Leur union n'avait pas duré longtemps, et pour cause. Elle n'avait pas supporté que leur fils Harry soit un enfant « différent ».

Après leur séparation, Zach avait cherché un poste à horaires fixes. Il l'avait trouvé à Hawaï, près de ses parents, et, par un énorme coup de chance, il avait pu acheter une maison proche de la leur.

Comme eux à une certaine époque, il avait besoin de se reconstruire. S'ils y étaient parvenus, pourquoi pas lui ? Cette histoire d'*ho'oponopono* avait du sens, lorsqu'on y réfléchissait…

Stewart fit un geste de la main identique à celui de Lulu Kahale, un peu plus tôt.

— C'est tout bon, chef ?

— Oui, parfait, répondit-il en souriant.

Stewart se dirigea vers la clinique, mais Zach ne le suivit pas. Il préférait s'imprégner du paysage et, si possible, réfléchir. Personne n'avait besoin de lui pour extraire des épines d'oursin. Les insulaires avaient beaucoup plus d'expérience que lui dans ce domaine !

Assis sur un rocher, il s'absorba dans la contemplation des bateaux. Une petite demi-heure s'était écoulée quand la famille de rescapés parut sur le quai, escortée par la secouriste blonde, qui tenait une liasse de papiers. Lorsqu'elle les donna à la mère, Zach eut un sourire contrit. Ses collègues étaient peut-être « hors cadre », mais ils fournissaient quand même les documents nécessaires à leurs patients…

Les touristes montèrent finalement dans une voiture de location et Zach, soulagé, se cala contre son rocher. Tout finissait bien. Il n'avait plus de raison de stresser. Il pouvait profiter du soleil et de l'air à la fois doux et vivifiant. La chaleur n'était pas étouffante comme à New York. Ici, elle enveloppait les gens telle une caresse…

— Hé, là ! Vous !

Il se redressa. La voix féminine qui avait crié n'avait, elle, rien de caressant. Lulu Kahale fonçait vers lui telle une minitornade, et il songea que la pause était finie.

Vêtue d'un jean slim et d'un T-shirt qui dégageait ses épaules rondes, elle était plus séduisante encore qu'en tenue de surf. Mais pourquoi avait-elle l'air si furieux ?

— J'ai deux mots à vous dire ! gronda-t-elle en s'arrêtant devant lui.

Il soupira. Si elle voulait crever l'abcès, pourquoi pas ? Maintenant ou plus tard…

Il se leva pour la dominer de toute sa hauteur.

— Allez-y, répondit-il d'un ton calme. Je vous écoute. Quel est le problème ?

— Vous avez acheté ma maison !

3.

L'air estomaqué de Zach ne fit qu'accentuer la colère de Lulu.

Derrière son allure rigide et son visage tendu, elle percevait une certaine fragilité qui ne la laissait pas indifférente. Elle était furieuse, certes, mais elle n'avait jamais été méchante et, à présent, elle s'en voulait de l'avoir bousculé.

Elle était fâchée contre elle-même, contre lui, contre la terre entière. Cet imbécile avait réussi son coup : il lui avait gâché la journée.

À la base, il était là pour trois mois, en attente d'un contrat définitif. Elle espérait bien qu'il ne le signerait jamais. Trois mois, c'était suffisamment long. Comment allait-elle pouvoir le supporter ?

Qu'il ait acheté « L'Abri aux tortues » l'avait mise en rage. D'une, il lui prenait « sa » maison. De deux, cet emménagement rapide prouvait qu'il comptait rester à Hawaï. Elle ne pouvait pas s'en réjouir !

Il se passa une main dans les cheveux, les ébouriffant de manière très sexy.

Idiote. Qu'en as-tu à faire qu'il soit sexy ?

Elle eut beau se chapitrer, l'éclat de ses prunelles bleues lui fit, de nouveau, l'effet d'un uppercut.

— Effectivement, j'ai acheté une maison, dit-il. Mais elle était à vendre en toute légalité. J'ai des papiers qui le prouvent.

Il avait l'air plus confus qu'agressif, ce qui, vu la manière dont elle l'avait abordé, était généreux de sa part. Elle n'aurait rien eu à dire s'il l'avait envoyée promener. Néanmoins, elle se sentait trop furieuse pour en tenir compte.

— « L'Abri aux tortues » était à moi ! martela-t-elle.

— Mais… pourquoi la mettre en vente si vous vouliez la garder ?

Elle leva les deux mains et secoua la tête.

— Non, je voulais *l'acheter*. Vous m'avez coupé l'herbe sous le pied !

— On ne m'a jamais dit qu'il y avait un autre acquéreur potentiel.

Elle ravala de justesse un grognement exaspéré.

— Je m'apprêtais à faire une offre. Elle était à vendre depuis longtemps. Le prix avait déjà baissé. Il me manquait juste deux mois d'économies.

Elle se rendit compte, trop tard, qu'elle avait révélé sa situation financière à son patron. Or, moins il en saurait à son sujet, mieux cela vaudrait car ils n'appartenaient pas au même monde.

Jamais elle ne l'admettrait, mais, un peu plus tôt, à la clinique, elle avait fait quelques recherches sur Internet pendant que Casey gérait les épines d'oursin. Et ce qu'elle avait découvert au sujet de Zach Murphy l'avait bluffée.

Le nouveau chef affichait un CV à faire pâlir la plupart des urgentistes. Fils d'un héros du 11 Septembre, il s'était lui-même engagé comme pompier bénévole dès l'adolescence. Devenu médecin, il avait ensuite fait carrière dans les services d'incendie et de secours. Il devait sa progression fulgurante à son seul mérite, au point qu'on lui avait confié la gestion de la moitié des équipes médicales de New York.

Jamais, à son petit niveau, elle ne pourrait rivaliser avec un tel crack. Leur collaboration risquait d'être tendue. À l'avenir, elle ne devrait rien lâcher sur sa vie privée, au risque qu'il n'utilise ces informations contre elle !

Alors qu'elle réfléchissait, la posture de Zach changea subtilement. Son visage se détendit comme s'il venait de trouver la clé d'une énigme. Savait-il à quel point son regard était révélateur ? Tel un kaléidoscope, il prenait des teintes saphir sous l'effet de la colère, ou la dureté du granit pour exprimer la détermination. Mais là, il était devenu aussi limpide que la mer par temps calme et Lulu en éprouva une curieuse sensation de réconfort.

Zach avait sans doute affronté de nombreuses tempêtes, dont il était chaque fois sorti vainqueur. Elle n'en doutait pas. Il était en tout cas meilleur qu'elle dans la gestion des émotions…

— C'est une grande maison pour une personne seule, marmonna-t-elle.

Elle concédait sa défaite. « L'Abri aux tortues » ne lui appartiendrait jamais. Mais de là à offrir un cadeau de bienvenue à son propriétaire, il y avait une marge…

— Je ne suis pas tout seul, répondit-il.

Il avait l'air un peu gêné, comme s'il regrettait de lui avoir fait de la peine. Alors, aussitôt, elle sentit son armure se craqueler. Elle trouvait difficile de rester en colère quand un interlocuteur, quel qu'il soit, montrait de l'empathie.

— Eh bien… j'espère qu'avec votre femme, vous vous plairez là-bas.

Ses prunelles azur virèrent au gris, puis s'éclaircirent d'un coup.

— Je vis avec mon fils, dit-il, l'air un peu trop enjoué.

Cette simple phrase recélait une énigme. Il avait répondu sur le même ton que ses frères quand ils la présentaient à quelqu'un. Comme eux, il semblait avoir un instinct protecteur très affirmé. Mais pourquoi ?

La moindre des politesses serait de lui laisser prendre ses marques tranquillement. Après tout, il n'avait pas acheté la maison exprès pour l'embêter. Comment aurait-il pu savoir ? Elle ne devait pas prendre cette histoire trop à cœur…

— Il faut que j'y aille, dit-il après avoir jeté un coup d'œil sur sa montre. Mes parents gardent mon fils et j'ai toutes mes valises à défaire. Je ne voudrais pas remuer le couteau dans la plaie, mais… vous pourriez peut-être m'accompagner ? J'aimerais vous inviter à dîner avec ma famille. Vous devez sûrement connaître un restau sympa dans le coin ? Je trouve qu'on a besoin de prendre un meilleur départ, tous les deux. Qu'en dites-vous ?

Une vague d'excitation déferla sur elle. Elle se surprit à sourire sans que cela lui coûte le moindre effort.

— Voyons… Le mercredi, au Moo Oink, c'est soirée « un hamburger acheté, un gratuit ». Ils sont délicieux. Il y en a pour tous les goûts : au thon, à la dinde, au bœuf, et même végétarien.

Un homme aussi athlétique pouvait-il se nourrir exclusivement de soja et d'épinards ? Au fond, pourquoi pas ? Son colosse de frère aîné était bien vegan, lui !

— Excellente idée. Vous allez être populaire. Harry, mon fils, réclame souvent des hamburgers.

— Ah, vous avez un petit carnivore ? Super. Il ira loin dans la vie !

Une ombre passa sur le visage de Zach, mais avant qu'elle ait pu en deviner la raison, il sourit de nouveau.

— Où est votre voiture ? demanda-t-elle.

— Sur le parking de la clinique.

Ils s'y rendirent aussitôt, et, sur place, elle ne manqua pas de remarquer qu'il avait garé sa belle jeep rouge dans la zone réservée aux chefs. Comme il se devait…

— Je vous emmène ? proposa-t-il.

— Non, merci, j'ai ma moto. Je ferais peut-être mieux de vous montrer le chemin, d'ailleurs ?

— Volontiers. Je me perds partout sur cette île, y compris en rentrant chez moi !

Il esquissa une courbette. Alors, quand il se redressa, elle le vit pour la première fois sous un nouveau jour. Elle était presque sûre qu'il était gentil, sympathique, et digne de confiance. Quelle qu'en soit la raison, il était venu prendre un nouveau départ à Hawaï. Cela méritait bien un peu de compassion.

De la compassion, vraiment ?

Soit, elle trouvait difficile de le détester, mais elle ne comptait pas non plus lui faciliter la tâche.

Il ne fallait rien exagérer !

— Qui êtes-vous, Lulu Kahale ? Une secouriste ou un cascadeur ?

Zach avait ponctué sa question d'un large sourire, mais Lulu se crispa malgré elle. Conduire une moto la rendait presque aussi heureuse que le surf. Elle aimait la vitesse, la glisse, les sensations fortes. Quel mal y avait-il à cela ?

Elle avait roulé un peu vite sur la route de la côte nord, et après ? Ils étaient arrivés sans encombre à « L'Abri aux tortues ». Elle avait déjà cinq frères pour la surveiller. Son patron n'allait quand même pas s'y mettre !

— Je préfère « cascadeuse », maugréa-t-elle en calant la moto sur sa béquille.

Zach s'esclaffa, puis secoua la tête.

— La limite est bien de 50 kilomètres/heure en agglomération, si je ne m'abuse ?

— Vous voulez entrer dans la police ? Pas de souci, ils recrutent toute l'année.

Elle avait parlé un peu sèchement et leva les mains avec un sourire d'excuse.

— D'accord, je suis grillée. Tout le monde veut impressionner son nouveau chef, non ?

L'expression de Zach devint indéchiffrable, comme s'il ne savait pas quoi penser et réservait son opinion pour plus tard. Alors, elle se rendit compte qu'il avait peut-être mal interprété sa réponse. Quelle gaffeuse… Tant qu'à faire, elle aurait aussi bien pu lui dire « Allons faire l'amour sur la plage au clair de lune » !

Le pire, c'est qu'elle aurait été partante…

Au secours. Si les dieux hawaïens existaient, alors qu'ils se montrent et la fassent disparaître sous terre !

Comme aurait dit sa grand-mère, « La tension va avec l'attention ». En d'autres termes, si elle pensait au sexe quand elle voyait Zach, cela ferait des étincelles entre eux. Mais au lieu de réagir ainsi, elle devait adopter une attitude professionnelle.

Leur métier exigeait sang-froid, méthode et respect de l'autre. Chaque membre de l'équipe dépendait parfois d'un coéquipier pour sa survie. Il n'y avait aucune place pour les ondes négatives… ni pour les histoires sentimentales !

Elle retira son casque et l'attacha au guidon de la moto, décidée à se ressaisir. Le parcours de Zach était un mystère et, pour mieux le connaître, autant essayer de le comprendre. Elle voyait mal ce qu'un homme aussi sérieux, titulaire d'un excellent poste à New York, fabriquait à Hawaï…

— Papa !

Un garçonnet d'environ sept ans s'était matérialisé sur l'allée en terre battue qui, de la maison, débouchait sur le chemin côtier. Il courait d'une manière un peu désordonnée, sur la pointe des pieds, avec les mains qui battaient l'air comme s'il cherchait son équilibre.

Tandis que Zach accélérait pour aller à sa rencontre, elle lui emboîta le pas sans quitter le petit Harry des yeux. Ses gestes étaient vraiment maladroits, les bras et les jambes manquaient de synchronisation…

— Tu es rentré ! Je suis content ! s'écria Harry.

Il se laissa tomber dans les bras de son père, qui le serra contre sa poitrine. Et quand, finalement, Zach déposa un tendre baiser sur ses boucles châtaines – identiques aux siennes –, Lulu sentit sa gorge se nouer.

Zach aimait son fils de tout son cœur. Cet homme beau et intelligent devait aussi être un excellent père. N'avait-il donc aucun défaut ?

— Regarde, papa ! s'exclama Harry en ouvrant la bouche.

Les deux incisives supérieures manquaient à l'appel et Zach s'esclaffa.

— Je vais téléphoner à la petite souris pour qu'elle passe te voir cette nuit, répondit-il. Mais… tu n'as pas fait de chute, au moins ? ajouta-t-il, l'air soudain inquiet.

— Non ! Mes dents sont tombées toutes seules pendant que je croquais ma pastèque. Mamie les a rangées dans la petite boîte spéciale.

— Super. Tu peux être sûr d'avoir une surprise demain matin au réveil.

Quand Zach leva la main, Harry tapa la paume dans la sienne, puis il s'accrocha aux doigts de son père pour exécuter quelques pas de danse. Voyant cela, Lulu éclata de rire. Ce petit bonhomme plein de vie était bien dans ses baskets !

Au moment où Zach se tourna vers elle, elle réalisa que son fils représentait tout son univers. Le ciel, la terre, et les étoiles. Il avait acheté « L'Abri aux tortues » pour Harry, et cette idée adoucit quelque peu l'amertume qu'elle éprouvait. Les Murphy allaient être heureux dans cette belle demeure. Mine de rien, c'était une consolation.

— Lulu, je vous présente mon fils, Harry.

Elle s'agenouilla devant le garçonnet et lui tendit la main.

— Bonjour, Harry ! Enchantée. Comment vas-tu ?

— Bonjour, Lulu. Je vais très bien, merci. Surtout maintenant que papa est rentré !

Quand il lui serra maladroitement les doigts, ses soupçons se muèrent en certitude : cet enfant souffrait de paralysie cérébrale. Cette maladie n'était pas mortelle, mais invalidante puisqu'elle affectait la motricité de la personne à des degrés divers. Autant dire que le quotidien devait être difficile pour Harry.

Lulu accueillait une fois par mois des enfants handicapés au club de surf. Elle les installait sur sa planche ou dans un canoë pour leur offrir un contact avec la mer. Elle n'aurait renoncé sous aucun prétexte à ces rendez-vous hyper enrichissants…

Sa compassion pour Zach monta d'un cran. Il était le papa, apparemment célibataire, d'un enfant « différent ». Elle ne s'étonnait plus qu'il soit aussi sérieux et rigoureux.

— Tu viens, Lulu ? s'exclama Harry en s'accrochant à sa main. Je vais te montrer ma chambre.

Elle se leva et lui sourit.

— Avec plaisir, mon grand !

4.

Si Zach avait craint que Lulu ne traite Harry « différemment », il s'était trompé. Elle se comportait de façon tout à fait normale, là où d'autres étaient déstabilisés par le handicap d'Harry. À commencer par Christina, qui était pourtant sa mère.

Allons. Mieux valait laisser dormir le passé. Zach et Christina avaient fait la paix. Ils s'étaient séparés d'un commun accord. Harry allait très bien et, aujourd'hui, Zach supportait mal les regards apitoyés des gens qui ne connaissaient pas son fils.

Cet enfant était adorable, joyeux, plein de vie. La paralysie cérébrale avait résulté d'une privation d'oxygène pendant l'accouchement. Rien ne rendrait à Harry ses neurones perdus, mais une éducation adaptée et, surtout, beaucoup d'amour, pouvaient faire la différence. Il était dommage que Christina n'ait pas vu les choses ainsi…

Sans se hâter, Zach suivit Lulu et Harry sur le chemin bordé de vieux bananiers qui serpentait vers l'entrée. Un porche en bois faisait le tour complet de la maison et, en le voyant, Zach avait eu un coup de foudre. Il avait su qu'il achèterait cette vieille demeure avant même d'avoir franchi la porte.

Certes, il y avait des travaux à faire – voilà pourquoi elle n'était toujours pas vendue quand il l'avait visitée –, mais il aimait bricoler. Et s'il ne pouvait pas tout faire lui-même, cette île ne manquait sans doute pas d'artisans !

Voyant Harry chanceler dans l'escalier, il faillit courir vers lui. Néanmoins, il avait appris à se contrôler, à ne pas foncer au quart de tour. Son fils avait besoin d'apprendre par l'expérience. Toute la difficulté, en tant que parent, était d'évaluer les risques.

Harry trébucha une nouvelle fois et se rattrapa de justesse en aplatissant les deux mains sur une marche. Zach crut alors que Lulu allait, comme la plupart des gens, basculer en mode hyperprotecteur, mais ce ne fut pas le cas.

Elle jeta un coup d'œil à Harry, s'aperçut qu'il riait… et s'esclaffa comme s'il lui avait fait découvrir un nouveau jeu. Puis, tout naturellement, elle lui glissa un coude sous le bras et se mit à sauter à cloche-pied, ce qui le fit rire de plus belle !

Zach les perdit de vue. Il entendit la voix de ses parents et réalisa que les présentations étaient en train de se faire sans lui, à l'intérieur. Mais Lulu était une grande fille. Elle n'avait pas besoin de chaperon…

— … mon vrai nom, c'est Francesca, sauf que je préfère Frankie. Et mon mari s'appelle Martin. Tout le monde l'appelle Marty, disait la mère de Zach.

Se rapprochant, il entendit Lulu expliquer que son vrai prénom signifiait « perle » en polynésien, mais qu'elle ne l'avait jamais aimé et que personne ne l'utilisait ! Las de ces discussions, Harry décréta alors qu'il voulait reprendre son jeu et, bientôt, une porte claqua.

Zach gravit les marches en souriant. Lulu avait, sans le vouloir, évité les questions embarrassantes de sa mère. Elle avait aussi marqué des points auprès d'Harry par son attitude positive.

Elle le surprenait agréablement et il s'en voulut d'avoir nourri des préjugés à son égard. Il aurait pourtant dû savoir que les gens ne correspondaient pas forcément à la première impression qu'on avait d'eux. Sinon, il ne se serait jamais marié…

Une petite tape sur le bras l'arracha à ses pensées. Sa mère l'avait rejoint sans qu'il s'en aperçoive.

— Coucou ! Ta collègue, Lulu… Elle a l'air très sympa. Et elle est super jolie.

Il opina sans tourner la tête. Depuis son divorce, un an plus tôt, sa mère l'incitait à « refaire sa vie ». Il avait beau lui dire que les relations amoureuses ne l'intéressaient plus, elle n'en démordait pas.

Née de parents italiens, elle avait épousé un Irlandais de seconde génération. Chacun avait un caractère bien trempé, mais, malgré leurs chamailleries, ils s'aimaient profondément. Chez les Murphy, la famille passait avant tout… sauf que Zach se serait bien passé de leurs conseils dans le domaine sentimental.

Il avait hélas fait sa propre expérience lui-même. Il savait maintenant que l'attirance physique ne suffisait pas à forger un couple heureux et uni. Donc, même si Lulu lui plaisait beaucoup, il n'allait sûrement pas laisser le champ libre à ses hormones !

— Tout s'est bien passé avec tes nouveaux collègues ? demanda sa mère.

Ayant toujours su lire dans ses pensées, elle changeait de tactique. Mieux valait qu'il se méfie.

— Bof, marmonna-t-il.

Sa mère jeta un coup d'œil par-dessus son épaule. Des rires joyeux et des cris d'animaux leur parvenaient de la chambre d'Harry. Sans doute son fils était-il en train de présenter à Lulu la collection de dinosaures qu'il affectionnait particulièrement.

À la grande surprise de Zach, sa mère s'abstint de tout commentaire et pivota vers la plage. L'air radieux, elle pointa du doigt une tortue géante qui arpentait le sable blanc.

— Regarde, chéri ! Voilà Christopher !

— Hein ? Ces tortues ont leur nom gravé sur la carapace, ou quoi ?

— Bien sûr que non, répondit-elle en riant. Harry appelle toutes les tortues Christopher depuis votre arrivée.

Entendant cela, Zach ne put s'empêcher de culpabiliser. Christopher était le meilleur copain d'Harry à New York. Sa maman, une éducatrice spécialisée, avait souvent gardé Harry après l'école quand Zach était coincé au travail.

Voilà pourquoi il avait choisi un poste moins prenant en termes d'horaires, et aussi moins risqué. Il ne devait pas oublier qu'il était seul pour s'occuper d'Harry, à présent…

— J'organiserai un appel vidéo demain avec la maman de Christopher. On essaiera d'en faire régulièrement. On l'avait promis aux garçons, expliqua-t-il.

— Dites donc, vous aimez le style minimaliste ? Ou alors, vous allez construire des placards en Lego ? claironna une voix féminine derrière lui.

Quand Lulu sortit sur la véranda, leurs regards se soudèrent un peu trop longtemps. Il haussa négligemment les épaules, conscient que sa mère les observait.

— J'ai vendu tous mes meubles avant de partir, révéla-t-il. Acheter local sera plus simple et moins coûteux qu'un déménagement.

La vérité, c'est qu'il avait voulu faire disparaître tous les souvenirs de sa vie conjugale. Harry avait bien sûr emporté ce qu'il voulait, c'est-à-dire la quasi-totalité de sa chambre. Lui, en revanche, avait fait table rase du passé. Il recommençait à zéro dans un nouveau décor !

— Très bon choix, répliqua Lulu, l'air approbateur. Je connais d'excellents artisans si cela vous intéresse.

— Quelle super idée, Zachary ! intervint sa mère d'un ton pointu.

Il ne fallait pas être devin pour savoir ce qu'elle avait en tête…

— Merci beaucoup, dit-il d'un ton neutre. Je retiens votre proposition. Mais en attendant, si on allait dîner ? J'ai un petit creux, moi ! D'après Lulu, on mange de délicieux hamburgers dans le coin.

Sans attendre la réponse de sa mère, il partit chercher Harry et son père. Leur petite troupe rejoignit le restaurant à pied et, une demi-heure plus tard, ils se retrouvèrent attablés en terrasse devant des assiettes bien garnies.

— Waouh, c'est excellent ! s'exclama Zach après avoir goûté son hamburger bacon-ananas.

Lulu sourit comme si elle avait inventé la recette elle-même. Elle était visiblement fière de la gastronomie locale et il n'allait pas la contredire sur ce point.

— Dire qu'on habite Hawaï depuis plusieurs années et qu'on n'était jamais venus ici ! commenta son père. Cela fait bien longtemps que je n'ai pas mangé un aussi bon burger.

— Je suis contente de voir mon mari dévorer, ajouta sa mère. On va parfois dîner au club des officiers, mais ce n'est pas la même chose.

— Les officiers de la Marine ? questionna Lulu.

— Non, celui des sapeurs-pompiers retraités. Mais on devrait changer un peu. C'est vrai qu'on n'a pas été très curieux jusqu'à présent, ajouta son père.

Pris d'une quinte de toux subite, il se détourna et porta les mains à sa bouche. Puis il pivota de nouveau vers la table, l'air de rien, en levant la main comme pour empêcher Zach d'exprimer son inquiétude.

— Tu as raison, chéri. On vit ici depuis assez longtemps pour sortir de notre zone de confort. Lulu pourra sûrement nous donner de bonnes adresses.

Zach haussa les sourcils, estomaqué. Depuis quand sa mère se montrait-elle si subtile ? En temps normal, elle aurait bombardé Lulu de questions sur sa famille, son métier, sa vie… Là, non. Elle témoignait de la considération à une jeune femme qui, originaire d'Hawaï, connaissait l'île beaucoup mieux qu'elle.

Il n'aurait jamais cru que ses parents perdraient leur légendaire assurance – qui ressemblait parfois à de la fierté – avec leurs repères géographiques. Mais la vie changeait les gens. Il était bien placé pour le savoir. N'avait-il pas perdu un certain nombre d'« amis » après son divorce ?

Peut-être certains collègues de son père avaient-ils coupé les ponts quand il avait pris sa retraite anticipée pour maladie ? Si oui, celui-ci avait probablement mal vécu la chose, lui qui avait rendu tant de services à la communauté !

Zach se traita mentalement d'imbécile. Comment avait-il pu ignorer les signaux ? Certes, la distance compliquait les choses, mais il avait honte de s'être absorbé dans ses problèmes au point de perdre de vue la santé de son père.

Il l'avait trouvé très amaigri quand ses parents étaient venus les accueillir à l'aéroport, Harry et lui. Ils ne s'étaient pas vus depuis Noël et l'apparence de son père l'avait choqué. Il aurait dû être plus vigilant !

Maintenant qu'il était là, il ouvrait enfin les yeux sur la réalité : ses parents avaient aussi besoin d'aide et de réconfort. Tous les rayons de soleil, quels qu'ils soient, seraient bienvenus.

Sans le vouloir, il reporta son attention sur Lulu. Ce petit bout de femme énergique et pleine de fougue était indéniablement « solaire ». Mais pouvait-il se rapprocher d'elle, au risque de se brûler ?

Heureusement, Harry le détourna de ces pensées incongrues : il commença à imiter les cris des animaux, au grand amusement de Lulu. Lorsqu'il eut terminé, elle refit le curieux geste de la main qui avait intrigué Zach, sur le quai.

— Cela veut dire quoi, au juste ? demanda-t-il.

Elle écarta le pouce et le petit doigt, en repliant les trois doigts du milieu.

— C'est le *shaka* hawaïen. Il peut exprimer plein de choses : « Bonjour », « C'est cool », « On se détend ». C'est un signe de respect mutuel. Tant que l'intention est amicale, on peut lui faire dire ce qu'on veut, conclut-elle en pointant le menton.

Le soleil couchant donnait à son regard d'ambre un éclat exceptionnel, mais il y lut aussi, clairement, une mise en garde. Elle avait fait un *shaka* dès qu'elle avait quitté le bateau. En retour, il avait crié des ordres et des avertissements. Il l'avait rabaissée devant son équipe. Elle n'était pas femme à oublier cet affront.

Il s'était montré arrogant et irrespectueux, une attitude indigne d'un directeur. Lulu, au contraire, avait fait l'effort de l'accompagner malgré sa déception pour la maison. Elle s'était montrée adorable envers ses parents et son fils. Sur le plan du savoir-vivre, elle avait quelques longueurs d'avance, et il lui devait des excuses !

Sans la quitter des yeux, il exécuta un *shaka* et agita la main.

— Je fais le bon geste ?

— C'est un peu raide, mais vous y arriverez ! Comme dit ma grand-mère, « C'est en faisant qu'on apprend ». Elle a plein de vieux proverbes hawaïens pour toutes les occasions. Certains ne manquent pas de bon sens.

— Ah, oui ? Lesquels, par exemple ?

— Hmm… « Les bons chefs font les bons employés ».

Il eut l'impression de recevoir un grand coup dans le thorax. Mais, avant qu'il puisse répondre, son père intervint :

— Votre grand-mère a raison. Quant à toi, Zach, tu as

beaucoup de chance d'avoir Lulu dans ton équipe. Vous allez faire du bon boulot ensemble.

Cela restait à prouver, mais demain était un autre jour et Zach ferait tout pour prendre un nouveau départ avec Lulu.

Car il ne commettait jamais deux fois la même erreur !

5.

Lulu tourna le volume de la radio à fond, puis sortit dans la rue pour voir si l'orage approchait.

En ce dernier jour d'août, elle était de garde au poste alors que les autres effectuaient des « travaux de groupe », une expression choisie par Zach. En d'autres termes, des corvées de nettoyage !

La veille, ils avaient récuré l'hélicoptère de fond en comble. À présent, ils devaient s'occuper des bateaux : lavage des ponts, vérification des cordes, harnais et autres équipements figuraient au programme. Zach ne laissait rien au hasard et Lulu songea qu'il devait avoir l'habitude de ce genre de choses à New York.

Ce n'était pas pour « faire joli » qu'il exigeait un matériel impeccable. Il voulait juste se donner les meilleures chances de sauver des vies.

Tout en écoutant la radio, elle s'adossa à un palmier pour observer ses collègues, qui riaient et discutaient sur la plage près du hangar. L'ambiance était bonne, l'atmosphère détendue, un climat de travail qui changeait agréablement.

Clive, leur ancien chef, était de la vieille école. Avec l'approbation des frères de Lulu, il les avait considérées, Casey et elle, comme des secrétaires plus que comme des équipières. Mais si son amie avait su faire contre mauvaise fortune, bon cœur, Lulu avait souffert de jouer les « potiches » alors qu'elle était formée aux secours d'urgence !

Elle avait remis les pendules à l'heure en dirigeant l'équipe par intérim. Elle avait prouvé sa valeur professionnelle. Mais, au bout du compte, elle avait dû céder sa place.

L'honnêteté l'obligeait toutefois à reconnaître que Zach n'était pas un mauvais chef. Au contraire, elle le trouvait… excellent.

Le premier jour, Mme Murphy lui avait glissé au creux de l'oreille que son fils était divorcé et que cette séparation l'avait « retourné ». Depuis, Lulu n'avait rien appris d'autre, mais une chose était sûre : cet homme était plus complexe qu'il n'en avait l'air.

Malgré ses allures autoritaires, il menait les troupes intelligemment. Au lieu de déléguer, il mettait la main à la pâte. Oui, il était exigeant, mais aussi bien envers lui-même qu'envers les autres.

À l'inverse de Clive, il ne faisait aucune différence entre les femmes et les hommes. Les équipes tournaient selon un principe simple : l'ordre alphabétique. Et dans l'alphabet, le « M » de Murphy suivait de près le « K » de Kahale. Autant dire qu'ils faisaient souvent la paire !

Un nouvel éclat de rire attira l'attention de Lulu. C'est alors que le souffle se bloqua dans sa gorge. Cet homme torse nu, là-bas…

Oh ! là, là.

Avec un tel physique, Zach aurait pu faire la couverture d'un magazine. Et même si lorgner son patron n'était pas politiquement correct, elle n'y pouvait rien : il était trop beau. Les hormones l'emportaient sur la raison !

Pour elle qui n'avait pas eu de petit ami depuis des lustres, cette vision était un régal. Entre les mèches rebelles – il frisait encore plus avec l'humidité –, la poitrine musclée, le ventre plat et les jambes de sportif, elle ne savait plus où donner du regard.

Surfeur ou non, il était probablement à l'aise dans

l'eau : il ferait un équipier de choix si le groupe avait besoin d'un nageur supplémentaire. Mais pour l'instant, il n'avait participé à aucune sortie, préférant se concentrer sur l'administratif. Il avait donc laissé Lulu « gérer » le terrain, et, même si elle avait accueilli cette décision avec modestie, en son for intérieur, elle s'était sentie flattée.

Malgré leur très mauvais départ, Zach lui faisait confiance !

Ses frères n'avaient pas eu besoin d'insister beaucoup pour que Clive la cantonne à des tâches administratives. Mais elle avait l'intuition que Zach serait différent. Il n'avait pas l'air du genre à se laisser intimider par de grands gaillards. Par personne, en fait…

— Tiens, ma belle, voilà ton granité !

Elle sursauta. Casey s'était approchée sans qu'elle s'en aperçoive, lui apportant une coupe remplie de la traditionnelle glace râpée aux parfums savoureux. Lulu avait choisi mangue-noix de coco, Casey citron vert-ananas.

— Qu'est-ce que tu surveilles comme ça ? interrogea son amie.

Elle prit la glace en haussant les épaules.

— Merci… Rien de spécial. Je regardais juste les gars nettoyer les bateaux.

— Un peu de ménage ne leur fait pas de mal. Bravo ! cria Casey en leur adressant un signe approbateur. Continuez. Nous, on fait une pause !

Une salve de réponses fleuries leur parvint. Lulu éclata de rire, imitée par Casey.

— On s'amuse bien, au boulot, commenta celle-ci. Il est « moins pire » qu'on ne l'imaginait.

— Qui ?

Casey lui lança un regard taquin par-dessus ses lunettes noires.

— Ne fais pas l'innocente. Tu le sais très bien.

— Mais non !

Sa protestation véhémente eut un effet immédiat : Casey rit de plus belle.

— Oh ! Lulu, que tu es drôle ! Je ne t'avais pas vue lorgner un gars comme ça depuis… depuis toujours.

Sachant que nier l'évidence aggraverait son cas, Lulu choisit de revenir au terrain professionnel :

— Les grands patrons doivent être contents de lui, à Los Angeles. Il gère l'administratif comme si sa vie en dépendait.

— Va savoir. C'est peut-être le cas.

Casey avait sans doute raison. Zach se montrait discret, entretenant sans le vouloir un certain mystère.

Le premier jour, Lulu l'avait détesté, mais sa colère n'avait pas duré longtemps. Elle s'était radoucie après avoir rencontré l'adorable Harry et M. et Mme Murphy.

Les parents de Zach semblaient avoir un cœur d'or. Elle avait trouvé la toux de M. Murphy inquiétante, mais, bien sûr, ne le connaissant pas, elle s'était abstenue de tout commentaire.

Quant à la mère d'Harry… elle n'avait rien appris de plus à son sujet. Zach n'était pas du genre à s'épancher et privilégiait les actes aux paroles. D'ailleurs, cela marchait : en une semaine, il avait prouvé à l'équipe qu'il était compétent, mais aussi respectueux et motivé.

Lulu voulait bien admettre, comme Casey, qu'il était « moins pire » que prévu. Il était même cent fois mieux !

Il dut remarquer qu'elle l'observait car, soudain, il lui adressa un clin d'œil. Parcourue d'un délicieux frisson, elle lui sourit. Quand il fit de même en retour, une délicieuse fossette lui creusa la joue gauche, aussi irrésistible que l'éclat de son regard bleu…

Elle sursauta, éprouvant tout à coup une sensation de froid intense au niveau du cou. Oh ! non ! Sa glace était en train de fondre. Zach ne lui avait pas fait de clin d'œil.

Il avait simplement voulu lui signaler qu'elle allait être « punie » de sa curiosité. Bien fait pour elle. On n'avait pas idée de fixer les gens ainsi !

Contrariée, elle se détourna. Cette attitude ne lui ressemblait pas du tout. Elle n'avait jamais été provocatrice ni adepte du flirt, encore moins avec ses collègues. Quant à ses relations, elles s'arrêtaient en général au premier rendez-vous. Soit ses frères mettaient la pression sur les malheureux qui osaient l'inviter, soit elle n'avait pas le « *feeling* » et préférait en rester là.

Bref, sa vie sentimentale était un fiasco sur toute la ligne. Et elle n'avait pas besoin d'un psychiatre pour comprendre que ce « blocage » était lié à la mort de ses parents.

Quand son père avait empoigné sa planche de surf pour aller secourir sa mère au cœur de l'océan déchaîné, elle avait compris ce que signifiait l'amour éternel. Mais, pour une fillette, scruter l'horizon avec angoisse en agrippant la main de son grand frère était un traumatisme durable. Elle en portait encore les séquelles.

Elle secoua la tête et mordit vigoureusement dans sa glace pour se ressaisir.

Céder à son attirance pour le beau Zach Murphy serait une erreur monumentale. Les sentiments risquaient de s'en mêler, or, elle ne voulait pas s'attacher à quelqu'un. Tomber amoureuse d'un homme susceptible d'être muté, de repartir à New York ou même de la renvoyer ? Jamais !

Et le pire serait qu'il soit victime d'un accident.

Alors qu'elle léchait le sorbet sur ses doigts, leurs regards se croisèrent de nouveau. Elle eut l'impression que l'air se chargeait d'électricité et que le reste du monde s'évaporait. Elle se vit soudain nue contre lui, sous la douche extérieure de « L'Abri aux tortues », avec l'océan pour témoin…

Allons, cela suffisait !

Les *haoles* qui s'installaient à Hawaï en espérant une

vie meilleure déchantaient presque tous. Ils repartaient sur le continent dès qu'ils avaient rechargé les batteries. Elle le savait. Elle ne devrait pas être déçue si Zach pliait bagage sans crier gare. Et pourtant…

— C'est quoi, ce grand soupir ? demanda Casey.

— Je… n'ai pas soupiré.

— Ha ha ! Bien sûr que si. Tu en pinces pour le chef !

Quand Lulu rougit furieusement, l'hilarité de son amie redoubla. Puis Casey recouvra son sérieux.

— Fais attention, Lulu. Ne te lance pas dans une histoire compliquée. C'est un bon chef, on a besoin de lui. Ce serait dommage qu'il s'en aille… pour de mauvaises raisons.

Lulu la fusilla du regard.

— Tu sais bien que j'ai des principes. D'abord, je ne m'aventure pas avec les *haoles*. Ensuite, je ne mélange jamais travail et vie personnelle. À moins d'être folle, pourquoi sortirais-je avec mon patron, un *haole*, un gars qui, en plus, a volé la maison de mes rêves ? D'accord, il est sexy, mais je sais me tenir. Je ne vais pas lui sauter dessus !

— En voilà une bonne nouvelle…

La voix grave, un peu moqueuse, la fit sursauter. Elle se retourna lentement. Zach était là, devant elle. Comment sortir de ce mauvais pas ? Au point où elle en était, autant oublier sa gêne et assumer.

— Je suis très sélective, moi !

Zach se rapprocha, les mains sur les hanches. Il ne la quittait pas des yeux, nullement gêné par la présence de Casey.

— Que je comprenne bien… C'est une coutume locale de se méfier des nouveaux habitants, ou alors, c'est vous qui refusez de sortir avec un « étranger » ? s'enquit-il d'un ton moqueur.

— Tout dépend de la personne.

— Quelle personne ? questionna Stewart, qui venait de les rejoindre sous les palmiers.

— Lulu nous expliquait ses grands principes avec les hommes, répondit Casey.

Le pilote s'adossa à un tronc d'arbre et croisa les bras sur la poitrine.

— Ah, bon ? Intéressant ! Je pensais que notre Lulu était toujours en mode « tornade » quand un type faisait une approche, mais j'ai peut-être mal compris !

— Mal compris quoi ? demanda Kenji, un autre collègue.

— Les règles qui gouvernent la vie sentimentale de Lulu.

Tout le monde venait prendre sa pause, maintenant, et Lulu sentit ses joues virer à l'écarlate. Pouvait-on imaginer situation plus gênante ?

— Qui les fixe, ces règles ? Toi ou tes frangins ? voulut savoir Kenji.

— Moi, rétorqua-t-elle sèchement.

Ses collègues parurent dubitatifs. Zach, lui, semblait plutôt perplexe et Stewart le considéra en souriant.

— Avez-vous déjà rencontré les frères Kahale ?

Zach secoua la tête, déclenchant l'hilarité générale et un concert de « bonne chance ».

— La ferme ! cria Lulu. Enfin, je veux dire… Pas vous, Zach. Eux !

Voyant les autres s'étrangler de rire, elle tapa du pied.

— Avez-vous terminé, à la fin ? En quelle langue faudra-t-il vous le chanter ? Même s'il était le dernier homme sur terre, je ne sortirais pas avec Zach Murphy, d'accord ?

Elle se rendit compte, trop tard, qu'elle aurait dû se taire. Non seulement ses collègues riaient toujours, mais Zach, lui, avait l'air estomaqué. Il trouvait probablement la discussion surréaliste !

Pour Lulu, une seule conclusion s'imposait : elle ne lui plaisait pas. D'accord, elle était loin d'avoir une beauté classique, mais tout de même… Elle ne manquait pas d'admirateurs !

— La cause est entendue, déclara Casey. Circulez, il n'y a rien à voir. Lulu et Zach ne sortiront jamais ensemble. C'était l'info du jour, messieurs.

Lulu se détourna sans répondre, direction le poste de garde. Elle s'était assez ridiculisée comme cela. Mieux valait qu'elle retourne travailler.

Zach n'avait jamais aimé les vidéoconférences et ce matin-là, encore moins.

Alors que le ciel lui tombait sur la tête, il devait contenir sa désapprobation et faire bonne figure. Mais qu'il était dur de rester « zen » devant la caméra ! Son patron lui demandait de participer aux Jeux inter-îles – où plusieurs équipes de sauveteurs allaient se rencontrer – avec Lulu !

— … et cela vous fera un bon entraînement pour la suite, disait son patron.

— Quelle suite ?

— Les Jeux nationaux. Bien sûr, il y a aussi une compétition internationale, mais ne nous emballons pas.

Zach retint la bordée de jurons qui lui montait aux lèvres. Une journée pouvait-elle commencer plus mal ?

— Vos adversaires seront des garde-côtes, précisa son chef. On vous a inscrits pour accroître la visibilité du Groupe. En cas de victoire, les sponsors se bousculeront et notre financement sera garanti pour un ou deux ans. Donc, sans vous mettre la pression, vous avez intérêt à gagner !

Les épreuves auraient lieu sur la Grande Île – l'archipel d'Hawaï en comptait dix-neuf –, deux semaines plus tard. Les billets d'avion et les chambres d'hôtel étaient déjà réservés. Que faire ?

S'énerver ne donnerait rien de bon. Zach n'avait jamais

cédé aux caprices de sa hiérarchie, mais là, c'était différent. Il lui restait deux mois d'essai à faire. Il ne pouvait pas s'opposer ouvertement à son chef.

En revanche, rien ne lui interdisait de trouver une porte de sortie…

— Ne vaudrait-il pas mieux enrôler un membre plus ancien de l'équipe ? hasarda-t-il.

— Non, répondit son patron sans même réfléchir. On y a déjà pensé. Vous et Lulu formerez le meilleur duo possible.

L'image d'un « duo » avec Lulu avait déjà traversé l'esprit de Zach, mais dans un contexte différent. Il s'était plusieurs fois imaginé au lit avec elle…

Gêné, il se tortilla sur sa chaise. Son chef parlait toujours, mais il ne l'entendait plus.

— … et ce qu'il vous faut maintenant, ce sont de bonnes séances d'entraînement ! Déléguez aux autres, débrouillez-vous, mais je veux des résultats.

Zach réussit à articuler un vague « merci pour votre confiance » avant de raccrocher. Alors, seul dans le bureau, il se prit la tête à deux mains. Comment pourrait-il faire équipe avec Lulu ? Il était toujours sur le fil avec elle !

Il pensait avoir arrangé les choses, le premier soir, en l'invitant à dîner. Mais huit jours plus tard, elle avait clamé haut et fort, devant tout le monde, qu'elle ne sortirait jamais avec lui. Et depuis, elle ne lui parlait quasiment pas, sauf en cas de nécessité absolue…

Soudain, la porte s'ouvrit en grand et l'objet de ses pensées se matérialisa devant lui. Comme chaque fois, il crut voir des étincelles partout dans la pièce.

— Vous avez deux minutes, chef ?

Il se sentait vexé qu'elle lui donne du « chef » à longueur de journée. Venant d'elle, c'était plus une provocation qu'une marque de respect.

— Bien sûr, répondit-il en s'efforçant au calme. Entrez.

Depuis son installation, il avait repoussé la table de travail contre le mur. Il n'y avait qu'une seule autre chaise, près de la sienne. Lulu y posa la main alors qu'il lui faisait signe de s'asseoir, leurs doigts se frôlèrent… et il éprouva aussitôt une intense sensation de chaleur.

Lulu éloigna la chaise de un mètre et laissa tomber son gros sac à dos à ses pieds tel un rempart. Quand elle s'assit, ils se dévisagèrent longuement, comme si chacun se préparait au énième round de l'étrange bataille qui les opposait.

— Comment va le randonneur de ce matin ? demanda-t-il, agacé par ce silence pesant.

Lulu était descendue le long d'un filin, depuis l'hélicoptère, pour sangler le jeune homme sur un brancard.

— Pas trop mal, lui expliqua-t-elle. Il est un peu choqué, mais il s'en tire avec un poignet cassé et quelques contusions. Autant dire, très bien.

— Comment avait-il atterri sur cet éperon rocheux ?

Elle haussa les épaules et eut une moue méprisante.

— C'est un air connu… Les promeneurs observent les oiseaux à la jumelle sans regarder où ils vont, et paf ! Celui-ci était plus ennuyé de ne pas avoir reconnu l'oiseau que par sa chute ! J'ai éclairé sa lanterne. C'était un *oahu elepaio.*

— Un… quoi ?

— Un moucherolle monarque. Je ne l'ai pas vu, mais je l'ai entendu.

Il opina, impressionné. Non contente d'être belle, intelligente et sportive, cette femme connaissait le chant des oiseaux ? Quels autres talents cachés possédait-elle ? Au fond, il aimait mieux ne pas le savoir…

Le silence retomba. Zach devait parler à Lulu des Jeux inter-îles, mais le courage lui manquait. Il tapa dans les mains un peu trop fort, toussota…

— Alors… que puis-je faire pour vous ? demanda-t-il.

— Rien.

Elle pointa le menton et regarda autour d'elle. Il n'avait pas modifié grand-chose dans le bureau depuis son arrivée. Il avait juste mis de l'ordre, mais elle s'en était probablement offusquée car elle était fière.

Il appréciait d'ailleurs ce trait de caractère chez elle, tout comme il admirait son physique. Ses longues tresses brunes qui dansaient entre ses omoplates. L'ovale parfait de son visage au-dessus d'un cou rond et harmonieux. Sa façon de se mordiller la lèvre quand elle se retenait de lui dire ses quatre vérités…

Mais ils étaient collègues. Collègues ils resteraient. Une relation personnelle était exclue.

Exaspéré par le « tic-tac » de la pendule, il fit une nouvelle tentative :

— Vous vouliez peut-être me dire que vous n'avez pas écrit le rapport de ce matin ?

Elle explora son sac, l'air soudain triomphant, et en extirpa une liasse de papiers.

— Perdu, le voici !

Il le prit et le parcourut rapidement.

— Tout a l'air d'y être, reconnut-il.

— J'espère bien. Je l'ai relu deux fois.

Un soupçon de vulnérabilité passa dans le regard de Lulu. Elle voulait clairement bien faire, et ce constat le touchait. Mais, avant qu'il ait pu la remercier, elle enchaîna ;

— Avez-vous prévu des choses avec Harry ce week-end ?

— Non, répondit-il, surpris. Pourquoi ?

— J'aimerais bien l'emmener surfer. Comme il est fan de tortues, il pourrait savoir quel effet cela fait… de glisser sur l'eau. Mon frère et moi sommes bénévoles dans un club. On accueille des enfants handicapés pour des sessions de découverte quand la mer est assez calme. Et… les prévisions météo sont bonnes pour samedi.

— Harry ne sait pas bien nager !

— Ce n'est pas grave, nous avons les équipements adéquats. Des gilets, des brassards… Harry ne courra aucun danger avec moi, insista-t-elle, le regard brillant.

Sans savoir pourquoi, Zach la croyait. Aussi bizarre que cela puisse paraître, il lui faisait confiance alors qu'il avait toujours eu peur de laisser Harry avec son ex-femme. L'instinct maternel de Christina avait disparu en même temps que se développait la maladie de leur fils. Elle n'avait jamais su – ou voulu – s'occuper de lui.

— Vous pouvez l'accompagner, bien sûr, reprit Lulu. Ou plutôt… il faudrait que vous soyez là car j'accueillerai aussi d'autres enfants, mais…

Elle écarta les bras, manière de dire : « C'est vous qui voyez. » Puis, comme il ne répondait rien, elle ferma son sac et il devina qu'elle allait annuler sa proposition.

— Avec plaisir, merci beaucoup, dit-il.

Elle le considéra, un sourire étonné aux lèvres.

— Vraiment, vous êtes d'accord ? Tant mieux parce que vos parents sont très enthousiastes.

— Mes parents ? répéta-t-il, estomaqué.

— Oui, je… suis passée les voir l'autre jour et j'en ai parlé avec eux.

— Vous y êtes allée exprès ?

Elle se raidit sur sa chaise comme pour affronter un orage imminent.

— Non. Je voulais leur donner des adresses de *food trucks*.

Zach se frictionna vigoureusement le cuir chevelu, réfléchit dix secondes… puis il éclata de rire. Cette femme était exceptionnelle ! Il avait cru qu'elle le détestait, mais elle avait sympathisé avec ses parents et maintenant, elle proposait une fabuleuse activité pour Harry !

— Quoi ? lança-t-elle. Qu'y a-t-il de si drôle ?

— Rien, Lulu. Pardon, je... Votre idée m'a surpris, mais je la trouve formidable. C'est très gentil à vous d'avoir pensé à mon fils. Je suis certain qu'Harry va adorer le surf. Quant à moi...

Une boule d'émotion lui noua la gorge. Il imaginait déjà son petit garçon en train de rire dans les vagues.

— Inutile de vous dire à quel point je suis heureux pour lui.

Lulu se leva. Elle souriait toujours, mais il la sentait un peu méfiante et il ne pouvait s'en prendre qu'à lui-même. Il avait bien failli l'envoyer promener...

— Parfait. Je passerai vous prendre à 6 heures samedi.

— Avec la moto ?

Elle lui lança un regard dédaigneux.

— Si vous relisez le Code de la route, vous verrez qu'il est interdit de monter à trois sur ces engins. J'ai un 4x4.

Évidemment. Il aurait dû s'en douter. Ce type de véhicule lui correspondait bien !

— Quand vous dites 6 heures, c'est le matin, je suppose ?

— On ne surfe pas en nocturne, chef.

— Zach, s'il *te* plaît.

Au lieu de répondre, elle hocha la tête. Puis elle gagna la porte et sortit, un sourire énigmatique flottant sur ses lèvres.

Alors, pour la première fois, il réalisa que la proposition de Lulu était, en vérité, une offre de paix. Une main tendue qu'il avait failli ne pas saisir. Heureusement qu'il avait dit oui !

Avec tout ça, il ne lui avait pas parlé des Jeux inter-îles, mais cela pouvait attendre. Puisqu'ils avaient signé une trêve, il voulait en profiter un peu.

Être ami avec Lulu se méritait. Il allait essayer de ne pas tout gâcher.

6.

Le cœur de Lulu battait follement dans sa poitrine.

Elle s'apprêtait à emmener Zach et Harry au Superstars Surf Club. Le grand jour était arrivé. Elle s'était demandé jusqu'à la veille si Zach n'allait pas renoncer sous un prétexte quelconque !

Même si leurs relations s'étaient améliorées, il se méfiait toujours d'elle. Il la considérait visiblement comme un électron libre à surveiller de près. Et pourtant, il semblait lui faire confiance pour s'occuper de son fils.

Une chose était sûre : elle avait du mal à l'appeler par son prénom et à le tutoyer. Dire « Zach » la propulsait dans un univers différent et très – trop – personnel. Elle prenait ainsi le risque de laisser libre cours à ses fantasmes. Car elle avait beau prétendre qu'il ne l'intéressait pas, c'était faux. Tout le monde devait d'ailleurs s'en douter…

À certains moments, elle se demandait si on ne lui avait pas jeté un sort. Comment pouvait-on penser à quelqu'un sans arrêt ? Elle ne se reconnaissait plus depuis que Zach l'avait tenue prisonnière de son regard hypnotique, le premier jour.

Elle en faisait des tonnes pour l'impressionner, chose qui ne lui ressemblait guère. Elle avait des accès de coquetterie. Et surtout, elle était incapable de gérer les papillons qui dansaient au creux de son estomac chaque fois qu'il l'approchait à moins de cinquante mètres.

Quelle idiote d'avoir ces réactions puériles ! Jamais

elle n'aurait dû inviter Zach à venir au club, le « fief » de la tribu Kahale. Elle savait que son frère Makoa serait présent. Elle imaginait déjà sa réaction quand il la verrait rougir devant Zach comme une collégienne…

Sur le chemin de l'« Abri aux tortues », le pincement au cœur qu'elle appréhendait ne vint pas. La première fois, elle avait ressenti une déception cuisante. À présent, l'idée qu'un adorable garçonnet était heureux dans « son » petit coin de paradis allégeait sa peine. Et c'était une très bonne chose !

Elle constata, surprise, que Zach et Harry l'attendaient déjà devant la maison. Ils portaient la tenue adéquate pour surfer, et à peine avait-elle garé sa jeep qu'Harry se précipita vers le 4x4 en courant sur la pointe des pieds.

Elle faillit crier « attention » de peur qu'il ne se cogne dans la carrosserie, mais elle se retint. Si elle avait appris une chose auprès des enfants handicapés, c'était qu'il fallait, dans une certaine mesure, les laisser forger leur propre expérience. On ne pouvait pas tout éviter. Il fallait surtout les accompagner de manière intelligente.

Zach se rapprocha à son tour, et son regard brillant d'émotion lui fit chaud au cœur.

— Merci, articula-t-il tout bas.

Elle eut soudain très chaud. Elle n'aurait pas réagi autrement s'il lui avait fait une déclaration !

— Il faut qu'on se dépêche. On est presque en retard, dit-elle d'une voix méconnaissable.

Il s'en était fallu d'un cheveu qu'elle ne lui réponde : « De rien. Je suis amoureuse de toi. » Ce qui aurait été stupide puisque les sentiments n'entraient pas en ligne de compte dans cette histoire. D'accord, Zach lui plaisait, mais il s'agissait d'une « banale » attirance physique. Rien qu'elle ne puisse maîtriser avec un minimum de concentration. Rien de comparable à l'amour qui avait uni ses parents…

Balayant ces réflexions, elle se focalisa sur sa conduite. Quand ils arrivèrent, un quart d'heure plus tard, elle se gara sur une dune qui dominait le club situé en contrebas.

— Waouh ! s'exclama Zach.

Comme à chaque session spéciale, la plage était noire de monde. Apparemment, Lulu n'était pas la seule à être touchée par le spectacle des enfants joyeux et de leurs accompagnateurs.

— Je ne m'attendais pas à ça, murmura Zach.

— Oui, c'est impressionnant.

— Et tous ces gamins ont…

— … un handicap, oui. Déficience visuelle, trisomie, autisme, épilepsie, tétraplégie… Nous les accueillons tous sans exception. La mer a un effet magique sur eux.

— Je le crois volontiers.

— Mini !

Tout en bavardant, ils étaient descendus sur la plage. Lulu se crispa lorsqu'elle entendit la voix de stentor de son frère.

— Mini-Menehune ! cria encore Makoa.

Elle le fusilla du regard alors qu'il se précipitait vers eux. La traiter de « naine », maintenant ? Il y avait peu de risques que Zach comprenne, mais savait-on jamais…

— Qui est-ce ? demanda Zach.

— Mon frère, marmonna-t-elle.

Elle avait espéré que Makoa ne les repérerait pas tout de suite, mais c'était loupé. Elle aurait dû s'en douter ! Ses frères avaient toujours le génie d'apparaître au mauvais moment. À leur décharge, ils étaient là aussi quand elle avait besoin d'eux…

— Salut, Mak, dit-elle d'un ton un peu trop enjoué. Ça va ?

— Impec' !

Makoa franchit en courant les quelques mètres qui les

séparaient. Son frère était un géant, une montagne de muscles bronzée et tatouée. Il n'avait jamais eu besoin de se battre pour impressionner ses adversaires éventuels…

— *Aloha*, dit-il en se tournant vers Zach.

D'habitude, les gens reculaient instinctivement de un mètre devant les frères de Lulu. Zach, lui, ne bougea pas. Il garda les pieds bien ancrés dans le sable, un bras protecteur autour des épaules d'Harry.

— *Aloha*, répondit-il d'un ton calme.

Mak lui adressa un *shaka*, puis reporta son attention sur Harry qui le dévisageait bouche bée, comme s'il avait vu Poséidon sortir des flots. Lulu les observa, amusée. Son frère était peut-être brut de décoffrage, mais il fondait complètement devant les gosses. Il en avait d'ailleurs trois lui-même !

Il s'agenouilla sur le sable pour se mettre au niveau d'Harry et lui tendit sa grande main.

— Coucou, je m'appelle Makoa. Tu peux m'appeler Mak, comme tous mes amis. C'est mon surnom.

Le bambin le gratifia d'un large sourire édenté.

— Moi, c'est juste… Harry. J'ai pas de surnom.

— Tu n'en as pas besoin, c'est un très joli prénom. Sais-tu qu'Harry est le diminutif d'Harald, un roi viking qui a régné il y a longtemps ? C'était un guerrier des mers. Je parie qu'un jour, tu deviendras aussi fort que lui. Montre-moi tes muscles !

Quand Mak gonfla un énorme biceps tatoué, Harry l'imita aussitôt. Zach éclata de rire et Lulu sentit sa poitrine se gonfler de fierté.

Même s'ils étaient pénibles, ses frères avaient un cœur d'or. Elle ne devait jamais l'oublier. Et si elle avait pris ses distances avec les repas de famille – lasse d'être « surveillée » constamment –, elle devait reconnaître que ces rassemblements joyeux lui manquaient…

Elle observa Zach à la dérobée. Il souriait toujours et un frisson d'excitation la parcourut. Serait-il possible, s'il se passait « quelque chose » entre eux, que ses frères ne gâchent pas tout ? Cela n'était encore jamais arrivé !

Mak fit mine d'être très impressionné par la musculature d'Harry, après quoi il le fit s'accrocher à son bras pour « faire un petit tour de manège ». Ce jeu de balancier dans les airs enchanta le bambin, lequel poussa des cris de joie. Son père, en revanche, n'avait pas l'air ravi.

Lulu avait déjà senti chez Zach la volonté farouche de protéger son enfant. Parfois, comme maintenant, il acceptait de se mettre en retrait. À d'autres moments, il était sans doute obligé d'intervenir. L'éducation d'Harry semblait être sa priorité absolue, une attitude compréhensible puisqu'il l'élevait seul.

Que s'était-il passé entre lui et son ex-épouse ? Cela dépassait Lulu qu'une mère puisse vivre aussi loin de son jeune enfant. Elle imaginait que Zach avait vécu une très mauvaise expérience, mais il était tellement discret qu'elle n'en savait pas plus qu'au premier jour…

— Bien ! dit Mak en se relevant. Tu vas surfer avec le meilleur prof, aujourd'hui, Harry.

— Lulu est la meilleure. Je le savais ! claironna le bambin.

— Je parlais de moi, corrigea Mak, hilare. Je suis un champion.

— Et moi donc ? s'écria Lulu, révoltée. À une médaille près, j'en ai remporté autant que toi. Et c'est avec moi qu'Harry va surfer !

La note protectrice dans sa voix n'avait pas dû échapper aux autres, mais, pour une fois, elle se souciait peu que Makoa la taquine ou non. Quant à Zach… elle ignorait comment il prendrait la chose. Elle connaissait à peine son fils, mais elle l'aimait déjà beaucoup. Elle voulait être la première à entendre ses cris de joie quand la planche aborderait les vagues. C'était normal, non ?

— Du calme, Mini, répliqua Mak en lui tapotant la tête comme il l'eût fait avec un chiot. Je pensais à mes exploits aux Jeux inter-îles. Un homme et une femme avertis en valent deux !

Pivotant vers Zach, il lui tendit la main :

— Vous êtes le nouveau patron, je suppose ? Je suis Makoa Kahale.

— Oui, c'est moi. Zach Murphy. Enchanté, répondit Zach.

Il jeta un rapide coup d'œil à Lulu, qui lui trouva soudain l'air bizarre. Makoa, de son côté, riait toujours.

— Pourquoi dis-tu qu'« un homme et une femme avertis en valent deux », Mak ? Les Jeux opposent ton Groupement aux garde-côtes, non ? On n'a rien à voir là-dedans.

— Détrompe-toi, ma belle. Ne me demande pas pourquoi, mais cette année, vous autres novices entrez dans la danse !

— Quoi ?

Elle questionna Zach du regard. Il faisait une drôle de tête parce qu'il était au courant ! Il devait même le savoir depuis un moment !

— Qui sera dans l'équipe ? demanda-t-elle.

— Toi.

Zach semblait nerveux, comme s'il s'attendait à des reproches. Mais quelle importance qu'il ait eu l'information avant elle ? Tout ce qu'elle voulait, c'était participer !

— Youhouuu ! s'écria-t-elle, folle de joie.

Sans réfléchir, elle se jeta dans ses bras et appuya la joue contre sa poitrine. Elle se laissa aller quelques instants, puis le bon sens prit le dessus et elle s'écarta, gênée.

Le parfum de Zach lui avait rappelé l'océan et aussi autre chose. L'ananas, peut-être ? En tout cas, elle avait apprécié le contact rassurant de son torse musclé. Et elle avait cru sentir son cœur battre follement sous son T-shirt…

Pour balayer ces réflexions incongrues, elle se mit à danser autour de Makoa.

— Génial ! Je vais te botter le derrière, frangin ! Je ferai équipe avec Casey, je suppose ? ajouta-t-elle en se tournant vers Zach.

— Non, avec moi.

Elle s'arrêta net, un pied en l'air.

— Sérieusement ?

— Eh oui !

Une dizaine d'émotions confuses la submergèrent d'un coup. La panique. L'angoisse. La nervosité. Mais un sentiment l'emportait sur les autres : l'excitation.

Zach dégageait une impression de force tranquille. Il devait être capable de soulever des montagnes si nécessaire. Et elle, Lulu Kahale, aurait le privilège de découvrir tous ses talents cachés. À condition de transformer le désir en énergie combative, ce qu'elle avait bien l'intention de faire !

— C'est super, répondit-elle avec un calme feint. Mak, tu es mort !

Son frère éclata de rire et gratifia Zach d'une grande tape dans le dos.

— Bonne chance, mon vieux !

Loin de chanceler, Zach garda la tête haute.

— Je n'en aurai pas besoin. Je vous parie un barbecue que nous allons gagner.

Quoi ? Personne n'avait jamais osé défier les frères Kahale. Il ne manquait pas de cran.

Riant toujours, Mak lui tendit la main.

— Pari tenu, avec grand plaisir. Pour info, j'aime le poulet épicé et le steak à point.

Stupide. Ridicule. Insensé.

Pourquoi Zach avait-il défié Makoa Kahale ? Non seulement ce type était un colosse, mais il devait connaître l'océan comme sa poche !

Au fond de lui, il connaissait la réponse : il avait voulu impressionner Lulu.

Jamais il n'oublierait sa manière de le regarder ni le contact de son corps doux et tiède plaqué contre le sien. Cette étreinte lui avait fait un bien fou. À la fois stimulante et réconfortante, elle lui avait rappelé combien il était bon de serrer une femme entre ses bras.

Un an plus tôt, il s'était juré qu'on ne l'y prendrait plus. Et voilà que, maintenant, il était prêt à foncer tête baissée, comme un preux chevalier, pour les beaux yeux de sa dame !

Un sifflement strident le ramena d'un coup au réel.

— Allons-y, dit Lulu.

Elle prit Harry par le bras et s'éloigna en sautillant sur le sable.

— On va battre mon grand frère ! Tralalère ! chanta-t-elle.

Zach secoua la tête et les suivit. Postée au bord de l'eau, une jeune femme brune faisait signe aux duos enfants-moniteurs d'approcher. Devant elle, s'alignait une impressionnante rangée de planches de surf sur lesquelles on avait disposé des gilets de sauvetage.

— C'est Chantal, murmura Lulu. C'est la monitrice du club, mais avant, elle était garde-côte.

Impossible de se méprendre sur l'admiration qui perçait dans sa voix. Elle portait sans doute à cette femme le même respect que lui aux pompiers et aux urgentistes. Quand on travaillait dans ce milieu, on savait quels risques ces gens prenaient pour sauver des vies !

À New York, il avait perdu plusieurs collègues morts en intervention. Lulu avait également dû vivre cette expérience douloureuse. Mais elle n'était pas du genre à en parler ni à se vanter de ses « exploits » au travail. Elle se taisait. Elle ne demandait qu'une chose : qu'on la respecte pour ses mérites. Et ils étaient indéniables…

Zach écouta avec attention les consignes de sécurité dispensées par Chantal. Finalement, Lulu se tourna vers lui.

— On va y aller, si c'est toujours OK pour vous, dit-elle.

— Oui, bien sûr.

Même s'il n'avait pas changé d'avis, il se sentait nerveux. Il comprit néanmoins très vite que ses craintes étaient infondées. Lulu maîtrisait son sujet à la perfection et, dès qu'elle fut sur l'eau avec Harry, il se sentit beaucoup plus serein.

Dire qu'il l'avait jugée irresponsable, le premier jour ! Il avait changé d'avis depuis longtemps, mais, malgré tout, sa méfiance avait persisté. Et il était enfin prêt à en admettre la cause : Lulu lui plaisait.

Professionnelle jusqu'au bout des ongles, elle montrait aussi de réelles qualités humaines. Rien qu'à la voir avec Harry, il éprouvait une attirance folle, brute, dévastatrice. Son instinct la poussait vers elle comme un aimant et cela lui faisait peur.

Jamais il n'avait connu ce genre d'émotions avec son ex-épouse. Cette fois, il se sentait happé corps et âme dans un tourbillon duquel il ne pouvait pas s'échapper. Et le plus effrayant, c'est que le physique n'entrait pas seul en ligne de compte.

Bien sûr, il aimait voir flotter les tresses noires de Lulu entre ses omoplates. Il aurait pu se perdre à l'infini dans son regard d'ambre. Il ne se privait pas non plus d'admirer le balancement gracieux de ses hanches. Mais ce qu'il préférait, de loin, c'était sa gentillesse.

Jamais il n'oublierait la joie qu'elle avait donnée à son fils. Plutôt que s'appesantir sur son handicap comme Christina, elle montrait à Harry qu'il *pouvait* faire des choses. Et, rien que pour cela, Zach se sentait réconcilié avec le monde.

Il ferma les paupières, heureux de pouvoir compter sur une autre personne que ses parents pour la première fois depuis des années. Il lui sembla que le soleil le réchauffait enfin, lui qui avait toujours froid à l'intérieur.

Assis sur le sable avec la brise qui lui caressait le visage, il était bien. Tout simplement.

Il sursauta au contact de gouttelettes d'eau fraîche sur ses bras nus.

— Hé !

Levant le nez, il vit Lulu en contre-jour au-dessus de lui, le soleil formant un halo autour de ses cheveux noirs. Harry, qui la suivait de près, se jeta contre son père, fier et heureux de ses propres exploits.

— Papa, papa ! Tu m'as regardé ?

— Bien sûr, chéri. C'était génial.

Le compliment s'adressait aussi, indirectement, à Lulu. Elle dut s'en apercevoir car elle le dévisagea d'un air timide, tout en jouant avec la fermeture de sa combinaison. Fasciné par sa beauté, il s'efforça de ne pas baisser les yeux sur ses seins ronds moulés dans le néoprène…

— Regarde, papa !

Harry gesticulait pour attirer son attention. Zach se ressaisit, se leva et scruta la mer. Il avisa alors Makoa et Chantal parmi les surfeurs. Debout sur une planche, le frère de Lulu tenait la monitrice d'une main tandis qu'elle prenait des poses stylées au-dessus des flots.

Lulu secoua la tête, l'air dépité.

— Dans la même position, je serais incapable d'exécuter des figures aussi élégantes, dit-elle.

Il eut l'impression que le temps s'arrêtait. Leurs regards se soudèrent et, d'un coup, l'air se chargea d'électricité. L'envie de goûter Lulu, de découvrir la saveur de sa bouche, d'explorer la texture de sa peau satinée l'envahit de nouveau, lancinante et irrépressible.

Seraient-ils opposés ou complémentaires ? Sans doute les deux. S'il était l'acier froid et le métal grinçant, elle lui évoquait le sable fin, la brise tiède et le clapotis de l'eau. Et pourtant, malgré leurs différences, ils se ressemblaient.

Ils partageaient les mêmes valeurs morales. Ils se battaient pour aider les autres avec équité et bienveillance, quel que soit le contexte.

— Papa ? On pourra revenir demain, dis ? claironna Harry en lui secouant légèrement le bras.

— Oh… Le club n'accueille les enfants qu'une fois par mois, tu sais.

— Je t'emmènerai surfer, intervint Lulu. Si ton papa est d'accord, on pourrait s'entraîner sur la plage devant chez vous.

— Bien sûr que je suis d'accord. Merci beaucoup, Lulu.

Harry se mit à danser sur le sable, imité par Lulu, et Zach accueillit cette diversion avec soulagement. Avec un peu de chance, les deux complices n'auraient pas remarqué son trouble. Il était ému aux larmes, chose qui ne lui arrivait jamais.

Si Lulu savait ! Combien de fois Harry n'avait-il pas demandé à sa mère d'aller au zoo, au parc ou au cinéma ? Le pauvre avait souvent entendu les mêmes réponses : « Aujourd'hui il est trop tard, peut-être demain », « Il ne fait pas beau », « On verra avec papa quand il aura le temps »…

Zach avait vite été dégoûté par l'attitude de Christina.

Femme à la beauté exceptionnelle, elle avait dû penser que son enfant serait un faire-valoir. Mais quand les spécialistes avaient conclu à une paralysie cérébrale, elle ne s'était quasiment plus intéressée à Harry. Elle avait érigé un mur infranchissable entre son univers glamour et le reste. Focalisée sur sa carrière, elle avait peu à peu abandonné sa famille.

Depuis leur divorce, Zach verrouillait farouchement les portes de son cœur. Jamais il ne courrait le risque d'une nouvelle déception. Harry était sa priorité. Il l'élevait seul depuis trois ans et il s'en portait très bien !

— J'ai juste une condition, dit Lulu, l'arrachant à ses pensées amères.

— Laquelle ?

— Je veux qu'on s'entraîne à fond. Pour casser la figure aux autres équipes et, surtout, pour botter le derrière de Mak. Pardon, Harry… Ce ne sont pas de jolis mots.

Zach s'esclaffa.

Harry avait hélas entendu bien pire. Les gamins pouvaient être cruels entre eux dans une cour d'école. Sans parler de certains parents qui, sous des airs bien intentionnés, l'avaient traité comme un pestiféré jusqu'à l'exclure des goûters d'anniversaire.

Tout le monde n'était heureusement pas comme ça. Mais il en avait assez vu pour son jeune âge…

Lulu prit Harry dans ses bras et le serra contre elle.

— Alors, marché conclu ? Des leçons de surf en échange d'un entraînement intensif ?

— Ça me paraît bien, approuva Zach en souriant. Mais pourquoi tiens-tu tellement à gagner ? Comparés aux autres, on ne pèse pas lourd.

À peine avait-il prononcé les mots qu'il les regretta. Lulu fronçait les sourcils, signe d'un orage imminent.

— Tu crois qu'on n'a aucune chance ? s'écria-t-elle en tapant du pied sur le sable.

— Je n'ai pas dit cela. C'est juste qu'on… n'a jamais participé aux Jeux. D'ailleurs, le patron nous a choisis pour faire de la publicité au Groupe plus que pour nos capacités…

— Stop ! Harry, pourrais-tu aller chercher une bouteille d'eau, s'il te plaît ? Il y a des dames là-bas qui en distribuent. Je crois que ton papa a besoin de se rafraîchir les idées.

Harry obtempéra de bonne grâce. Dès qu'il fut parti, le sourire de Lulu s'évapora.

— Si c'est tout le bien que tu penses du Groupe, pourquoi t'es-tu abaissé à le diriger ?

— Je me suis mal exprimé ! protesta-t-il. La valeur de l'équipe ou tes compétences ne sont pas en cause. On a autant de chances de gagner que les autres.

Du coin de l'œil, il vit Makoa traverser la plage en courant avec un gamin sous chaque bras. Oh ! Seigneur. Ils ne gagneraient jamais.

La scène n'avait pas échappé à Lulu, qui lui lança un regard méprisant.

— « De la publicité »… Ça veut dire quoi, au juste ? Qu'on correspond à tous les clichés ? L'Hawaïenne en maillot de bain, le sauveteur sexy… C'est un défi sportif ou un concours de photos ?

Il écarquilla les yeux, médusé. Elle le trouvait « sexy » ? Première nouvelle !

— Quand tu es arrivé, je te prenais pour un crétin hyper qualifié. J'avais raison sur un point seulement.

— Eh oh, du calme. Je *suis* qualifié.

— Mais pas très optimiste.

— Tu as raison. Voilà pourquoi ils nous ont mis ensemble. On va se compléter. Tu seras la tête pensante de l'équipe et moi… le monsieur Muscles.

— Pff ! Tu te crois fort, peut-être ?

D'un coup, l'atmosphère changea. Incapable de résister à la voix provocatrice de Lulu, Zach fit deux pas en avant.

— Je *sais* que je suis fort.

— Prouve-le.

— Avec joie !

Sans réfléchir, il empoigna Lulu, la jeta en travers de son épaule et fonça droit vers l'océan. Elle protesta pour la forme puis, à son grand soulagement, elle éclata de rire. Alors, galvanisé, il courut jusqu'à ce qu'une énorme vague le déstabilise. Lulu et lui tombèrent à l'eau et il lui enlaça la taille de manière réflexe tandis qu'elle lui nouait les bras autour du cou.

Quand la vague reflua, il continua d'étreindre Lulu comme si leurs vies en dépendaient. Quelques centimètres seulement les séparaient. Oserait-il…

— Dites donc, les novices, vous n'avez pas mieux à nous montrer ?

Mak avait surgi des flots, les dominant de toute sa hauteur. Zach lut l'avertissement dans son regard en même temps que Lulu se détachait de lui. Le message de Mak était clair : « Bas les pattes ! »

— Préparez-vous à mordre la poussière, les jeunes ! s'exclama ce dernier.

Zach garda la tête haute. Lulu, elle, avait croisé les bras sur la poitrine, clairement vexée par l'attitude protectrice de son aîné. Mais, quand leurs regards se croisèrent, il y trouva ce qu'il n'aurait jamais osé y voir : une note d'espoir.

— Cela reste à voir, dit-il d'un ton calme. Rendez-vous dans deux semaines.

7.

— Sais-tu que ton prénom veut dire « guerrier des mers » ?

Zach prit un mousqueton en fer des mains de Lulu et lui adressa un sourire moqueur.

— Non. Et toi, comment le sais-tu ? As-tu fait des recherches sur moi ?

Il plaisantait mais, à son air gêné, il comprit qu'il avait vu juste.

— Pas du tout, riposta-t-elle sèchement. Je cherchais des surnoms pour Harry et, tant que j'y étais, pour nous deux. On en aura besoin le jour de la compétition.

— Tu ne trouves pas ça bizarre qu'un « guerrier des mers » accepte de se jeter dans le vide ?

Ils se trouvaient sur un flanc de montagne abrupt. Lulu regarda en contrebas et secoua la tête.

— Jamais je n'aurais cru qu'un gars aussi méticuleux que toi parlerait de « se jeter dans le vide » pour une banale descente en rappel !

— Touché, admit-il en riant.

Il était toujours de bonne humeur lorsqu'il s'entraînait avec Lulu. Depuis qu'ils avaient relevé le défi lancé par Makoa, ils ne se chamaillaient plus. Ils travaillaient dur pour montrer aux autres que leur duo improbable pouvait sortir vainqueur des Jeux.

Par un accord tacite, ils avaient aussi jeté un voile sur leur attraction mutuelle – car il ne doutait pas que son désir pour Lulu soit réciproque. Mais ils étaient trop entiers, chacun dans son genre, pour que leur collaboration ne soit pas affectée si les choses tournaient mal. Or, il ne voulait ni décevoir ni peiner Lulu.

Ils étaient le feu et la glace, mais, malgré cela, plus il la connaissait et plus il leur trouvait des similitudes. Quant à Harry, il la considérait comme « sa meilleure amie » depuis qu'elle lui apprenait à surfer !

Lorsqu'elle n'était pas de service, elle venait tous les jours après l'école. Harry prenait son goûter, puis ils allaient surfer et nager au milieu des tortues. Harry rentrait ensuite se doucher. Il aidait sa mamie à préparer le dîner pendant que Zach rejoignait Lulu pour une heure d'entraînement intensif.

Ils poussaient d'énormes pneus sur le sable mouillé. Ils escaladaient des palmiers. Ils nouaient et dénouaient des cordes. Ils se défiaient à la nage sur des distances variées. Ils pratiquaient le sauvetage en ramenant l'autre sur la rive.

Chaque fois, il devait jouer les indifférents. Il faisait mine de ne pas être affecté par la présence de Lulu. Mais que c'était dur ! Il vivait sur le fil, comme maintenant au bord de ce précipice…

Avec précaution, il enjamba le parapet avec les deux mains sur la corde. Son portable sonna alors qu'il entamait la descente dans le vide.

— Veux-tu que je le prenne ? demanda Lulu en jetant un coup d'œil sur sa poche poitrine.

Il n'avait guère le choix !

— Oui, s'il te plaît.

Elle s'agenouilla en tendant le bras. Il sentit la chaleur de sa paume sous sa chemise… puis le temps suspendit son cours. Elle était là, le téléphone à la main, mais elle ne bougeait plus.

Aimait-elle cette proximité autant que lui ? Partageait-elle ses doutes ? S'interdisait-elle aussi d'aller plus loin ?

Le portable, qui s'était tu, sonna de nouveau. Elle recula, laissant derrière elle un nuage de vanille et de frangipane. Zach fit un effort pour se ressaisir. Il remonta la paroi et enjamba le parapet.

— Téléphone de Zach Murphy ! dit Lulu. Oui… Quoi ? On part immédiatement à sa recherche !

Elle avait basculé en mode « sauvetage ». Quand elle raccrocha, Zach comprit qu'elle était déjà dans les starting-blocks.

— Une promeneuse, Julia Thompson, n'a pas donné signe de vie depuis deux jours, annonça-t-elle. Son mari était parti à sa recherche, mais il a rebroussé chemin de peur de se perdre. C'est lui qui a donné l'alerte. Il aurait vu de la fumée près d'ici, sur le sentier de randonnée. On peut aller jeter un coup d'œil à pied tous les deux. Casey et Stewart vont rester en stand-by. Ils viendront la récupérer en hélicoptère si on la trouve.

— On va la trouver. J'en suis certain, répondit-il d'un ton ferme.

— Je suis ravie de constater que mon optimisme déteint sur toi ! répliqua Lulu en souriant.

— Et moi, je suis ravi de t'avoir inculqué un minimum de prudence.

Ce n'était pas tout à fait exact, car Lulu respectant les règles n'était plus vraiment Lulu. Mais il n'avait pas le droit d'avouer qu'il la préférait dans son rôle de rebelle !

— Tu vas vite trouver un faux pas à me reprocher, rétorqua-elle avec un haussement d'épaules désinvolte.

— Ça, j'en doute.

Il avait répondu d'une voix rauque et, l'espace d'un instant, leurs regards se soudèrent dans un échange muet plus éloquent que les mots.

— Il faut qu'on bouge, murmura-t-elle.

Ranger le matériel ne leur prit que quelques minutes. Ces heures d'entraînement commun leur avaient permis de mieux se connaître et de travailler en parfaite symbiose. Ils n'avaient même plus besoin de parler pour se comprendre !

Que Zach le veuille ou non, la frontière entre le professionnel et le personnel s'amenuisait dangereusement. Il devrait redoubler de vigilance car il n'était pas venu à Hawaï pour tomber amoureux. Un mariage raté lui avait suffi. Il devait penser à Harry, rien qu'à Harry.

— Ça va ? demanda Lulu.

— Oui, pourquoi ?

— Je ne sais pas. Tu as l'air un peu… bizarre. Es-tu sûr de vouloir prendre cette mission ?

— Évidemment ! Allez hop, on y va.

Lulu se mit en route d'un bon pas.

Enfant, elle avait quasiment appris à courir avant de marcher. Certaines personnes – comme Zach – la trouvaient trop impulsive, mais c'était plus fort qu'elle.

Comment leur expliquer qu'elle se sentait « protégée » d'en haut ? Elle avait souvent l'impression que sa défunte mère était son ange gardien. Et même si elle n'avait pas bien connu ses parents, elle gardait leur exemple en mémoire.

Garde-côtes tous les deux, ils n'avaient jamais reculé devant le danger. Ils s'étaient noyés en essayant de secourir une surfeuse imprudente, partie en mer malgré le drapeau rouge.

Sa mère y était allée d'abord. Inquiet, son père l'avait rejointe sur l'océan déchaîné. Personne n'était revenu…

Leur disparition avait marqué la fratrie de manière durable, jusque dans l'orientation professionnelle de chacun. Les frères de Lulu exerçaient tous, sans exception, un métier à risque.

Il y avait chez les Kahale un militaire des forces spéciales, un vulcanologue, un garde du corps, un cascadeur et, bien sûr, un sauveteur en la personne de Mak, le grand « rival » de Lulu. Mais dans cette famille de risque-tout, elle avait toujours été la plus rebelle. La plus prompte à pousser les limites…

Dix minutes plus tôt encore, elle aurait pu jurer que Zach appréciait son caractère. Mais il s'était passé quelque chose au bord du précipice. Et sans savoir pourquoi, elle était maintenant aussi gênée que le premier jour, après leur rencontre calamiteuse. Elle préférait de loin l'ambiance électrique, à mi-chemin entre la rivalité et le flirt, qui s'était installée entre eux ces derniers temps !

Qu'avait-elle dit pour changer la donne ? Elle avait parlé de « faux pas », Zach avait répondu qu'il ne voyait rien à lui reprocher, ce qui ressemblait plutôt à un compliment… et le temps s'était arrêté.

Ils s'étaient figés dans leur bulle. Ils avaient failli s'embrasser, puis tout s'était arrêté d'un coup.

En rangeant le matériel, Zach avait eu l'air contrarié. Elle avait, visiblement, été la seule à trouver ces instants fabuleux. Elle avait cru remonter dans son estime, mais elle s'était trompée !

Pour la première fois depuis des lustres, elle se sentit vulnérable.

Zach incarnait le genre d'homme dont elle s'était promis de ne jamais tomber amoureuse. Il ne venait pas d'Hawaï. Il était trop rigide. Ils n'avaient rien en commun. Et pourtant, il lui plaisait !

Non seulement elle l'estimait, mais elle s'était attachée à Harry, son adorable petit garçon. Si elle n'avait rien à espérer, mieux valait donc qu'elle le sache. Elle pourrait ainsi trouver un moyen de faire marche arrière. Du moins l'espérait-elle.

Une pensée soudaine lui traversa l'esprit. Et si tout était la faute de Makoa ? Son frère aîné était peut-être allé voir Zach en cachette, poussé par un élan protecteur dont lui seul avait le secret ?

N'y tenant plus, elle pivota sur ses talons. Zach la heurta de plein fouet et, sous le choc, elle laissa échapper les questions qu'elle ruminait en silence depuis leur départ :

— Qu'y a-t-il ? Ai-je fait quelque chose de mal ?

Dans leur élan, ils s'étaient accrochés l'un à l'autre pour garder l'équilibre. Elle se rendit compte qu'elle lui agrippait fermement le bas du dos, ou plutôt… Oh ! non ! Elle le tenait par les fesses !

Quant à lui, il l'avait enlacée comme s'il voulait la protéger d'un ouragan. Elle ne devait pourtant y voir qu'un geste instinctif, rien d'autre. À moins qu'il n'ait *vraiment envie* de la serrer dans ses bras ? Il aurait pu la lâcher tout de suite, mais il ne l'avait pas fait…

— Non, rien, chuchota-t-il.

En quelques secondes, l'atmosphère devint électrique. Lulu en avait maintenant l'habitude : une énergie sensuelle se dégageait dès qu'ils étaient proches l'un de l'autre.

Zach inspira à fond. Son regard prit une teinte saphir, incroyablement lumineuse, qu'elle ne lui avait encore jamais vue. Alors, avant qu'elle ait pu réfléchir, il pencha la tête et l'embrassa.

Au début, ce fut un effleurement timide. Puis, la sentant réceptive, Zach approfondit son baiser. Ivre de désir, elle explora sa bouche tandis que, de ses lèvres taquines, il la récompensait de sa curiosité.

Quelques secondes avaient suffi pour que Lulu perde le contrôle. Mû par une volonté propre, son corps se plaquait contre celui de Zach. Dressée sur la pointe des pieds, elle captura délicatement sa lèvre inférieure entre ses dents, emportée par la vague qui déferlait sur elle.

Ses hanches épousaient celles de Zach à la perfection. Elle eut envie de s'enrouler autour de lui, de l'escalader comme un arbre, de lui nouer les jambes autour des hanches dans une étreinte fusionnelle qui les emmènerait loin, sur un petit nuage…

Bizarre, tout de même. Elle pensait aux nuages et maintenant, elle entendait un hélicoptère… *L'hélicoptère.*

Elle se détacha de Zach dans un sursaut. Quelle idiote ! Elle batifolait avec son chef alors qu'ils étaient en pleine mission !

Jamais, plus jamais, elle ne recommencerait. Entretenir une relation intime avec un collègue dans un milieu où l'on côtoyait la mort de près n'avait aucun sens. Ce risque émotionnel était dangereux pour les sauveteurs comme pour les victimes à secourir.

— On devrait y aller, dit-elle d'une voix essoufflée.

— Je… oui.

Ils avaient été happés par une tornade, propulsés au ciel et relâchés sur terre sans cérémonie. Que cela leur serve de leçon une fois pour toutes. L'expérience ne devait pas se reproduire.

Zach aurait voulu se donner de grandes claques sur la figure.

Néanmoins, même s'il avait fait une grosse bêtise, l'heure n'était pas aux états d'âme. L'urgence était de trouver la randonneuse disparue. Ensuite, quand il aurait le temps de réfléchir, il démissionnerait et chercherait un autre poste.

Mais où pourrait-il s'installer ? Il n'allait quand même pas déménager chaque fois qu'il rencontrait un problème personnel. Et comment se justifier auprès d'Harry ? Il ne pourrait pas lui dire qu'ils allaient « rejoindre papy et mamie » pour habiter tous ensemble sur une île paradisiaque, loin du bruit et de la pollution !

Dès qu'il avait posé le regard sur Lulu, il avait senti le danger. Il s'était promis de maintenir ses distances. Mais, malgré toutes ses précautions, il avait franchi la ligne jaune, n'écoutant que son instinct.

Encore maintenant, il avait du mal à occulter le souvenir de cette étreinte magique. Tenir Lulu dans ses bras lui avait paru extraordinaire. Mais il ne devait pas s'appesantir là-dessus !

Les poings enfoncés dans les poches, il accéléra le rythme. Il n'avait encore jamais failli à une mission. Pour lui, qui faisait toujours passer le travail en priorité – après Harry –, la leçon était amère.

— Regarde, là-bas ! s'exclama Lulu.

Elle montrait un tournant du ravin, à environ cent mètres de distance. On distinguait nettement un nuage de fumée et il se mit à courir. Lulu, elle, avait déjà pris son téléphone pour donner leur position à Stewart.

— Au secours… À l'aide, entendit Zach en se rapprochant de la paroi.

La voix féminine était faible, mais bien distincte. Il commença à sortir le matériel nécessaire pour une descente en rappel, aidé par Lulu. L'un d'eux devrait rester au sommet pour faire signe au pilote, tandis que l'autre irait prodiguer les premiers secours.

— Vas-y, toi, dit Lulu.

— Tu es sûre ?

Elle excellait dans ce type d'exercice, mais elle voulait lui céder la place ?

— Certaine.

Le message était clair : « Tu es le patron. On n'aurait pas dû s'embrasser. Maintenant, assume ton rôle de chef. »

Sans plus discuter, il s'équipa puis se laissa glisser le long de la paroi. Une épaisse canopée habillait la montagne, mais il repéra tout de suite la promeneuse au milieu des arbres.

— Je l'ai trouvée, Lulu ! cria-t-il, tout en courant vers la victime.

— Bonjour, je m'appelle Zach, je suis médecin. Êtes-vous Julia ?

— Ou… i.

La jeune femme avait baissé sa chaussette droite, découvrant légèrement sa cheville enflée. La peau présentait un impressionnant camaïeu de violets, bleus et rouges.

— Est-ce… Paul, mon mari, qui a donné l'alerte ?

— Absolument.

Le visage de Julia se crispa comme si elle allait fondre en larmes. Puis elle baissa les yeux sur son pied.

— J'ai eu très peur… d'enlever ma chaussure, balbutia-t-elle. Je me suis dit que, si un os dépassait, je préférais ne pas le voir !

— Vous avez eu le bon réflexe. En cas de fracture ouverte, le membre doit être stabilisé au maximum. Mais rassurez-vous, ça n'a pas l'air d'être le cas.

Il s'agenouilla devant la patiente, qui était couverte de terre. Il repéra des coupures et des contusions sans gravité, ainsi que de nombreuses piqûres de moustiques, mais rien d'autre. Julia s'en sortait bien !

— Mes collègues urgentistes vous feront passer une radio de la cheville à l'hôpital, annonça-t-il. Mais ce qu'il vous faut surtout, c'est un bon bain chaud et beaucoup de sommeil.

— Ah non, pas de bain chaud ! protesta faiblement Julia. Je rêve d'une pièce avec l'air conditionné. Et un bonhomme de neige, tant qu'à faire !

Zach sourit, heureux de constater que sa patiente avait

encore la force de plaisanter. Il prit une bouteille d'eau minérale dans son sac à dos et la lui donna.

— Buvez lentement, par petites gorgées.

La jeune femme secoua la tête.

— Je ne pense pas être déshydratée, murmura-t-elle, montrant du doigt le ruisseau qui coulait quelques mètres plus loin. Je ne sais pas si l'eau est potable, mais avec cette chaleur, je n'avais pas vraiment le choix.

— Vous avez bien fait, la rassura-t-il.

Il avisa un minuscule sac à dos posé par terre. La pauvre Julia devait être affamée. Il décida de lui donner une barre énergétique, et encore une fois, lui conseilla de manger lentement.

Pourquoi avait-elle attendu deux jours pour allumer un feu ? N'avait-elle pas réussi avant ? Il s'abstint de lui poser la question car cela n'avait plus beaucoup d'intérêt. Mieux valait se focaliser sur le positif, comme l'aurait fait Lulu à sa place :

— Heureusement que vous aviez des allumettes !

— C'était… un briquet. Qui est d'ailleurs la cause de tous mes problèmes.

— Comment cela ?

Julia eut un petit rire qui ressemblait davantage à un sanglot.

— Au moins, je sais que mon mari tient à moi, même quand il est fâché…

Zach la regarda sans comprendre. Ses propos lui paraissaient de plus en plus obscurs.

— L'hélicoptère arrive, dit-il d'un ton calme. L'entendez-vous, là, juste au-dessus ? Courage ! On va bientôt vous hélitreuiller.

Mais Julia ne parut pas l'entendre. Le regard dans le vague, elle se mit à parler d'un ton monocorde :

— Paul et moi, on était partis en balade. En chemin,

on s'est disputés, parce que je ne supporte plus qu'il soit fumeur. Il s'est énervé. Il a dit… qu'il allait « en griller une » parce que je le stressais.

— Je vois, murmura-t-il.

— Je lui ai arraché son paquet de cigarettes et son briquet des mains, et j'ai tout jeté ici, dans le ravin. Mais le briquet appartenait à son père. Il était gravé à son nom, et tout et tout. Paul s'est mis dans une colère noire. Je ne l'avais jamais vu dans cet état.

Zach voulut répondre, mais les mots jaillissaient de la bouche de Julia comme un torrent :

— Paul a fait demi-tour. Moi, je suis restée là un moment. Au bout d'une heure, comme il ne revenait pas, je me suis dit qu'il avait dû rentrer à l'hôtel. Et j'ai eu une idée…

— Ah, oui ? Laquelle ?

— J'ai voulu retrouver le briquet pour essayer d'arranger les choses entre nous. Je suis tombée… mais je ne regrette rien. Je serais perdue, sans Paul, vous comprenez ? Je ne peux pas vivre sans lui. J'ai compris ça en étant seule dans cette jungle…

Zach lui pressa la main.

— Tout est bien qui finit bien. On vous a retrouvée, et en plus, grâce au briquet de Paul. C'est un bon présage pour la suite, non ?

— Je l'espère.

Voyant l'hélicoptère se stabiliser au-dessus d'eux, il se tint prêt pour organiser l'hélitreuillage. Lulu, elle, s'était rapprochée du bord du ravin. Même à cette distance, il remarqua son air fermé et pesta intérieurement.

C'était lui qui l'avait mise en colère. Il avait très mal réagi après leur baiser !

— Je vais remonter et ranger le matériel, cria-t-il dans sa direction.

Elle opina, acceptant *de facto* d'accompagner Julia à l'hôpital.

Après avoir rassuré sa patiente, Zach l'installa sur le brancard envoyé par Casey. Dès que Julia fut en sécurité dans l'hélicoptère, un filin descendit. Lulu s'y attacha avec des gestes rapides et sûrs.

— On se voit à l'hôpital, d'accord ? lui cria-t-il.

Elle haussa les épaules, puis fit un signe à Casey et disparut dans les airs.

Songeur, Zach rassembla ses affaires et s'équipa de nouveau pour escalader la paroi. La distance était courte, et cette fois, il avait le temps. Il pouvait remonter « tranquillement ».

Parvenu au sommet, il reprit le chemin qu'ils avaient emprunté, Lulu et lui. Il pensait à Julia, sa patiente.

La jeune femme s'était querellée avec son mari pour un motif apparemment futile, qui ne l'était pas tant que ça. Elle se préoccupait de la santé de son époux. Elle voulait qu'ils aient une belle qualité de vie.

Moi aussi, je rêve d'une vie heureuse. Sans heurt, sans surprises. C'est le mieux pour Harry et pour moi.

Les cris de joie de son petit garçon, debout avec Lulu sur sa planche de surf, lui revinrent tout à coup en mémoire. Harry était *heureux* avec Lulu. Cela valait-il la peine de prendre tous les risques ?

Il ne savait pas. Il était perdu.

Il comptait sur les trois jours de tête-à-tête avec Lulu, pendant les Jeux inter-îles, pour avoir un commencement de réponse. Car il ne pourrait pas rester dans l'incertitude éternellement.

8.

Depuis une semaine, Lulu ignorait les appels et les messages de Zach.

Après le sauvetage de Julia, elle avait posé des jours de récupération, prétextant avoir besoin de repos. Mais au lieu de rester tranquille, elle avait accepté des gardes au service d'ambulances qui la sollicitait régulièrement sur son temps libre.

Faire des heures supplémentaires était moins vital, maintenant qu'elle n'avait plus d'achat immobilier en vue. Mais elle voulait quand même s'occuper l'esprit !

Ce jour-là, elle se trouvait sur la plage de Waikiki, où elle avait dû intervenir plusieurs fois auprès de familles dont les enfants risquaient le coup de chaleur. Être parent exigeait un minimum de bon sens, mais ce n'était pas toujours simple…

Personnellement, cela lui faisait peur. Elle s'imaginait mal aimer deux êtres – un enfant et son père – de manière aussi inconditionnelle. Et pourtant, quelque part, elle enviait ces gens. Elle était gaga de ses neveux et nièces. Elle s'attachait à tous les gamins qu'elle aidait au Superstars Surf Club. Quant à Harry…

Elle eut un pincement au cœur. Même si elle évitait Zach, elle avait continué les leçons de surf. Harry n'y était pour rien, s'il avait un père trop sexy !

Bouleversée, elle ferma les paupières. Elle voyait Zach

partout. Son odeur boisée et citronnée ne la quittait pas. Encore maintenant, elle…

Quoi ?

Elle rouvrit brusquement les paupières. Zach était là, à côté d'elle !

— Salut, dit-il en lui donnant un petit coup de hanche.

Elle déglutit avec peine, l'estomac soudain rempli de papillons virevoltants…

— Salut, toi-même.

Bien joué, Lulu. Tu es parfaite dans le rôle de l'ado attardée.

Zach toussota. Il avait l'air sur la défensive. Quoi de plus normal ?

— Je m'excuse de venir te déranger, mais je n'ai pas tout compris, Lulu. Ces congés pendant lesquels tu travailles ailleurs… est-ce une façon de dire que tu refuses de participer aux Jeux inter-îles ?

— Non, pas du tout !

Le regard de Zach s'adoucit un peu.

— Très bien. Dans ce cas, tu te rappelles qu'on doit partir ce soir ?

— Bien sûr.

Elle avait espéré que Zach, n'entendant plus parler d'elle, annulerait leur inscription. Apparemment, c'était loupé !

Elle eut soudain la vision d'un hôtel de luxe, de soirées cosy au bord de la piscine. Elle devrait rester sobre pour garder la tête froide. Il ne serait pas question de céder à la magie des lieux !

À sa manière de la dévisager, elle sut que Zach pensait la même chose. L'air était devenu aussi lourd qu'avant un orage tropical et, pour détendre l'atmosphère, elle préféra changer de sujet :

— Comment va Harry ?

— Très bien. Je te remercie… de ne pas l'avoir laissé tomber, lui.

Elle ravala la protestation qui lui montait aux lèvres. Le reproche voilé de Zach était justifié : elle avait brutalement disparu des radars alors qu'ils devaient s'entraîner tous les jours. Elle s'était ingéniée à ne pas croiser sa route. Elle s'était renseignée auprès de Casey pour connaître ses heures de garde et, ainsi, aller voir Harry en son absence…

— C'est dommage qu'on ait loupé une semaine d'entraînement, dit-il d'un ton neutre.

Ne pouvait-il manifester une émotion quelconque ? Cet air indifférent exaspérait Lulu. Elle avait envie de l'étrangler et de l'embrasser en même temps, de lui crier dessus pour le faire réagir !

— Salut !

L'équipier de Lulu, Jason, venait de se matérialiser près d'eux. Il tenait deux sucettes glacées à la main et souriait d'un air amusé.

— La journée est finie, tu l'as bien méritée, dit-il en offrant une glace à Lulu.

— Merci beaucoup.

— Si j'avais su que tu avais de la compagnie, j'en aurais apporté une autre, commenta Jason.

Lulu le remercia, fit les présentations, puis lécha son esquimau pour se donner une contenance. Elle s'aperçut alors que Zach la dévisageait et rougit furieusement.

— Je… On part aux Jeux inter-îles ce soir, bafouilla-t-elle. L'avion est à quelle heure, déjà ? ajouta-t-elle, faussement désinvolte, sans oser regarder Zach dans les yeux.

— 19 heures. Je peux venir te chercher, si ça t'arrange.

Il fixait sa bouche avec une remarquable obstination. Et elle qui ne savait plus où se mettre…

Le récepteur radio fixé à la ceinture de Jason se mit soudain à grésiller, la tirant d'embarras.

— Excusez-moi, les amoureux, dit Jason en riant.

Ni elle ni Zach ne pipèrent mot. Leurs protestations n'auraient fait qu'aggraver leur cas.

Elle vit Jason se rembrunir, puis articuler quelques réponses brèves dans son talkie-walkie. Au bout de deux minutes, il pivota vers eux.

— Le central demande une ambulance pour un gars qui a voulu jouer à Tarzan, expliqua-t-il. Veux-tu faire des heures sup', Lulu ?

— Euh, je… oui, répondit-elle.

Elle n'était plus en état de réfléchir. Elle se souvenait à peine de ce qu'elle fabriquait sur cette plage !

— Et vous, doc, vous nous accompagnez ? Comme ça, vous pourrez voir une vraie équipe de secours à l'œuvre.

— Zach travaillait chez les pompiers de New York ! intervint Lulu d'un ton protecteur qui la surprit elle-même.

Jason entrechoqua le poing avec celui de Zach.

— Respect, mon gars. Les choses sont très différentes ici. Ça vous intéresse de voir comment on travaille ?

— Bien sûr.

Tout en parlant, ils avaient rejoint l'ambulance garée le long de la plage. Jason déverrouilla les portes et leur fit signe de s'installer à l'arrière.

— Soyez sages, les amoureux.

Vexée, Lulu s'assit en face de Zach, de l'autre côté du brancard fixé au milieu du hayon. Elle eut l'impression que l'océan Pacifique entier les séparait.

— On n'est pas obligés de le faire, tu sais, dit-il.

— C'est un peu tard, non ?

Jason négocia un virage un peu sec qui la projeta vers l'avant. Zach lui captura les poignets de manière réflexe pour la retenir. Mais, au lieu de la lâcher, il la regarda intensément.

— Je parlais des Jeux.

Elle se libéra, secoua la tête et reprit sa place.

— Si, il faut y aller !

— Pourquoi y tiens-tu à ce point ?

— Pour prouver à mes frères que je suis capable de les battre. Sinon, ils ne me ficheront jamais la paix !

Quant à Zach… Il lui avait pris son poste, sa maison. Il lui avait volé sa tranquillité. Les Jeux représentaient une bouée de sauvetage. L'occasion de montrer qu'elle existait.

Comment aurait-elle pu lui expliquer ce qu'elle ressentait ? Elle n'avait jamais voulu tomber amoureuse comme ses parents, et pourtant, l'impensable était en train de se produire. Terrifiée par ce constat, elle voulait se dépasser physiquement pour oublier le reste.

Ses frères envahissants. Zach. Le chaos qu'était devenue sa vie…

— C'est vraiment ce que tu veux ? Avoir la paix ?

La question était lourde de sens. Zach l'avait percée à jour. Elle aurait pu s'en douter…

Si elle disait « oui », il se conduirait en gentleman pendant les Jeux. Mais si elle donnait une réponse négative…

— Non, chuchota-t-elle.

Il se rejeta en arrière, les yeux brillant d'une détermination nouvelle.

— Très bien. Dans ce cas, que veux-tu qu'on fasse, Lulu ?

Zach était en train de faire des confettis avec sa serviette à cocktail.

Que veux-tu qu'on fasse ?

Lulu n'avait pas répondu à cette question. Peu après, ils étaient arrivés sur leur lieu d'intervention et le travail avait repris ses droits. Ils avaient bandé les côtes du jeune homme qui avait chuté d'un arbre en jouant les cascadeurs.

Comme toujours, il avait apprécié le professionnalisme,

la détermination et l'empathie de Lulu. Il l'aimait bien. Et même, pour être honnête, un peu plus que ça.

Cependant, il n'était pas prêt à s'engager dans une relation sérieuse. Encore moins avec une femme qui avait l'air de se chercher. Les actions de Lulu ressemblaient à des tests qu'elle s'imposait. Tant qu'elle n'aurait pas mis ses attentes au clair, il resterait prudent…

— Et voilà ! Monsieur est servi !

Lulu s'avançait, deux verres en forme d'ananas calés contre la poitrine. Il détourna les yeux, effaré. Il était venu ici pour les Jeux, pas pour admirer les seins de son équipière !

— Tu aimes le rhum, j'espère ? demanda-t-elle en posant un cocktail devant lui.

Elle s'assit, puis commença à boire le sien.

— C'est à peu près tout ce qu'on met dans le mai tai, précisa-t-elle en riant.

Il dégusta une gorgée, s'étrangla… et dut boire de l'eau pour arrêter de tousser.

— Waouh, tu ne plaisantais pas !

Lulu haussa les sourcils, reprit son verre et savoura plusieurs gorgées sans sourciller. Il était clair qu'elle le prenait pour un « petit joueur » et s'en amusait. À moins qu'elle ait choisi la version sans alcool pour elle-même ?

Il allait l'interroger sur la composition exacte du mai tai quand une silhouette imposante se matérialisa près de leur table.

— Hé, qui voilà ? Mini-Menehune !

— Oh ! non…, marmonna Lulu.

Zach capta le regard alarmé qu'elle lui jetait par-dessus son verre. Elle se leva comme un ressort et fit un double *shaka*.

— Salut, frangin, dit-elle avec une gaieté qui sonnait faux. Ça va ?

Nouveau regard, insistant cette fois. Elle semblait vouloir dire : « Lève-toi, Zach. Ne te laisse pas dominer. » Néanmoins, il resta bien vissé sur sa chaise.

Les gars comme Makoa, sous leurs airs bourrus, avaient tous un point faible. Il en avait côtoyé assez pour le savoir. Le talon d'Achille de Mak était probablement sa sœur !

Comme prévu, celui-ci, voyant que Zach ne bougeait pas, s'avança et lui tendit la main.

— Salut, doc. Content de vous revoir.

Et voilà. La tactique avait fonctionné.

— Bonsoir, Mak. C'est sympa de vous retrouver ici.

— Êtes-vous prêt pour tout à l'heure ?

— Tout à l'heure ? Je croyais que les Jeux commençaient demain…

— Officiellement oui, mais on fait toujours un échauffement public la veille. Là-bas, sur le podium, devant tout le monde !

Lulu avala la moitié de son cocktail d'une traite. Elle semblait découvrir l'information, elle aussi.

— Y a-t-il des récompenses, Mak ?

Son frère lui tapota les cheveux en riant.

— Bien sûr, ma puce. À mon avis, c'est ta seule chance d'en remporter une ce week-end !

Zach fronça les sourcils. Taquiner sa sœur était bien joli, mais Mak ne semblait pas comprendre à quel point ces Jeux étaient importants pour elle. Ce qui était ridicule, car elle n'avait pas besoin de médaille pour prouver sa valeur. Elle était belle, courageuse, drôle, intelligente…

— Tu veux participer ? demanda-t-elle d'un ton hésitant.

— Bien sûr !

Il repoussa son verre, heureux de n'avoir pas consommé d'alcool car il avait plus que jamais besoin de garder la tête froide. Puis il se leva et sautilla d'un pied sur l'autre à la manière d'un boxeur.

— Je suis prêt. Quand vous voulez, Makoa.

Ce dernier éclata d'un rire sonore.

— On dirait que ma sœur vous a contaminé avec ses rêves de gloire !

Sans se démonter, Zach contourna la table et enroula un bras autour des épaules de Lulu.

— On est prêts à tout, pas vrai ? s'exclama-t-il d'un ton joyeux.

Le sourire de Lulu fut sa meilleure récompense.

— Absolument, confirma-t-elle. Gare à toi, frangin !

Voilà, on y était. Zach et Lulu se trouvaient en « finale » de la soirée préparatoire. Ils allaient en découdre avec Makoa et sa partenaire Kiko, une petite boule d'énergie qui ne s'en laissait pas conter.

Le public, échauffé par les cocktails, criait et tapait dans les mains. La plupart des gens avaient parié sur Makoa et Kiko, des habitués de la compétition, tandis qu'eux, les « novices », faisaient figure d'outsiders.

Au fil de la soirée, Zach avait mieux cerné l'histoire de Lulu. Grandir dans l'ombre de ses frères avait sûrement été difficile. Et, comprenant cela, il avait voulu se dépasser pour lui faire plaisir.

Voyant combien ils étaient motivés, quelques « perdants » des premiers rounds s'étaient mis à les soutenir. Makoa raflait tous les prix depuis dix ans. Certains auraient bien aimé – au moins secrètement – le voir mordre la poussière !

Un tel scénario restait, hélas, improbable…

— Silence, vous autres !

Le « maître de cérémonie », en marinière rouge et grise, était remonté sur scène. Il leva les mains pour ramener un semblant de calme, puis, d'un ton dramatique, enchaîna :

— La dernière épreuve, mesdames et messieurs, sera… le défi des menottes !

Une éruption de cris, rires et autres sifflets ponctua cette annonce. Perplexe, Zach interrogea Lulu du regard, mais elle écarta les mains pour lui signifier son ignorance. Après tout, elle débutait, elle aussi…

— La règle est simple, poursuivit l'arbitre. Les deux partenaires seront attachés ensemble. Il leur faudra rivaliser d'ingéniosité et d'esprit d'équipe pour se libérer. Le public pourra bien sûr donner son avis. La moitié des spectateurs conseillera Makoa et Kiko, l'autre moitié, Zach et Lulu. Vous aurez cinq minutes, pas une seconde de plus !

Génial, pensa Zach. Sous l'effet du cocktail, Lulu était devenue un peu… exubérante. Elle avait déjà paradé sur scène en clamant qu'ils étaient les meilleurs. Qu'allait-elle inventer cette fois ?

Quelques instants plus tard, ils se retrouvèrent dos à dos, les poignets liés par une sorte de ruban caoutchouteux. La matière, assez rigide, empêchait presque tout mouvement et le public, galvanisé, se mit à suggérer des méthodes improbables :

— Démontez-vous une épaule !

— Non, disloquez-vous les pouces !

Zach, qui voyait de nombreux inconvénients à ces solutions, se mit à réfléchir fébrilement. C'est alors que Lulu pivota vers lui, sa tresse lui balayant la joue.

— Je sais quoi faire, annonça-t-elle. Tu me suis ?

Il eut un grognement affirmatif. Pourvu qu'elle ait trouvé un bon plan ! Il se voyait mal rester scotché à elle toute la soirée. Émoustillé par le contact de ses fesses rondes, il craignait d'avoir une érection, là, devant témoins !

Concentre-toi sur le jeu. Rien que sur le jeu.

— Accroupis-toi, ordonna Lulu. Je vais t'escalader… ou peut-être glisser sous toi. Il faut voir…

Comme elle se baissait, il fut bien obligé de l'imiter. Alors, d'un coup, elle s'écarta au maximum pour effectuer une virevolte. Cette manœuvre digne d'une gymnaste réussit : il lui tournait toujours le dos mais cette fois, ils étaient assis et il sentait le contact de sa poitrine contre ses omoplates !

Avec un peu de souplesse, il pourrait peut-être la faire passer entre ses jambes ?

Tendant le bras, il effleura un sein rond, déclenchant l'hilarité des spectateurs. Cinq secondes plus tard, alors que Lulu cherchait à lui escalader la tête, il tira de toutes ses forces. Et finalement, elle perdit l'équilibre pour se retrouver sur lui, à califourchon !

Ivre de désir, il eut l'impression que le reste du monde s'évaporait. Ils avaient le corps en feu, le souffle court. Leurs regards trahissaient la passion folle qui les habitait…

Pourquoi avait-il renoncé à l'amour ? Il voulait s'offrir à Lulu corps et âme. Oublier les Jeux et s'enfermer trois jours avec elle dans sa chambre. La rendre folle de plaisir. S'abandonner…

Dans un brouillard, il entendit le maître de cérémonie égrener le compte à rebours final. Derrière lui, Kiko et Makoa palabraient, apparemment sans avoir bougé.

— … huit, sept…

— Attention, ça va brûler un peu, murmura Lulu contre sa bouche.

C'était l'avertissement le plus érotique qu'il ait jamais reçu.

— Vas-y…

Elle tordit les mains d'un geste brusque… et ils se retrouvèrent libres. Aussitôt, elle se leva comme un ressort pour danser autour de Makoa et Kiko qui, trois secondes plus tard, se dégagèrent en effectuant une passe de bras. Pour une fois, les champions avaient perdu !

Zach se redressa et salua la foule avec un sourire plus

gêné que triomphant. Il n'espérait qu'une chose : pouvoir s'échapper.

Il ne voulait pas qu'on lui offre un cocktail. Il ne voulait pas poser avec Lulu pour la photo traditionnelle.

Ce qu'il lui fallait, c'était une bonne douche froide !

9.

Assis à une petite table, Zach buvait son café. Quand Lulu s'approcha en souriant, son assiette à la main, c'est à peine s'il la regarda.

— Tu as filé vite, hier, dit-elle.

Silence. Elle insista :

— Puis-je me joindre à toi ?

— Je t'en prie.

Parcourue d'un frisson, elle s'assit face à lui. À cette minute précise, elle revoyait le Zach sévère et distant du premier jour. Avait-il pris une décision radicale la concernant ?

Si oui, elle devait réagir en professionnelle. Ils étaient venus pour les Jeux. En tant qu'adulte raisonnable, elle oublierait sa déception. Même si elle avait été vexée qu'il disparaisse sans crier gare, la veille…

Ses œufs étaient trop chauds. Elle se brûla en dégustant la première bouchée et reposa sa fourchette en soupirant.

— Ça va ? demanda-t-elle.

— Impeccable.

— Menteur !

Zach leva enfin le nez de sa tasse. Il avait le regard des mauvais jours. Quel crime avait-elle encore commis ?

Ils mangèrent en silence pendant quelques minutes. Alors, n'y tenant plus, elle abandonna de nouveau ses couverts.

— Explique-moi ce qui cloche, dit-elle.

Il secoua la tête.

— Ce n'est pas important. On va se concentrer sur les Jeux, d'accord ?

— Comment veux-tu qu'on y arrive si tu passes ton temps à bouder ? protesta-t-elle, exaspérée.

— Je ne…

Il leva les deux mains, ferma les yeux et inspira profondément. Puis lui lança un regard coupable.

— Tu veux la vérité ? J'avais envie… de faire l'amour avec toi, hier soir.

Elle faillit tomber de sa chaise. Avait-elle bien entendu ? Pouvait-elle se montrer franche à son tour ? Oui, décida-t-elle. Cela simplifierait peut-être les choses.

— Moi aussi, Zach.

— On se tourne autour depuis des semaines, maugréa-t-il. Je n'en peux plus. Ça m'obsède.

— Moi aussi, répéta-t-elle en souriant.

Elle se sentait, soudain, beaucoup plus légère. Un poids énorme s'était envolé de ses épaules !

— C'est d'autant plus gênant que ça ne me ressemble pas, avoua-t-elle. Je n'ai pas l'habitude d'embrasser mes chefs.

— Ni de les mettre en position inconfortable en t'asseyant sur leurs genoux ?

— C'était pour la bonne cause ! protesta-t-elle en riant. On a gagné grâce à moi. Mais… je te comprends.

Il commençait une nouvelle vie. Il se démenait pour son fils. Il était encore à l'essai au travail. Il n'avait pas besoin de « perturbations » supplémentaires !

— Si je démissionnais ? proposa-t-elle sans réfléchir. On serait plus libres…

— Bien sûr que non. Je te vois mal faire autre chose que du sauvetage.

— Tu as raison… Mais je pourrais toujours intégrer le service d'ambulances.

Zach se mit à rire.

— On forme une drôle d'équipe, toi et moi. Au lieu de parler des Jeux, on cherche des solutions pour coucher ensemble !

Elle soupira.

— Il faut juste qu'on sache si on veut transgresser nos règles ou pas. C'est un peu compliqué.

— Si tu ne l'as jamais fait avec personne, pourquoi commencerais-tu maintenant ?

Parce que je suis amoureuse de toi. Mais je ne vais sûrement pas te le dire !

— Je suis en train… de revoir mes priorités.

— Ah bon ? À quel niveau ?

— Tous ! Regarde le travail. J'étais sûre de vouloir ton poste, mais ce n'était pas le cas. Les recruteurs s'en sont aperçus avant moi. Ils avaient raison. Je détesterais ton job.

Ils s'esclaffèrent en chœur.

— Laisse-moi deviner…, dit Zach, taquin.

— Je ne suis pas assez carrée. Faire appliquer le règlement, très peu pour moi.

— De toute évidence, tu es meilleure sur le terrain.

— Voilà. Je dois accepter mes qualités et mes défauts.

— Comme tout le monde. Personne n'est parfait.

Elle eut la nette impression qu'il parlait davantage pour lui-même que pour elle.

— En ce qui te concerne, on a du mal à trouver les failles. Tu te protèges beaucoup, je trouve, lâcha-t-elle prudemment.

À son froncement de sourcils, elle comprit qu'elle avait vu juste. Il avait dû connaître une grosse déception, dont il avait eu du mal à se relever. Était-il guéri ? Rien n'était moins sûr.

— Tu peux me parler, tu sais, insista-t-elle en portant une main à son cœur. Cela t'étonnera peut-être, mais je suis capable de garder un secret !

Il secoua la tête en souriant. Elle crut que la discussion allait s'arrêter là, mais il croisa les mains sur la table.

— Christina, mon ex-femme, est top model, commença-t-il. Je l'ai rencontrée… en lui sauvant la vie. Elle était piégée dans un entrepôt en flammes pendant un shooting. Le décor avait pris feu.

— C'est un scénario de film romantique ! chuchota Lulu.

— Au départ, oui. Après le sauvetage, les producteurs nous ont contactés, mes collègues et moi. On a fait une séance de photos avec les mannequins. Christina… m'a demandé mon numéro. Elle voulait me revoir, etc. Mais l'histoire a mal fini, conclut-il en agitant son annulaire gauche.

Il avait dû porter une alliance. Bien sûr, ce n'était plus le cas.

— Que s'est-il passé ? demanda-t-elle.

— On a eu Harry.

Zach n'en revenait pas. Il s'étonnait d'avoir lâché une confidence qui le renvoyait aux pires moments de sa vie.

Quant à Lulu… Elle le dévisageait bouche bée, sans doute choquée par sa réponse. Mais il y avait aussi de l'empathie dans son regard, et un intérêt sincère. Il avait eu raison de lui faire confiance. Il ne voulait plus rien lui cacher.

Si leur relation était amenée à évoluer, autant qu'il se montre honnête. C'était la moindre des choses.

— Je… n'en ai jamais parlé à personne, sauf à mes parents, reprit-il.

Il expliqua à Lulu comment, une nuit, il s'était disputé avec Christina.

« Si nous n'avions pas eu Harry, parlerait-on de divorce aujourd'hui » ? avait-il demandé. Il connaissait déjà la réponse, mais la réaction de Christina avait confirmé ses doutes. Elle avait surtout balayé ses certitudes naïves sur l'amour inconditionnel…

Harry s'était retrouvé handicapé suite à une erreur médicale, un manque d'oxygène à la naissance. Et pourtant, Christina l'avait accusé, lui, d'être responsable du handicap de leur fils.

« Ce métier t'expose à toutes sortes de cochonneries. Ton père a fini invalide, ça ne te suffit pas ? Tu veux qu'il t'arrive la même chose ? Je suis sûre que les problèmes d'Harry sont génétiques », avait lancé Christina d'un ton haineux.

Que Zach lui ait un jour sauvé la vie ne comptait plus. Elle l'avait épousé pour le côté « glamour ». Être mariée à un héros donnait de la visibilité. On faisait davantage la « une » des magazines !

Bouleversé, il remarqua que Lulu avait blêmi sous son hâle. Peut-être devrait-il arrêter là les confidences ? Mais il ne pouvait plus se taire. Il voulait – *il devait* – tout dire.

— À ce moment-là, j'ai détesté Christina, avoua-t-il. J'étais fou de rage. Comment une mère pouvait-elle rejeter son fils ? Et puis, dans ma colère, j'ai eu un moment de lucidité. Je me suis rendu compte qu'elle chuchotait pour ne pas réveiller Harry. Elle jetait des coups d'œil vers sa chambre. Mine de rien, elle faisait un peu attention à lui…

Lulu opina, l'air triste. Il enchaîna :

— J'ai compris qu'elle était odieuse parce qu'elle avait peur. Tout simplement. Et moi, je ne pouvais rien y faire.

La peur déclenchait toutes sortes de réactions chez les gens, le meilleur comme le pire. On ne pouvait pas forcer quelqu'un à changer. Sa femme était trop centrée sur elle-même pour supporter un enfant « différent » au quotidien.

— Qu'as-tu fait, alors ? demanda Lulu.

— J'ai beaucoup réfléchi. J'ai discuté avec mes parents. Pour le bien d'Harry, il fallait que la situation s'apaise. Je ne pouvais pas vivre éternellement avec ma colère. J'ai fait la paix avec Christina. Nous avons entamé la procédure de divorce d'un commun accord, en essayant de préserver nos beaux souvenirs.

L'air navré de Lulu lui fit comprendre que, comme lui, elle aurait eu du mal à voir le côté positif de ce mariage désastreux. Elle balaya une larme furtive d'un revers de main, puis secoua la tête.

— Comment peut-on… ne pas vouloir d'Harry ? balbutia-t-elle. Ce gosse est formidable. Si c'était possible, je viendrais le voir tous les jours.

Sa sincérité était indéniable, et il réalisa à quel point elle s'était attachée à Harry. Non contente de surfer avec lui, elle l'avait déjà gardé plusieurs fois, le temps que ses grands-parents aillent faire les courses. Elle avait souvent proposé de l'emmener manger un hamburger ou une glace. Toutes choses qu'une mère faisait habituellement sans réfléchir…

Elle était devenue indispensable à leur cercle familial !

— Tu as raison. Harry est le plus beau cadeau que j'aie reçu, déclara-t-il, bouleversé.

— Voit-il souvent sa mère ? Elle doit trouver ça… compliqué que tu sois parti si loin, non ?

La vérité pesait à Zach depuis trop longtemps. Prononcer les mots fut un acte libérateur :

— Elle ne souhaite pas s'investir auprès d'un enfant handicapé. Depuis le divorce, elle voyage sans arrêt. Elle n'a pas vu Harry depuis quatorze mois.

— Oh ! Seigneur…

— Comme tu dis ! Mais en fait, c'est moi qui ai du mal à l'accepter. Je ne crois pas qu'elle manque beaucoup à Harry.

— Ah bon ?

— Même au début, elle n'a jamais été très maternelle.

Mes parents étaient là pour nous aider. Ensuite, j'ai géré l'intendance, les rendez-vous médicaux. J'ai organisé les sorties. Christina emmenait Harry au parc de temps en temps, mais ça s'arrêtait là. Elle a vite repris son tourbillon d'activités mondaines.

Quand Lulu chuchota un juron, il lui prit la main par-dessus la table.

— Ta gentillesse envers Harry me touche énormément, dit-il d'un ton doux. Il t'adore. Il parle de toi sans arrêt.

— Il est génial, répondit-elle en reniflant.

Alors qu'ils échangeaient un regard ému, un coup de sifflet les fit sursauter.

— Bonjour, tout le monde ! Allez, on s'active ! On commence dans dix minutes.

Le « maître de cérémonie » se tenait sur le seuil, battant le rappel. Lulu se leva et secoua les épaules comme pour se libérer d'un poids.

— On va gagner, dit-elle avec une détermination que Zach ne lui avait encore jamais vue. On va tout donner pour Harry.

— Encore deux minutes ! décréta Lulu.

Les mains aplaties sur le mannequin, elle se sentait épuisée après avoir conduit un long massage cardiaque. Elle avait depuis longtemps dépassé les neuf minutes « réglementaires », au-delà desquelles il était admis qu'un être humain ne pouvait pas survivre sans séquelles irréversibles.

En général, on prononçait le décès au bout de vingt minutes. Mais certaines réanimations de trente, quarante, voire cinquante minutes étaient parfois couronnées de succès !

— Laisse-moi te relayer, offrit Zach en posant les mains sur les siennes.

Malgré la douceur de ce contact, elle secoua la tête.

— Non, marmonna-t-elle.

Elle ne pouvait pas abandonner. C'était sa faute s'ils avaient mis trop de temps à trouver le mannequin. L'objet était équipé d'un simulateur de crise cardiaque. Si la « réanimation » fonctionnait, un voyant vert s'allumerait. En cas d'échec, la lumière rouge qui clignotait déjà sur sa poitrine virerait au noir.

— Lulu… Sois raisonnable. Si tu t'épuises, tu n'auras plus assez d'énergie pour l'épreuve de la corde.

Il avait raison. Jeter une corde par-dessus un ravin pour « sauver » son partenaire n'aurait rien d'évident, surtout en face de Makoa. Mais ce défi serait peu de chose comparé aux difficultés d'Harry. Il fallait relativiser !

Quand la lumière sur le mannequin devint noire, elle eut, d'un coup, très froid. Un sentiment d'échec cuisant lui nouait la gorge.

Elle était furieuse contre elle-même de ne pas avoir écouté Zach. Au lieu de suivre les indices, elle avait emprunté un chemin parallèle pour gagner du temps. Résultat : ils en avaient perdu beaucoup.

Elle se rejeta en arrière sur les talons et laissa échapper un sanglot. Zach se précipita, l'attira dans ses bras, puis la berça doucement.

— Hé, là… Tu as fait le maximum, Lulu.

— Non ! cria-t-elle.

— Ce n'est pas grave, voyons. Ce n'est qu'un jeu.

— Non !

Pendant qu'elle s'activait, il s'était mis à pleuvoir, mais elle se moquait d'être trempée. Plus rien n'avait d'importance.

— Tu veux qu'on parle ? demanda Zach d'un ton doux.

Pas plus tard que ce matin-là, il s'était confié à elle. Leurs liens se renforçaient jour après jour. Elle était tombée amoureuse au moment où elle s'y attendait le moins. Alors oui, elle devait – elle voulait – lui parler.

— C'est étrange, la vie, murmura-t-elle. Mes parents se sont rencontrés ici, sur la Grande Île. Mais… je les ai très peu connus. Ils sont morts quand j'avais huit ans.

Elle expliqua combien elle avait trouvé difficile de s'épanouir au milieu de ses frères. Leur côté protecteur était vite devenu étouffant. Et quand enfin, à la force du poignet, elle avait bâti sa carrière, elle s'était rendu compte que la réussite professionnelle ne lui ramènerait jamais ses parents…

— Leur mort aurait-elle pu être évitée ? questionna Zach quand elle marqua une pause.

— Oui, bien sûr ! s'exclama-t-elle dans un sanglot. Ils auraient pu rester avec moi sur le quai. Ils auraient dû choisir leurs enfants au lieu de…

Elle s'interrompit, submergée par l'émotion. Jamais elle n'avait dit cela à quiconque. Elle avait gardé sa colère et son chagrin soigneusement enfouis. Mais là, d'un coup, les vannes s'ouvraient.

Zach l'entraîna sous un arbre, à l'abri, et s'assit en tailleur. Puis il lui entoura les épaules.

— Que s'est-il passé, Lulu ?

— Mes parents étaient garde-côtes. Ce jour-là, ma mère travaillait. Avec mon père et mes deux plus jeunes frères, on était venus l'attendre sur le quai, en fin d'après-midi. Et puis il y a eu l'alerte… Une surfeuse était partie en mer, ignorant le drapeau rouge et les avertissements des gardes dans le mégaphone. Ma mère a voulu la rejoindre. Comme elles ne revenaient pas, mon père y est allé aussi, en demandant à mes frères de s'occuper de moi. Personne ne s'en est sorti vivant.

Depuis, cette histoire la hantait jour et nuit. Elle avait souvent rêvé qu'elle domptait les flots déchaînés, qu'elle ramenait son père et sa mère sur sa planche… pour se réveiller seule dans le noir.

Tout bien considéré, cette histoire expliquait peut-être pourquoi elle aimait tant Harry. Bien sûr, elle n'avait pas été « rejetée » par ses parents comme lui par Christina, mais le résultat était le même. Son père et sa mère n'avaient pas vraiment pensé à leur famille avant de se lancer sur l'océan au péril de leur vie…

Le choix de carrière de Zach lui inspirait un profond respect. Il avait réfléchi. Il avait pris une décision courageuse dans l'intérêt de son fils.

— J'imagine qu'on te l'a déjà dit, mais… tu sais que ce n'était pas ta faute ? chuchota-t-il. Que cela n'enlève rien à tes mérites ? Que tu es digne d'amour ?

— Franchement, cette histoire m'a fait douter.

Elle crut qu'il allait argumenter, mais, au lieu de cela, il posa une autre question :

— Pourquoi avoir choisi un métier à risque si tu étais traumatisée à ce point ?

Elle haussa les épaules.

— J'ai eu une réaction banale. Je me suis dit : « Si tu n'as pas assez compté pour tes parents, qui d'autre va s'intéresser à toi ? » J'ai voulu prouver… que j'étais capable d'affronter n'importe quoi. Que je pouvais aider les autres envers et contre tout. Je sais que cela ne ramènera pas mes parents. Je sais que cela ne changera pas l'opinion que les gens ont de moi. Mais, ici, là, je ne suis pas encore prête à me calmer, conclut-elle en portant la main à son cœur.

Zach allait-il se moquer d'elle ou la prendre pour une folle ? Apparemment pas. Il ne semblait pas non plus contrarié qu'ils aient perdu une épreuve décisive, et sans doute les Jeux. Au contraire, il la réconfortait et lui témoignait de l'empathie.

Ses frères, eux, lui auraient arraché la tête s'ils avaient

proposé d'emprunter le bon chemin et qu'elle ait refusé. Mais Zach était plus fin que cela. Il savait que leur travail n'était pas tout blanc ou tout noir. Le sauvetage impliquait de faire des choix, souvent bons, parfois mauvais.

Elle devait l'accepter pour mener sereinement sa carrière. Elle n'avait jamais perdu de patient dans la « vraie » vie, mais cela finirait par arriver. Et la leçon était claire : il ne fallait jamais laisser son ego l'emporter sur le travail d'équipe.

La première épreuve du matin l'avait mise en confiance. Pour ramener à quai une pirogue qui avait chaviré, elle s'était jetée à l'eau avec une grosse bouée d'amarrage. Elle avait nagé, Zach avait tiré sur la corde dès qu'elle s'était rapprochée, et ils avaient fini deux bonnes minutes avant les autres concurrents, au grand dam de Makoa.

Mais là encore, elle avait sauté en n'écoutant que son instinct. Elle n'avait pas demandé son avis à Zach. Cela avait marché une fois, pas deux…

La pilule était amère : elle s'était montrée égoïste et irréfléchie. Zach, en revanche, semblait toujours calme. Fiable. Rassurant.

— On devrait appeler la base et dire que notre « patient » est mort, bafouilla-t-elle.

— Tu es prête à le faire ?

— Oui. Même si je me sens nulle.

Il plongea le regard dans les yeux de Lulu et secoua la tête.

— On peut dire beaucoup de choses de toi, Lulu Kahale, mais certainement pas que tu es nulle.

Comme elle aurait voulu le croire ! De sa part, ces mots revêtaient une importance capitale. Elle les appréciait à leur juste valeur car elle avait, enfin, compris quelque chose.

Faire confiance à quelqu'un n'était pas un signe de

faiblesse. C'était une forme de résilience. C'était ouvrir son cœur à de nouvelles possibilités, à un avenir différent…

Éperdue de gratitude, elle voulut remercier Zach, mais les mots ne vinrent pas. Et pendant qu'elle restait là, à le regarder, il se pencha et l'embrassa.

Jamais, de toute sa vie, on ne lui avait donné un baiser aussi tendre. Elle se sentit fondre sous la douceur de cette étreinte, reflet de leur complicité nouvelle.

Ils avaient parlé. Ils avaient partagé leur vécu, leurs craintes, leurs faiblesses. Et leur attirance mutuelle, loin d'en être affaiblie, était encore plus forte.

Finalement, ils s'écartèrent avec peine.

— On rentre ? demanda-t-elle.

— Oui…

Le regard enflammé de Zach était sans équivoque. Il aurait répondu « Ta chambre ou la mienne ? » qu'elle n'aurait pas été surprise.

Ils regagnèrent la base main dans la main. Quand ils arrivèrent, Mak, sa coéquipière et quelques autres concurrents avaient déjà franchi la ligne.

— Alors, Mini ? cria Mak. Heureusement que vous êtes là, on allait déclencher les secours.

— Ha ha ha. Très drôle.

Le sourire narquois de Mak s'effaça. Il s'avança et regarda Zach, avant de reporter son attention sur sa sœur.

— Lulu, ça va ?

Elle lui sourit. Pour la première fois, elle eut l'impression que, quoi qu'elle dise, Mak la croirait sur parole.

— Très bien, oui.

— Combien de temps avez-vous ranimé le mannequin ?

— Le maximum possible.

— Tu es exceptionnelle, Mini.

— Je ne vois pas en quoi. On a échoué.

— Peut-être, mais comme d'habitude, tu as tout donné. *Vous* avez tout donné. Alors, respect.

Le regard complice qu'elle échangea avec Zach n'échappa pas à Makoa. Son frère allait-il intervenir comme d'habitude pour faire fuir son « prétendant » ? Surprise, elle sentit qu'il la poussait du coude.

— Bien joué, vous deux. Si vous voulez prendre une douche avant la prochaine épreuve, vous avez juste le temps. Ne traînez pas !

Elle faillit s'étrangler de surprise. Mak avait visiblement tout compris et il *approuvait* ?

Quand il tourna les talons, elle resta là, perdue, à fixer Zach. Il fut le premier à rompre le silence.

— Je ne suis plus très présentable, dit-il en regardant son pantalon et son T-shirt kaki maculés de boue.

Elle s'imagina le déshabiller, le savonner sous la douche. Et aussitôt, son corps fatigué reprit vie.

— Comme Mak l'a dit, on a le temps de se changer, répondit-elle d'une voix rauque.

— Tu pourrais peut-être m'aider à choisir une nouvelle chemise ?

— Je… bien sûr. Fais-moi confiance.

Le regard de Zach tomba sur ses lèvres. Elle eut l'impression qu'il la touchait déjà.

— Je te fais confiance, assura-t-il.

Il fixait maintenant son T-shirt et ses seins érigés sous le tissu mouillé. Elle baissa les yeux, intimidée.

— Je devrais… me changer aussi.

— Bonne idée. Tant qu'on sera à l'hôtel, j'appellerai Harry.

— Il va être tellement fier de toi !

— Il va être fier de *nous*, Lulu.

Par la magie d'une petite phrase, ils étaient devenus

« nous ». Une entité spéciale. Jamais, de toute sa vie d'adulte, elle n'avait eu l'impression d'être en couple, mais là, c'était bien le cas.

« Nous » était, décidément, le plus beau mot de l'univers.

10.

Quand la porte se ferma avec un petit « clic », le cœur de Zach, lui, s'ouvrit en grand.

Il se sentait plus libre qu'il ne l'avait été depuis des années. La bataille s'achevait. Il avait voulu résister à son attirance pour Lulu, mais ses tentatives n'avaient servi qu'à le rapprocher d'elle.

Ivre de désir, il la regarda comme s'il la voyait pour la première fois.

Ils étaient le *yin* et le *yang*. Le feu et la glace. Mais loin de les séparer, leurs différences les rendaient complémentaires. Et aujourd'hui, il acceptait enfin de mettre un nom sur ses sentiments. Il aimait Lulu ! Il l'aimait, lui qui s'était pourtant juré qu'on ne l'y prendrait plus.

Quand elle le dévisagea en retour, la douceur de son regard le fit frémir. Elle lui faisait confiance. Comme lui, elle croyait en leur histoire.

— On appelle Harry ? proposa-t-il.

— Oui, bien sûr.

Il mit son téléphone sur haut-parleur, et, tout en parlant, ils enlevèrent leurs chaussures couvertes de boue. Puis, quand l'appel se termina, ils se dévisagèrent intensément, le souffle court, comme s'ils venaient d'escalader la montagne qu'ils distinguaient par la fenêtre.

D'une certaine façon, c'était le cas. Chacun s'était ouvert à l'autre. Ils sortaient grandis de cette « épreuve » qui, au lieu de les fragiliser, les avait rendus plus forts.

L'érection de Zach devint si douloureuse qu'il en fut surpris. Jamais il n'avait désiré une femme aussi fort que Lulu en ce moment. Et au feu liquide qui habitait son regard doré, il sut que la réciproque était vraie.

— Tu trembles, chuchota-t-il.

— C'est le froid.

Ils savaient tous les deux qu'il n'en était rien. Comme lui, elle frissonnait de désir et d'anticipation.

— Lulu… Avant que nous… On devrait peut-être clarifier les choses ?

— Les choses sont claires.

— C'est vrai, mais… on est très différents, toi et moi.

— Ce n'est pas forcément grave.

— Et si ça l'était ?

— Et si ça ne l'était pas ?

Il sourit. Elle lui rendit son sourire. La question était réglée. Ils allaient se lancer dans l'aventure et oublier le reste. Demain serait un autre jour.

— Si tu me montrais ta jolie salle de bains ? suggéra-t-elle.

— Avec plaisir.

Sans rien demander, Zach avait été surclassé dans une suite. Les parois de l'immense cabine de douche donnaient sur une terrasse privée à la végétation luxuriante. Et s'il avait à peine admiré ce luxe, en arrivant, il se réjouissait à présent d'avoir un cadre aussi magique, aussi sexy, pour…

Il donna à Lulu un baiser brûlant. Ses lèvres lui firent l'effet d'une glace sucrée, fondante et délicieuse. Jamais il ne pourrait se rassasier d'elle. Il le savait déjà. Il en était sûr !

La découverte de ces sensations nouvelles l'émerveillait autant qu'elle le surprenait. À une époque, il avait cru atteindre des sommets avec son ex-femme mais, aujourd'hui, cette relation lui paraissait tiède et insignifiante. Comment avait-il pu se fourvoyer à ce point ?

Tenir Lulu dans ses bras, sentir son corps souple arqué contre le sien était une expérience merveilleuse. La connexion n'était d'ailleurs pas uniquement physique, mais spirituelle. Il lui faisait confiance. Il avait l'impression qu'elle tenait à lui. Et surtout, elle s'était attachée à Harry, un « plus » qui valait toutes les déclarations du monde.

Loin de s'en effrayer, elle accueillait sa paternité comme un atout. Il n'était pas étonnant qu'elle apprécie la joie de vivre d'Harry, étant elle-même un vrai rayon de soleil !

Il approfondit son baiser, éperdu de joie, de gratitude et de désir. Il voulait tout partager avec Lulu. Il voulait la sentir, la croquer, l'entendre gémir dans ses bras, lui chuchoter des mots tendres…

— Waouh, murmura-t-elle, alors qu'il ouvrait les robinets de la douche à jets multiples.

— C'est moins bien que l'« Abri aux tortues », mais j'espère que ça te va…

— C'est parfait.

Sans cérémonie, elle tira sur les pans de son T-shirt. Relevant le tissu, elle posa les mains sur son torse, puis descendit jusqu'à son ventre en lui effleurant les muscles du bout des doigts. Alors, comme si elle ne pouvait résister davantage, elle le débarrassa de son vêtement trempé et vint coller la bouche sur un mamelon, puis l'autre.

Amoureusement, il glissa les doigts sous son débardeur. Les frissons de plaisir qu'il lui provoqua furent sa plus belle récompense.

— Enlève-le, susurra-t-elle. Je veux te sentir contre moi.

Quand elle se mit à jouer avec sa ceinture, il lui captura le poignet.

— Pas encore, maugréa-t-il.

Chaque fibre de son corps soupirait après elle, sauf qu'il était trop tôt. Il voulait prendre son temps, prolonger le jeu. La veille encore, Lulu aurait sans doute protesté, mais là, elle se dressa sur la pointe des pieds en souriant.

— D'accord, c'est toi le patron, lui chuchota-t-elle à l'oreille.

Elle en profita pour lui mordiller le lobe, lui déclenchant un frisson de plaisir. Qu'il était difficile de ralentir la cadence ! Il le voulait, pourtant…

Émerveillé, il souleva légèrement son débardeur, révélant un joli grain de beauté près de son nombril. Puis il caressa la minuscule cicatrice qu'il venait de repérer sur sa hanche droite…

— Je suis tombée sur un corail en surfant, chuchota-t-elle.

— Cascadeuse…

Centimètre après centimètre, il explora sa peau bronzée jusqu'à ce que, n'y tenant plus, elle pousse un cri de protestation.

— Si tu continues, je vais me déshabiller moi-même ! Et je m'occuperai de toi par la même occasion !

Il lui ôta son débardeur en riant. Dans le mouvement, son épaisse chevelure retenue par un élastique lui tomba sur les épaules en cascade. Il ne put résister à la tentation d'y glisser les doigts.

— Ils sont si beaux… J'aimerais te les laver.

— Pourquoi ? demanda-t-elle, l'air surpris.

Un soupçon de méfiance pointait dans sa voix. Sans le vouloir, il l'avait déstabilisée.

— Pour me mettre à ton service, expliqua-t-il. Pour te faire du bien…

Quand elle l'attira plus près, il sentit la dentelle de son soutien-gorge lui chatouiller la poitrine.

— J'ai envie de toi maintenant, Zach.

C'était réciproque, bien sûr, mais il voulait lui montrer que leur étreinte avait aussi une dimension spirituelle. Il rêvait de la chouchouter. Elle devait comprendre qu'elle était précieuse pour lui !

Depuis la mort de ses parents, elle gardait toutes ses émotions sous cloche. Elle n'acceptait l'aide de personne. Elle refusait d'être dépendante sur le plan émotionnel…

Il attrapa la bouteille de shampooing sur la tablette, mais elle la lui ôta des mains et la remit en place.

— Pourquoi refuses-tu que je te lave les cheveux ?

Elle hésita.

— Parce que… si je te tourne le dos, je ne verrai plus ton visage.

Il opina. Ils se trouvaient dans l'inconnu. Ils étaient en train de vivre un tsunami. Il devait lui laisser du temps pour s'y habituer.

Il lui sourit, lui captura la main et la posa sur sa ceinture.

— D'accord, Lulu. Vas-y. Déshabille-moi.

À ce petit jeu, il n'y aurait ni gagnant ni perdant. Zach voulait qu'elle reprenne le contrôle, qu'elle fasse tout ce qu'elle désirait. L'important était qu'ils soient à l'écoute l'un de l'autre, en parfaite harmonie…

Elle se mordilla la lèvre, l'air indécis. Puis, soudain, elle dénoua la ceinture de Zach et la fit tomber.

Il entendit le claquement de la boucle sur le sol carrelé, et sentit enfin la pression se relâcher un peu quand elle fit glisser son pantalon, puis son boxer le long de ses jambes.

— Oh ! là là…, dit-elle d'une voix rauque. Ça valait la peine d'attendre.

Taquine, elle lui lécha les lèvres. Il eut l'impression de se désintégrer et lui agrippa la taille.

— À ton tour, maintenant, chuchota-t-il en glissant les doigts sous l'élastique de son pantalon de randonnée. Puis-je ?

— Oui. S'il te plaît.

Il tomba à genoux sur le carrelage, la dévêtit rapidement et, du bout du pied, repoussa leurs vêtements mouillés.

— Voilà, on est à égalité ! dit-il en riant.

Il eut à peine le temps de se relever que, déjà, elle le poussait vers l'arrière. Il se retrouva assis sur le banc de pierre qui jouxtait la douche. Alors, d'un geste brusque, il attira Lulu sur ses genoux et défit prestement l'attache de son soutien-gorge, dernier rempart entre leurs corps brûlants et le paradis.

Lulu était si belle qu'il pouvait à peine respirer. Elle était la parfaite incarnation d'Aphrodite, sortie des eaux pour l'enchanter, lui, un simple mortel…

Du bout des doigts, il effleura un sein, puis l'autre. Quand elle lui enfonça les ongles dans le dos, il se pencha et referma la bouche sur un mamelon durci, en faisant rouler l'autre entre le pouce et l'index.

Lulu poussa un gémissement sourd.

— As-tu… des préservatifs ? s'enquit-elle d'une voix rauque.

— Oui, dans ma mallette d'urgence.

Il pouvait remercier ses équipiers qui en avaient mis une poignée dans sa sacoche pour lui faire une blague, le dernier jour, à New York. Il avait pensé que c'était n'importe quoi et qu'il ne s'en servirait jamais. À présent, il se demandait s'il y en aurait suffisamment !

Lulu et lui devaient passer deux nuits à l'hôtel. Il ne dormirait probablement plus seul jusqu'à la fin du week-end. S'il dormait, tout court…

Ils coupèrent les robinets de la douche puis, à tâtons, prirent des draps de bain moelleux sur l'étagère. Main dans la main, ils rejoignirent la chambre et Lulu s'allongea sur le lit, enroulée dans sa serviette, tandis qu'il explorait sa sacoche.

— Hmm ! commenta-t-elle en riant, lorsqu'il se

rapprocha avec plusieurs préservatifs. Toi, tu penses déjà que la nuit va être animée…

Lulu n'avait jamais rien vécu d'aussi intense de toute sa vie.

Avec Zach, elle prenait une leçon de sensualité. C'était comme si elle découvrait, l'une après l'autre, toutes les zones érogènes de son corps. Et lui qui prenait son temps ! Il paraissait avoir oublié qu'un nouveau défi les attendait dehors…

À chaque caresse, elle s'enflammait davantage. Elle se sentait heureuse dans les bras de cet homme qui, malgré la fougue du moment, lui témoignait une tendresse et une générosité touchantes.

Malicieux, il fit glisser la serviette le long de son corps. Sous son regard incendiaire, elle se sentit belle et sexy comme jamais. Elle était fière de se montrer nue devant lui, sachant à quel point il la désirait.

L'« ancienne » Lulu se serait cachée sous la couette. Là, au contraire, elle voulait faire l'amour en pleine lumière.

Ils ne jouaient plus. Ils étaient même incroyablement sérieux. Après ce qu'il avait traversé, Zach ne cherchait pas une aventure d'un soir. Elle le devinait à chaque effleurement, à chaque soupir, à chaque geste tendre.

Comment aurait-elle pu s'en plaindre puisqu'elle l'aimait ? Elle n'imaginait plus la vie sans lui ni sans Harry, auquel elle était très attachée. Elle avait d'ailleurs aimé cet enfant avant de tomber amoureuse de son père.

Dire qu'elle avait traité Zach en ennemi, au début ! Quelle idiote elle avait été de lui faire la guerre !

Après un si mauvais départ, ils auraient pu ne jamais se trouver. Ils seraient passés à côté d'une merveilleuse histoire…

Elle réalisait enfin que l'amour n'était pas un combat, mais un véritable échange qui aidait à s'épanouir. Zach Murphy n'avait rien à prouver. Il lui montrait juste qu'il la désirait et cette virilité tranquille était, pour elle, le plus beau des cadeaux.

Ivre d'amour et de désir, elle le fit basculer sur le dos et s'assit sur ses cuisses, incapable de résister plus longtemps.

Elle récupéra un préservatif sur le drap et, avec lenteur, galvanisée par ses gémissements, protégea son sexe tendu. Puis, accrochée à ses épaules, elle se laissa glisser sur lui centimètre par centimètre, émerveillée de cette fusion parfaite.

Ils se mirent à onduler en rythme, de plus en plus vite, de plus en plus fort et, quand ils jouirent ensemble, elle eut l'impression que l'univers se désintégrait. Qu'eux-mêmes avaient explosé en un milliard de parcelles pour mieux se reconstruire…

En un sens, c'était le cas. Elle venait de faire l'amour avec toutes les fibres de son corps, mais aussi avec son âme. Jamais elle n'avait été aussi proche de quelqu'un. L'amour physique n'était qu'un aspect de cette relation extraordinaire qui la poussait à se dépasser elle-même pour devenir une meilleure personne…

Avec douceur, Zach roula sur le côté en l'attirant contre lui. Elle s'enivra de sentir son ventre musclé contre son dos, sa cuisse entre ses jambes, son souffle tiède comme la brise sur son cou.

Elle aurait voulu s'endormir, mais c'était impossible. Ils devaient ressortir, affronter le monde extérieur, Mak et les autres. Même si, pour elle, l'issue des Jeux n'avait aucune importance.

Elle anticipait déjà le moment où Zach et elle retrouveraient leur cocon douillet.

Si seulement ils pouvaient ne jamais quitter cette chambre !

11.

Zach enleva la combinaison de surf que Lulu avait oubliée sur le rail de la douche extérieure. Il l'accrocha derrière le rideau, hors de vue, puis il ramassa le bikini qui traînait sur l'étendage et le fourra dans son panier de linge sale.

Ce midi-là, il organisait un barbecue pour les membres de son équipe. Il fallait bien ranger un peu, non ? Pourquoi, alors, avait-il laissé son propre maillot et celui d'Harry sécher dehors ? Pourquoi envisageait-il de cacher le panier à l'intérieur, sous son lit ?

La réponse tenait en un mot : discrétion.

Trois semaines s'étaient écoulées depuis les Jeux, mais Lulu et lui gardaient leur relation secrète. Puisqu'il était encore à l'essai, ils avaient jugé préférable de ne pas se montrer ensemble. Ils passaient leur temps libre ici, à l'« Abri aux tortues », loin des regards.

Était-ce une manière de s'enfermer dans leur bulle ? Une façon de préserver la magie avant que la romance tourne court ?

Avec son pessimisme naturel, il voyait mal comment cette histoire pourrait durer. Lulu et lui étaient très différents. Passé l'euphorie des premières semaines, le risque était grand qu'ils ne se trouvent rien en commun, d'autant plus qu'ils n'avaient pas cessé leurs chamailleries au travail.

Quand Lulu prônait des actions rapides, il rappelait à tout le monde les consignes de sécurité. Il avait cru au départ qu'elle agissait ainsi pour se faire remarquer, mais non. Elle ne tenait pas en place. Elle était presque « ingérable » par moments !

Il secoua la tête. Il aurait voulu croire que tout était possible, mais il n'en était pas sûr. Et surtout, il devait penser à Harry.

Les rires de son petit garçon le ramenèrent au moment présent. Harry remontait de la plage avec Lulu. Elle lui avait passé un bras autour des épaules pour le soutenir, comme elle le faisait toujours. Avec elle, il était gai, heureux, insouciant. Mais cela pouvait-il durer ?

Zach fourra discrètement son panier derrière la cabine de douche.

Cette histoire devait à tout prix rester secrète. Harry aurait trop de chagrin si, d'aventure, les choses tournaient mal.

— Ça fait du bien de voir le soleil, pour changer !

— Hmm…

Focalisée sur Zach qui s'occupait du barbecue, Lulu écoutait Casey d'une oreille distraite.

Il s'était vraiment bien acclimaté à Hawaï. En short et T-shirt, les bras et les jambes hâlés, il ressemblait de moins en moins à un *haole*. Et puis, il était plus souriant, plus décontracté. Avait-il vraiment l'intention de rester sur l'île ?

Comme s'il avait senti son regard, il tourna la tête vers elle. Un frisson d'excitation la parcourut… bientôt remplacé par une vague inquiétude. Elle ne s'était pas trompée. Zach était bizarre depuis qu'elle était remontée de la plage avec Harry, un peu plus tôt.

Organiser un repas pour ses collègues n'était peut-être pas sa tasse de thé. Ou alors, il était gêné qu'elle soit là avec eux…

— Saignant ou à point, ton steak ? cria-t-il.

— À point, s'il te plaît.

Lorsqu'il pivota vers le barbecue sans sourire, elle eut la confirmation qu'il y avait un problème. Elle sursauta en sentant Casey lui donner un coup de coude.

— Alors Lulu, ça a l'air de gazer avec ton New Yorkais…

— Arrête un peu.

— Je suis très contente pour vous, mais quand même… N'oublie pas qu'il est ton patron, qu'il a un enfant, des soucis…

— On a tous des soucis !

— Oui, bien sûr. Ne te fâche pas. Je voulais juste dire… Ce sera dur de les laisser en plan, lui et son petit gars, quand tu en auras assez de jouer les maîtresses de maison.

— Qu'est-ce que tu racontes ? Je ne joue à rien du tout.

— Depuis quand rêves-tu d'habiter ici ? Un an ? Deux ans ?

Il n'y avait rien à répondre. Casey savait bien qu'elle avait projeté d'acquérir l'« Abri aux tortues ».

— Et pourquoi as-tu augmenté tes heures de bénévolat au club de surf ?

— Parce que je me plais là-bas, voilà tout. Où veux-tu en venir, à la fin ? Tu n'imagines pas que j'avais tout combiné à l'avance, au moins ?

Elle avait ses défauts, soit, mais elle n'avait jamais été manipulatrice !

— Pas du tout, assura Casey. Sérieusement, ça ne m'a pas effleuré l'esprit. C'est juste que… les choses ont l'air d'aller vite.

— « Les choses » n'existent que dans ton imagination. Nous ne sommes pas ensemble.

— Ah, bon ? Pourquoi y a-t-il tes habits dans la corbeille qui est planquée derrière la douche ?

Zach avait caché ses vêtements ? De mieux en mieux !

— Comme tu le sais, je viens souvent nager avec Harry, répliqua-t-elle, glaciale.

— Tu nages en pyjama, maintenant ?

Là, c'en était trop. L'amitié ne donnait pas tous les droits. Lulu leva le menton et se détourna.

— Je ne voulais pas te vexer, dit Casey d'un ton doux. Seulement… je ne t'ai jamais vue en couple, alors je suis surprise. Cela m'ennuierait que tu t'emballes pour rien. J'aurais de la peine pour toi, mais aussi pour Zach et Harry.

Connaissant le tempérament impulsif de Lulu, Casey la soupçonnait de vivre sur un nuage rose et s'imaginait que la chute serait brutale. Mais non ! Lulu était parfaitement lucide. Elle éprouvait des sentiments réels pour Zach…

— J'ai soif, enchaîna Casey comme si la discussion était close. Veux-tu une limonade ?

— Oui, merci.

N'importe quoi pourvu que son amie disparaisse. Sinon, elle allait l'étrangler sur place !

Restée seule, elle s'assit sur une table de pique-nique et inspira profondément pour se calmer. Néanmoins, malgré tous ses efforts, son agitation persista. Le vernis du bonheur se craquelait, révélant les failles d'un scénario dans lequel elle avait plongé tête basse.

Elle était tombée amoureuse d'un homme qui était son exact opposé. Combien de temps ces relations atypiques pouvaient-elles durer ? Zach en avait-il déjà fait le tour ? Il cherchait peut-être une issue « honorable » sans en avoir l'air…

Submergée par le doute, elle se félicita d'être restée prudente. Elle n'avait pas encore dit « Je t'aime ». Son instinct de préservation l'en avait empêchée.

Mais une chose était sûre : les remarques de Casey, conjuguées à l'humeur étrange de Zach, lui avaient gâché la journée. Elle allait faire bonne figure un moment, picorer son hamburger et s'éclipser dès que possible !

Quoi qu'il advienne, elle espérait juste que Zach ne l'empêcherait jamais de voir Harry…

Elle émergea de ses réflexions quand, soudain, elle sentit la table vibrer sous elle. On aurait dit qu'un poids lourd – comme Mak – s'était brusquement assis à l'autre extrémité, sauf qu'il n'y avait personne !

De manière réflexe, elle tourna la tête vers Zach. Elle le vit rattraper deux hot-dogs d'une main tout en empêchant Harry – qui l'avait rejoint près du barbecue – de tomber. Que se passait-il donc ?

— La terre a bougé ! Je l'ai senti !

Plusieurs convives avaient crié la même chose en même temps, et Lulu se leva comme un ressort. Il y avait des centaines de tremblements de terre chaque année à Hawaï. Mais l'habitude n'empêchait pas les insulaires de rester vigilants car un tsunami pouvait toujours se déclencher.

En quelques secondes, tout le monde s'était mis en action. Stewart aidait Zach à éteindre le barbecue. Quelques invités consultaient leur téléphone à la recherche des points de rassemblement. D'autres retournaient à leur voiture, histoire de vérifier s'ils y avaient laissé leur mallette de premiers secours.

Lulu, pour la première fois de sa carrière, était tétanisée. En d'autres circonstances, elle aurait été la première à réagir, mais là, son cerveau ne lui obéissait plus.

« Ce sera dur de les laisser en plan, lui et son petit gars, quand tu en auras assez de jouer les maîtresses de maison. »

Cette phrase lui trottait en boucle dans la tête. Elle ne pouvait penser à rien d'autre !

Quand son mobile vibra, elle le prit machinalement dans sa poche. Elle entendit alors d'autres portables sonner, partout autour d'elle. Oh ! non ! Quelque chose de grave s'était produit. Ils avaient dû sentir la réplique d'un séisme important. Elle en était sûre !

La discussion avec Zach attendrait.

Comme d'habitude, le travail passait avant tout.

Zach crispa la main sur son portable, effaré. Duke Kahale, le frère cascadeur de Lulu, avait disparu dans un glissement de terrain !

L'accident s'était produit pendant le tournage d'un film à grand spectacle. Duke et sa partenaire réalisaient une poursuite en quad sur l'une des pentes les plus abruptes d'Oahu. Le sommet de la falaise s'était brusquement détaché. Il y avait peu d'espoir de les retrouver vivants…

Lulu était au téléphone, elle aussi. Il devina à sa tête qu'elle venait d'apprendre la nouvelle. Puis elle le dévisagea d'une façon si étrange qu'il frissonna.

Quel imbécile ! Jamais il n'aurait dû se montrer si distant avec elle ! Il avait pourtant compris, après l'échec de son mariage, que garder ses sentiments sous cloche ne donnait rien de bon…

Il aurait voulu courir vers elle, la prendre dans ses bras, lui promettre qu'il allait faire le maximum pour sauver Duke. Mais ce regard glacial l'en empêchait. Elle semblait avoir replacé des verrous autour de son cœur. Elle risquait de perdre son frère, après ses parents. Qui était-il pour la réconforter ?

En général, dans des moments comme celui-là, il réagissait vite. Il planifiait. Il recensait les moyens matériels et humains. Il donnait des ordres.

Là, c'était différent. Le sauvetage avait pris une dimension personnelle, et il devait redoubler de vigilance pour rester lucide.

Sa première décision risquait d'ailleurs de fâcher Lulu. Tant pis. Il l'assumerait.

Comme si elle avait deviné ce qu'il allait faire, elle se précipita vers lui.

— J'y vais, annonça-t-elle. Je pars tout de suite.

Il secoua la tête.

— Non. Tu vas rester ici.

— Pas question. Tu as besoin de moi.

— J'ai surtout besoin que tu sois en sécurité.

— Je respecterai les consignes !

— Ha. Ha.

Il regretta sur-le-champ d'avoir laissé échapper ce commentaire. Lulu s'était figée. Si ses yeux avaient été des revolvers, il aurait été en mauvaise posture…

Pouvait-il lui demander de veiller sur Harry ? Il réfléchit quelques secondes et y renonça. Mieux valait ne pas mélanger les domaines professionnel et privé. En de telles circonstances, il fallait compartimenter les choses.

— Excuse-moi une seconde. Je reviens, marmonna-t-il.

Il alla trouver ses parents pour leur demander de conduire Harry chez eux. Ils avaient acheté un duplex à l'intérieur des terres et, en cas d'inondation, au moins, ils seraient protégés…

Quand il retourna voir Lulu, elle croisa les bras sur la poitrine.

— Donc, maintenant, tu ne me fais même plus confiance pour garder Harry ? attaqua-t-elle.

— Lulu… C'est pour ton bien. Je pense à ta sécurité

— Ah, bon ? Tu ne penserais pas plutôt *à toi*, par hasard ?

Elle dégageait une telle énergie qu'il eut la sensation de recevoir un grand coup dans le plexus. Et avant qu'il ait pu répondre, elle enchaîna :

— Tu ne m'empêcheras pas de participer aux recherches. C'est mon frère qui a disparu !

— Je le sais bien.

Il faillit ajouter : « Sois raisonnable », mais il se retint, craignant d'envenimer les choses. Il devait pourtant trouver un moyen de calmer Lulu. Le temps pressait. Chaque seconde comptait !

— Tu connais les règles dans notre milieu, Lulu. Un chirurgien n'opère pas les membres de sa famille. C'est la même chose pour nous. On évite d'intervenir quand on est personnellement concerné par un sauvetage.

— Nous ne sommes pas des robots. Les sauvetages nous touchent *tous* d'une certaine manière.

— Tu me crois insensible, peut-être ? Pourquoi penses-tu que j'ai choisi ce métier ?

— Je n'en sais rien, Zach. Sans doute pour épater la galerie. Pour montrer aux gens que tu es un héros. Tu fais ça très bien, je te l'accorde. Personne n'est aussi parfait que toi sur l'île d'Oahu !

Il eut l'impression qu'une main de fer lui étreignait le cœur. C'était ainsi que Lulu le voyait ? C'était tout le bien qu'elle pensait de lui ? Ce n'était pas possible !

Quelques heures plus tôt encore, elle s'était réveillée dans ses bras. Elle lui avait souri, ses longs cheveux étalés sur l'oreiller. « C'est encore plus beau que dans mes rêves », avait-elle chuchoté. Et maintenant…

Il aurait voulu lui crier dessus, la secouer pour lui faire entendre raison. Ce qui se passait n'avait rien à voir avec leur couple !

Un drame venait de se produire. Il devait envoyer les meilleurs sauveteurs sur place. Ou, du moins, ceux qui pourraient travailler en gardant la tête froide…

— Je prends la bonne décision. Tu le sais.

Lulu secoua la tête, l'air buté.

— Ne me maintiens pas à l'écart.

— C'est comme ça ! C'est à prendre ou à laisser ! cria-t-il, exaspéré.

— D'accord. Je laisse.

— Quoi ?

— Tu as entendu. Je démissionne.

— Mais enfin, tu es folle… Tu adores ton travail !

— Pas si on m'empêche de le faire. Tu es le chef. Tu décides. Parfait. Mais moi, je ne suis pas d'accord avec ta décision. Point final.

Plus que par les mots, il fut sidéré par la détermination de Lulu. Il s'était dit, le jour de leur première rencontre, qu'elle lui causerait des ennuis et qu'il devait se méfier. Si seulement il avait écouté son instinct !

Quand leur histoire avait pris une tournure personnelle, il avait craint que le travail n'en pâtisse à certains moments. Mais jamais il n'aurait imaginé recevoir une pareille gifle…

Et si elle lui posait les mêmes problèmes avec Harry ? Si elle s'en prenait un jour à son fils dans un violent accès de colère ?

Le mince fil qui tenait son cœur en place se brisa d'un coup. Il se rapprocha de Lulu, si près que leurs visages se frôlèrent.

— J'avais confiance en toi, dit-il d'une voix sourde. Hormis mes parents, tu es la première personne sur qui je pouvais me reposer depuis… Bref.

Il ne lui donnerait pas la satisfaction de voir à quel point il était affecté. Si elle fuyait ou s'énervait au premier accroc, alors Harry et lui n'avaient pas besoin d'elle. Ni maintenant ni jamais.

Il la toisa avec toute la froideur dont il était capable.

— Je pars chercher ton frère. On a assez perdu de temps. Prépare ta lettre de démission. Je veux la trouver sur mon bureau en rentrant.

12.

Lulu négocia son virage sur les chapeaux de roues, évita de justesse la camionnette qui arrivait en face et crispa les mains sur le volant. Elle avait eu chaud. Elle avait failli avoir un accident !

Une horrible sensation de malaise imprégna sa conscience. Zach avait eu raison de la tenir à l'écart. Pourtant, elle se voyait mal rester au QG, à angoisser sans rien faire.

Elle s'engouffra sur le parking des urgences et lâcha un juron lorsque, de nouveau, elle dut écraser la pédale de frein pour éviter un fourgon. Elle se gara, descendit de sa jeep. Puis, ayant récupéré son uniforme sur la banquette arrière, elle courut vers le poste de secours.

C'était là, au service des ambulances, qu'elle effectuait des vacations sur son temps libre. Peut-être accepteraient-ils son aide ?

Chen, un camarade de lycée de Duke, était assis derrière la radio. À peine eut-elle franchi la porte qu'il leva les deux mains.

— C'est non, Lulu.

— Non, quoi ? Je ne t'ai encore rien demandé !

— Pas la peine. Tu as ton uniforme en travers de l'épaule. Mais cette fois, tu n'iras nulle part. Les sauveteurs font le maximum. Tu connais les règles.

Elle eut envie de taper du pied en hurlant à pleins poumons. Au lieu de ça, elle ferma les paupières et inspira profondément.

— En cas de coup dur, on prend tout le monde, objecta-t-elle. Famille ou pas, cela n'a aucune importance.

Duke et sa partenaire avaient disparu, mais ils n'étaient pas les seules personnes concernées par l'accident. Toute l'équipe du film était présente. Même si les autres n'étaient pas tombés de la falaise, il devait y avoir des blessés. Elle voulait les secourir !

— Pas aujourd'hui, Lulu, répondit Chen d'un ton calme.

Quand il traversa la pièce, les bras grands ouverts, elle recula. Elle se sentait épuisée, vidée nerveusement. Elle n'avait pas besoin d'être consolée. Pire, elle ne le méritait pas !

Zach avait bien évalué la situation : elle ne se contrôlait plus et, si elle rejoignait les secours, elle serait plus encombrante qu'autre chose. Elle lui avait fait une scène pour rien, à l'« Abri aux tortues ». Elle aurait dû l'écouter et le laisser tranquille au lieu de le retarder avec ses caprices de gamine !

« J'avais confiance en toi », avait-il chuchoté, d'une voix pleine de colère contenue. Mais cette confiance, elle l'avait trahie. Submergée par l'angoisse, elle avait détruit l'édifice fragile qu'était leur relation. Ce qui, bien sûr, n'avait jamais été son but. Au contraire.

Elle aimait Zach. Elle aimait Harry. Leur absence allait laisser un vide effroyable dans sa vie. Les seules personnes qu'elle s'était permis de traiter aussi mal étaient ses frères qui, *eux*, pouvaient le supporter.

Dans sa peur panique, elle avait oublié combien Zach était fragile sur le plan émotionnel. Elle s'était montrée agressive alors qu'il ne le méritait pas.

Il était temps pour elle de grandir et de se comporter en adulte responsable.

— As-tu… du nouveau, Chen ? demanda-t-elle avec effort.

— Non, rien. Je suis désolé.

Si seulement elle avait pris une heure pour aller voir Duke ! Il travaillait rarement à Hawaï et il était revenu d'Afrique quelques jours plus tôt, mais, toujours méfiante avec ses frères, elle ne s'était pas précipitée pour l'accueillir. Elle pouvait avoir des regrets…

Son visage se contracta malgré elle. Inutile de chercher à soulever des montagnes. Elle devait faire la même chose que le reste de la famille : attendre, et prier.

Elle prit congé de Chen et, à une vitesse beaucoup plus modérée, se rendit chez sa grand-mère.

Makoa et Pekelo étaient là, avec leur chère mamie. Ils avaient de grands verres de thé glacé devant eux, mais personne n'y avait touché.

— Où est ton petit copain ? demanda Mak.

Incapable de s'en empêcher, elle fondit en larmes. Son frère se leva et lui entoura les épaules.

— Ma Mini ! Qu'est-ce qu'il t'a fait ? Veux-tu que je le réexpédie sur le continent avec perte et fracas ? Il est encore à l'essai, non ? Je pourrais…

— Arrête, Mak. Ce n'est pas lui. C'est moi, balbutia-t-elle entre deux sanglots.

— Je suis sûr que tu exagères. Raconte-nous…

— J'ai quitté mon travail. J'ai démissionné.

— Mais… pourquoi ? questionna Pekelo.

— Zach m'a interdit de participer à la mission.

Mak eut un grognement incrédule.

— Tu es partie juste pour ça ? Alors tu es dans le pétrin, sœurette.

— Ah, bon ? Tu crois ? Si tu le dis, « monsieur Parfait » !

Il la fit asseoir, s'installa à côté d'elle et aplatit les mains sur la table.

— On ne peut pas faire n'importe quoi, Mini. Les règles sont là pour nous protéger. Crois-tu que ça m'amuse de rester ici ? J'ai gagné les Jeux parce que je suis le meilleur, que cela te plaise ou non. Et malgré tout, je n'ai pas le droit de chercher mon frère. Et je l'accepte, même si cela me contrarie. Je préférerais creuser la terre à mains nues au lieu d'attendre !

Elle opina et enfouit le visage dans les mains, honteuse.

Elle n'aurait pas dû réagir si mal aux ordres de Zach. Elle aurait dû faire confiance à ses collègues.

« J'avais confiance en toi. »

Jusqu'à quand cette phrase allait-elle la poursuivre ?

Casey avait bien cerné le problème. Son amie avait senti qu'elle allait « lâcher » Zach, une prédiction vite réalisée. Lulu avait tout détruit en deux minutes chrono. Zach avait agi pour son bien mais elle n'avait pas voulu l'admettre !

— J'ai fait un beau gâchis, avoua-t-elle en soupirant.

Elle expliqua ce qui s'était passé à l'« Abri aux tortues », sans rien omettre ni édulcorer ses responsabilités. Elle évoqua aussi sa relation avec Zach, leur manière d'avancer malgré la crainte de l'avenir.

— J'ai tout fichu en l'air pour rien, conclut-elle. J'aurai beau m'agiter, remuer ciel et terre toute ma vie, cela ne ramènera jamais papa et maman. Ma colère me porte préjudice au lieu de m'aider. La preuve !

Sa grand-mère, qui avait écouté en silence, but une grande gorgée de thé. Puis elle secoua la tête.

— Une personne humble agit humblement pour ne pas blesser les autres, déclara-t-elle.

— Chez moi, c'est loupé… Aurais-tu d'autres sages dictons en réserve ?

Sa grand-mère eut un sourire indulgent.

— J'en ai plein, chérie. Par exemple, « Tels parents, tels enfants » !

Lulu et ses frères échangèrent des regards perplexes. Leur aïeule les observa tour à tour, puis reprit :

— Comme eux vous êtes fiers, obstinés, prompts à foncer tête baissée. Mais vous pouvez aussi être forts, courageux et pleins de sagesse. Choisissez l'image que vous voulez donner. La balle est dans votre camp.

Lulu renifla, profondément touchée. Sa mamie avait raison. La balle était dans son camp… pour tout.

Zach était l'amour de sa vie. Elle ferait l'impossible pour arranger les choses. Accepterait-il de pardonner ? Il n'y avait qu'un moyen de le savoir.

Se penchant, elle embrassa sa grand-mère sur la joue, puis elle se leva.

— Il faut que j'y aille. J'ai… quelque chose à faire. Souhaitez-moi bonne chance.

— Tu n'en as pas besoin, trésor, répliqua son aïeule. Tu as enfin compris une chose importante.

— Laquelle, mamie ?

— Vivre dans le passé ne sert à rien. Il faut regarder l'avenir. Je crois que tu es prête.

Quelle force de caractère ! Quelle résilience ! Malgré sa douleur, cette femme admirable avait mis son chagrin de côté quand elle avait perdu son fils et sa belle-fille. Elle avait largement contribué à l'éducation de ses petits-enfants orphelins. Elle, au moins, avait tout compris…

— Merci, mamie chérie. On se retrouve à l'hôpital, vous autres !

Mak fronça les sourcils.

— Qu'est-ce que tu racontes ?

— Ils vont trouver Duke. Et quand il sera hospitalisé, il aura besoin de nous. On devra répondre « présent ».

Pekelo commença à protester, mais elle l'arrêta d'un geste.

— Si par malheur on ne retrouve pas Duke, il y aura des gens de son équipe. Il voudrait qu'on les aide. J'en suis certaine.

Ses frères approuvèrent, l'air grave. Ils comprenaient enfin où elle voulait en venir.

— On s'appelle, les gars. J'ai deux ou trois petites choses à régler. Je serai vite à l'hôpital.

— Tu vas répondre si je t'appelle ? rétorqua Mak. C'est nouveau ?

— Oui, ça vient de sortir. Et je m'y tiendrai à partir de maintenant. Fais-moi confiance.

Elle avait snobé ses frères pendant trop longtemps. À compter de ce jour, elle ne cesserait de leur montrer à quel point elle les aimait.

Elle n'avait que trop tardé.

13.

L'éboulement avait de quoi effrayer les secouristes les plus aguerris.

Assis derrière Stewart dans l'hélicoptère, Zach scrutait inlassablement le ravin. Duke Kahale et sa partenaire s'en étaient peut-être sortis si les arbres et les monticules de terre avaient freiné leur chute. Sinon…

— Essaie de voler plus bas, ordonna-t-il, les mains crispées sur les jumelles. J'ai cru voir quelque chose briller… Ça ressemble à un guidon de quad !

La voix de Stewart grésilla dans son micro-casque :

— Je ne peux pas faire mieux, c'est trop risqué ! Soit tu descends en filin et tu vas crapahuter là-bas, soit je trouve un endroit sûr où te poser.

Le visage blême de Lulu dansa devant les yeux de Zach. Elle n'aurait pas hésité à sa place, que la victime soit son frère ou un inconnu. Elle ne renonçait jamais. C'était sa plus grande qualité.

— Je descends, répondit-il d'un ton ferme.

— Tu es sûr ? C'est risqué…

— Je sais, mais on n'a pas vraiment le choix.

Il était trop tard pour jouer la carte de la prudence. S'il avait réfléchi cinq minutes, il se serait exclu lui-même de l'opération. Au contraire, il avait voulu diriger les secours, éprouvant le besoin vital d'aller sur le terrain pour ne pas devenir fou.

L'action était un excellent moyen de gérer le stress. Au

milieu de ses équipiers, il oubliait tout sauf son travail et il se concentrait sur l'essentiel : sauver des vies.

Cela lui faisait un point commun avec Lulu. Ils réagissaient exactement de la même façon. Et, sachant cela, il avait conscience d'avoir très mal négocié leur dispute.

Si elle ne pouvait pas se rendre utile, ses vieux démons resurgissaient. Elle pensait à ses parents, à ce jour terrible où sa vie avait basculé. Et lui, pauvre imbécile, l'avait laissée seule avec sa peur. Il avait poussé la bêtise jusqu'à lui dire de poser sa démission sur son bureau !

Il fit passer le filin du brancard par-dessus bord, le jeta dans le vide, puis s'élança à son tour. Il dut effectuer un roulé-boulé pour amortir son atterrissage dans un lit de ronces, mais il se souciait peu de s'écorcher les mains, le dos ou les genoux. Il venait enfin de comprendre quelque chose : son travail était une perpétuelle fuite en avant !

Dès que sa vie se compliquait, il s'engageait dans l'action pour évacuer son angoisse. Il résolvait tous les problèmes de la terre, sauf les siens.

Au lieu de s'occuper correctement de son père malade, il était devenu médecin chez les pompiers. Après la naissance d'Harry, il avait couru des marathons caritatifs au lieu de se recentrer sur son couple. Cela n'aurait peut-être pas évité le divorce, mais il aurait pu faire plus d'efforts…

Cerise sur le gâteau, il était tombé amoureux de Lulu, une femme imprévisible. Lui qui voulait tout contrôler était servi : il ne savait jamais où l'attendre. Or, cette incertitude le minait. Il appréciait son caractère, mais il avait peur. Il craignait de ne pas pouvoir la protéger.

Pour éviter cet écueil, il l'avait poussée à la démission. Il avait voulu contrôler sa vie, ses faits et gestes, alors que rien ne l'y autorisait !

Laisser partir sa femme avait été le meilleur choix possible pour Harry. Mais laisser partir Lulu…

Chaque fibre de son corps lui criait qu'il avait commis une erreur. Incapable de gérer son angoisse, il avait fait peser le poids de la rupture sur Lulu, qui ne le méritait pas. Contrairement à lui, elle s'assumait avec ses qualités et ses défauts. Elle avait un courage immense. Elle valait cent fois mieux que lui.

Il devait se montrer digne d'elle en essayant de sauver son frère.

En se redressant, il sentit le sol bouger sous ses pieds et chancela. Des tonnes de terre et de pierre s'étaient amoncelées après l'éboulement. Et, au milieu d'un monticule de gravats, il repéra soudain l'objet qu'il avait vu de loin : un morceau de guidon de quad.

Il alluma une fusée de détresse pour signaler aux autres qu'il se trouvait au bon endroit. La végétation était dense. Il espérait que les sauveteurs ayant leurs locaux sur la côte repéreraient son signal…

Quelques minutes plus tard, un soulagement immense l'envahit quand un petit groupe descendit en rappel jusqu'à lui. On délimita rapidement des zones de fouille. On calcula des trajectoires. Imitant les autres, Zach extirpa sa pelle pliable de son sac à dos, puis se mit à creuser comme si sa vie en dépendait.

Car, dans cette course contre la montre, deux vies étaient en jeu. Celles de Duke et de sa partenaire, une jeune cascadeuse prénommée Jessica.

— Là ! Par ici ! entendit-il au bout d'un gros quart d'heure.

Deux collègues avaient repéré Duke, et il se précipita, écartant les buissons de ses mains gantées. À présent, il savait quoi faire. Il avait déjà extirpé des victimes d'éboulements très variés. Dans ces cas-là, l'issue ne tenait qu'à un fil. Une fausse manœuvre et tout pouvait basculer…

Il guida ses équipiers qui, avec d'infinies précautions,

dégagèrent Duke en commençant par les jambes. Le suspense dura quelques minutes encore, puis l'un des secouristes laissa échapper un cri de joie : Duke était vivant !

Son pouls filant et peu perceptible évoquait des lésions internes. Il avait une fracture ouverte au tibia gauche. Mais au moins, son casque lui avait sauvé la vie en protégeant la tête, tandis que son épaisse combinaison avait servi de « matelas »…

Après un examen rapide, Zach lui posa une perfusion, l'équipa d'une minerve et le sangla délicatement sur un brancard portable. Puis il décrocha sa radio.

— Stewart, tu m'entends ? On a trouvé Duke, il est vivant… Oui… Écoute, le temps presse. Es-tu sûr de ne pas pouvoir approcher pour faire une évacuation aérienne ? On gagnerait un temps précieux et…

Il n'acheva pas, certain que le pilote comprendrait. Remonter Duke par la falaise prendrait trente minutes, peut-être une heure. Il se voyait mal expliquer à Lulu que l'équipe n'avait pas fait le maximum pour sauver son frère !

En pilote habitué aux situations extrêmes, Stewart descendit le plus possible. Attraper la sangle ne fut pas simple, se harnacher avec la civière non plus, mais la manœuvre put finalement être réalisée en un temps record.

— Tenez bon, mon gars, dit Zach au blessé alors qu'ils étaient suspendus dans les airs. Votre famille vous attend. Ils ont hâte de vous revoir. Courage !

À l'arrivée, une équipe d'urgentistes les attendait sur le toit de l'hôpital.

— Tu ne peux pas entrer comme ça, dit le médecin chef à Zach, désignant ses vêtements boueux. Ne t'inquiète pas, on va gérer.

— Super…

Il regagnait l'entrée principale par l'escalier extérieur quand il sentit son téléphone vibrer dans sa poche. Il le prit et écarquilla les yeux, stupéfait. Lulu lui avait envoyé une vingtaine de SMS ! Elle essayait encore de le joindre, là, maintenant…

Retrouve-moi aux urgences dès que tu pourras. Tout va bien, mais on a besoin de toi.

Il n'en fallut pas davantage pour lui donner la nausée. Il descendit les dernières marches en courant et, oubliant à quel point il était sale, s'engouffra dans le hall, où il emprunta un couloir sur la droite.

Harry était assis dans le « coin des enfants » de la salle d'attente. Il jouait aux cartes avec Lulu, laquelle envoyait discrètement des messages sous la table.

Une vague de gratitude mêlée d'angoisse le submergea. Lulu avait la gentillesse de s'occuper d'Harry, malgré tout. Il avait dû se passer quelque chose de grave, mais quoi ?

— Duke est vivant. Il est descendu au bloc.

— Ton père a fait une crise cardiaque.

Ils avaient parlé en même temps. Ils hésitèrent, puis reprirent la parole… pour dire exactement la même chose :

— Il va s'en sortir !

Ils éclatèrent d'un rire nerveux. Zach fit signe à Lulu de s'expliquer la première.

— Quand j'ai noté les premiers signes d'infarctus, j'ai donné de l'aspirine à ton père, dit-elle. Ils vont le stabiliser et lui poser des stents. Le cardiologue nous a bien rassurées. Ta mère est avec lui, précisa-t-elle.

Harry, qui n'avait pas bougé, se leva et se jeta contre Zach.

— Lulu a sauvé papy, tu sais !

Il la regarda, perplexe.

— Le service d'ambulances t'a appelée pour une garde ?

— Non. J'étais chez tes parents quand c'est arrivé. J'étais venue… m'excuser auprès d'eux, et auprès d'Harry, de m'être sauvée comme une voleuse après l'alerte. Je t'ai dit… des choses que je ne pensais pas.

— Tu avais raison de m'en vouloir. Je n'ai pas eu une attitude très professionnelle sur ce coup-là. Je voulais te protéger. J'ai parlé avec le cœur, comme l'aurait fait n'importe quel amoureux, au lieu de réfléchir.

Elle le fixa, bouche bée, le regard brillant.

— Ne pleure pas, Lulu ! s'écria Harry en sortant un paquet de mouchoirs de sa poche.

Elle le remercia, souriant à travers ses larmes. Zach crut qu'elle allait ajouter quelque chose, mais non. Elle semblait soudain devenue muette. Heureusement, pour les explications, on pouvait toujours compter sur Harry !

— Tu sais, papa, Lulu nous a raconté pourquoi elle était partie. Elle avait peur pour son frère. Elle avait besoin de voir sa famille. Et après, elle a compris qu'on était aussi sa famille, toi, et moi, et papy et mamie. Parce qu'elle nous aime beaucoup, beaucoup. Elle est amoureuse de toi.

L'air tout joyeux, il se mit à fredonner :

— Lu-lu aime papa… Lu-lu aime papa… Et moi… j'aime beaucoup ça-a-a…

Zach et Lulu échangèrent un regard bouleversant d'intensité. Il eut l'impression qu'elle lui offrait son cœur et son âme, à cet instant et pour l'éternité.

Harry tira sur sa manche, pressé de finir son histoire.

— Mamie a dit qu'on avait tous bien mérité une glace. Papy a voulu aller au frigo, mais il est tombé. Alors Lulu a appuyé très fort sur sa poitrine pendant qu'on attendait l'ambulance. Maintenant, il va bien, papy. Le docteur a dit que Lulu l'avait sauvé.

— Lulu ? Tu as fait un massage à mon père ?

Elle opina en souriant.

— Et toi, tu as sorti mon frère d'un ravin.

Leur histoire d'amour tenait en deux phrases. Quand

on aimait quelqu'un, on faisait le maximum pour l'autre. Le reste n'avait aucune importance.

Zach prit la main de Lulu et la fit asseoir, puis il s'installa à côté d'elle avec Harry sur les genoux. Ils avaient beaucoup de choses à se dire. Il devait, pour commencer, lui expliquer dans quel état se trouvait Duke.

— Je pense que sa convalescence sera longue. Il va sûrement lui falloir pas mal de séances de kiné. Mais il ne manquera pas de soutien, conclut-il en jetant un coup d'œil entendu vers la porte.

Un groupe de jeunes gens venait d'arriver. Ils étaient si nombreux qu'apparemment, certains avaient dû rester dans le couloir !

— Merci d'avoir tout donné, chuchota Lulu d'une voix rauque. Sans toi… on ne parlerait sans doute pas de convalescence. Il a eu beaucoup de chance que tu diriges cette opération.

Il secoua la tête.

— Je n'ai fait que mon travail.

— Ce n'est pas ce qu'on m'a dit !

Sa fougue et sa gratitude lui firent chaud au cœur. Il lui sourit.

— Ah, bon ? Qui t'a raconté quoi, au juste ?

Lulu pointa du doigt la partie de la salle d'attente réservée aux professionnels. Tendant le cou, il avisa un groupe de costauds en uniforme, au milieu duquel se tenait Makoa. Tous les proches de la famille Kahale étaient venus. Le contraire l'aurait surpris !

— Tu as de la chance de les avoir, dit-il, sincère. C'est un magnifique comité de soutien.

Un mois plus tôt, Lulu aurait pris ses jambes à son cou devant un tel rassemblement « familial ». Elle n'aurait jamais voulu que ses frères, ses cousins et leurs amis la voient en compagnie de l'homme de ses rêves. Mais aujourd'hui, elle s'en moquait. Elle avait enfin compris une chose : protéger ne voulait pas dire étouffer. Protéger signifiait aussi aider.

Ses proches avaient toujours été là. Ils lui avaient permis de canaliser ses émotions, dans les bons ou les mauvais moments. Qu'elle ait eu tort ou raison. Aujourd'hui, elle était devenue assez forte pour admettre que la perfection n'existait pas, ni pour elle, ni pour les autres.

Oui, elle avait commis une erreur en croyant que Zach voulait la laisser de côté. Oui, elle avait mal réagi. Mais elle s'était rattrapée en allant s'excuser auprès des Murphy. Elle avait fait un choix correct, raisonnable et humain.

Suivant son regard, Harry adressa un grand salut à Mak. Ce dernier répondit par un sourire accompagné du traditionnel *shaka*, pour la plus grande joie du bambin. Il avait un ami sur l'île, et pas n'importe lequel !

Intuitif comme d'habitude, Mak dut sentir que la conversation était importante. Il fit signe à Harry de venir le rejoindre.

— Tu es d'accord ? demanda Lulu à Zach.

— Bien sûr que oui. Je sais que ton frangin adore les gosses.

Il aurait eu mauvaise grâce de protester. Pendant ce court échange, Harry avait filé à l'autre bout de la pièce, ravi d'être au centre de l'attention !

— *Mahalo*, articula-t-elle à l'intention de Makoa.

Puis, pivotant vers Zach :

— J'étais dans la chambre de ton papa quand Casey est venue nous rejoindre. Elle m'a annoncé que Duke était vivant et qu'il arrivait en hélicoptère. Le récit du sauvetage a vite fait le tour de l'île, crois-moi. Mais Jessica est toujours portée disparue.

— Oui, malheureusement. Les gars font le maximum.

— Maintenant que Duke a été retrouvé… Mak et les autres vont se joindre aux recherches. J'aimerais y aller aussi. Il nous reste seulement deux heures avant le coucher du soleil.

— Bien sûr qu'il faut y aller. Je n'aurais jamais dû t'en empêcher, tout à l'heure. J'ai été stupide.

— Non, au contraire ! Tu avais raison. Je n'étais pas dans mon état normal et… j'avais besoin qu'on me mette une claque.

Il sursauta, l'air effaré.

— Dans le bon sens du terme ! précisa-t-elle. Tu as fait ça pour mon bien. Je l'ai compris.

Il opina et lui donna un tendre baiser sur la joue.

— Je vais aller voir mon père, mais il faudra qu'on prenne le temps de parler, Lulu.

— Je sais. On a toute la vie devant nous. Moi, en particulier, je vais avoir plus de loisirs, ajouta-t-elle en extirpant un papier froissé de sa poche. Tiens…

Mais Zach secoua la tête.

— Je ne peux pas accepter.

— Si. Il le faut.

— Non !

Elle eut un rire doux.

— Crois-moi, ce n'est pas un sacrifice. J'ai compris une chose importante grâce à toi.

— Ah, oui ? Laquelle ?

— Je ne veux plus faire ce métier.

— Quoi ? Tu adores le sauvetage !

— Oui, mais j'aime encore plus le travail social.

Il secoua la tête, visiblement perplexe.

— Chantal part vivre en Australie. On m'a offert son poste au Superstars Surf Club. Je vais l'accepter.

Zach laissa échapper un long sifflement.

— Eh bien ! Tu m'étonneras toujours !

Son sourire, doux et chaleureux, l'émut profondément. Le début de leur histoire n'avait pas été un long fleuve tranquille mais, grâce à lui, elle avait beaucoup travaillé sur elle-même. Elle avait affronté ses vieux démons et gagné la bataille.

Aujourd'hui, elle s'acceptait enfin telle qu'elle était : une femme libre, amoureuse, prête à embrasser une carrière moins risquée mais ô combien utile…

Zach lui replaça une mèche derrière l'oreille avec une infinie tendresse.

— Je t'aime, Lulu Kahale. Pour moi, tu es la femme idéale. Ton petit grain de folie m'empêchera toujours d'être trop sérieux !

— Je t'aime aussi, Zach. Quant à Harry, il fait déjà partie de moi.

— Je sais, mon amour. Je l'ai très vite compris.

Se penchant, elle l'embrassa sur les lèvres.

— Va voir ton père. Avec un peu de chance, je serai bientôt de retour.

Il lui rendit son baiser et, pendant quelques secondes, l'univers se fondit dans cette connexion aussi profonde que l'océan lui-même. Elle se promit secrètement de ne plus jamais mettre son amour en danger.

— *Mahalo*, Zach.

— Merci ? Mais… pourquoi ?

— Pour être venu à Hawaï. Pour être celui que tu es. Pour avoir parié sur moi.

— C'était tout sauf un pari, trésor. C'était notre destinée. Nous sommes faits l'un pour l'autre. Ne l'oublie jamais.

— Il n'y a aucun risque !

Tant que son cœur battrait, il battrait pour Zach.

Mahalo, la vie…

Épilogue

Un an plus tard

Cachée derrière un palmier, Lulu observait le cortège qui s'était formé sur la plage.

Sa mamie, pas peu fière, ouvrait la marche au bras de Mak, très impressionnant comme tous ses frères en costume traditionnel.

Pour la première fois depuis l'accident, Duke marchait sans sa canne. Gravement blessé, il avait subi une lourde rééducation durant laquelle il n'était pas resté inactif. Il avait écrit un guide complet à l'usage des cascadeurs professionnels, ouvrage qui, trois semaines après sa publication, connaissait déjà un franc succès.

À présent, Duke pouvait fouler sans encombre le parquet spécial posé sur le sable. Il avait d'ailleurs insisté pour pousser lui-même le fauteuil roulant de Jessica, sa partenaire, qui avait hélas eu moins de chance que lui.

Les médecins ne savaient toujours pas si elle serait, un jour, capable de tenir sur ses jambes. Elle n'en restait pas moins sportive et pratiquait la natation de manière assidue. Lulu l'emmenait également en mer deux fois par semaine, sur une planche équipée d'un harnais spécial, rendez-vous qu'elles appréciaient beaucoup toutes les deux.

Très émue, Lulu vit ses proches se rassembler devant l'estrade que Mak et Pekelo avaient construite eux-mêmes.

Pour le grand jour, ils arboraient tous le *lei* – la traditionnelle guirlande de fleurs – autour du cou. Mais Lulu, elle, avait choisi de tresser les fleurs dans ses cheveux. Elle était la reine du jour ! Casey, Jessica et sa grand-mère avaient d'ailleurs participé au choix de sa tenue, un magnifique fourreau blanc décolleté dans le dos.

Harry, pas peu fier en garçon d'honneur, arborait une chemise imprimée d'hibiscus et de planches de surf. Quant à Zach…

Comment ne pas le trouver séduisant dans son costume de lin grège et sa chemise bleue ? Il était encore plus beau, si possible, que le jour de leur première rencontre. Et maintenant, elle le voyait avec les yeux de l'amour…

Si elle avait cru, au départ, que le feu et la glace n'étaient pas faits pour s'entendre, elle avait eu un an pour changer d'opinion. Sa vie avec Zach et Harry était tranquille, heureuse, avec juste ce qu'il fallait d'animation pour pimenter le quotidien !

Voyant que tous les invités étaient là, Mak souffla plusieurs fois dans la trompe en forme de coquillage qui appartenait aux Kahale depuis plusieurs générations. Cet appel permettait non seulement d'obtenir le silence, mais aussi d'entrer dans l'énergie positive, solennelle et émouvante, qui présidait aux cérémonies locales.

Aujourd'hui, Lulu et Zach allaient enfin s'unir pour la vie !

Quand le révérend se mit à chanter le *Oli Aloha*, elle sortit de sa cachette et, lentement, rejoignit Zach devant l'estrade. Ils avaient souhaité que leurs proches fassent un demi-cercle devant eux, pour que tout le monde les voie parfaitement. C'était aussi, et surtout, une manière de leur prouver qu'ils étaient tous importants, qu'ils appartenaient à leur famille élargie. Une vraie communauté de cœur.

À partir de ce moment-là, Lulu vécut la cérémonie

comme un rêve. Jamais elle n'aurait cru qu'on puisse être aussi heureux sur cette terre !

Après l'échange des consentements, le révérend lia sa main droite à celle de Zach avec un *lei* pour la bénédiction finale, moment empreint d'une grande émotion.

— Vous pouvez embrasser la mariée ! dit enfin le prêtre.

Zach ne se le fit pas dire deux fois. Il l'attira à lui avec une telle fougue qu'elle décolla du sol. C'est alors que les invités éclatèrent de rire.

— Que se passe-t-il ? chuchota Zach contre sa bouche. J'ai fait quelque chose de travers ?

— Pas du tout. Je viens de perdre mes tongs ! Je n'ai pas voulu mettre des escarpins pour marcher dans le sable…

— Génial, j'ai épousé Cendrillon.

— C'est beaucoup mieux que dans Cendrillon…

— Ah oui, tu trouves ?

— Le prince charmant habite un château. C'est d'un banal ! Nous, on a l'« Abri aux tortues ». La plus belle maison de l'univers.

— Attends un peu qu'on y passe notre lune de miel…

Ils échangèrent un baiser passionné, puis le révérend commença à réciter le *He Alo A He Alo*, étape ultime de la cérémonie.

— Pour ceux qui ne le sauraient pas, précisa le vieil homme, *alo* veut dire « personne » et *ha* veut dire « souffle ». Aujourd'hui, Lulu et Zach honorent le souffle vital qui leur a été donné à la naissance. Et qui sera encore plus fort, maintenant qu'ils sont deux, grâce à leur amour.

— On s'embrasse encore ? demanda Zach, malicieux.

— Absolument ! confirma le prêtre. Il faut nous montrer votre bonheur !

Ce qu'ils firent avec joie, sous les vivats et les applaudissements de l'assemblée.

KARIN BAINE

Le secret d'Emmy

BLANCHE

HARLEQUIN

Titre original :
WED FOR THEIR ONE NIGHT BABY

1.

L'une de ces trois filles ne ressemble pas aux deux autres... Voilà à quoi pensaient les invités assis à la table d'honneur en les observant, elle et ses sœurs. Emmy ne se faisait aucune illusion à ce sujet : tous avaient remarqué à quel point elle était différente physiquement de Lorna et de Lisa.

Elle avait pris l'habitude, dès l'enfance, de s'immuniser contre ce genre de regard. Un mécanisme de défense pour se protéger des insultes qu'elle avait si souvent essuyées au fil des années. Elle semblait ne jamais être à sa place nulle part. Sans doute parce qu'elle n'était encore qu'une toute petite fille lorsqu'elle avait été prise en charge par les services sociaux et ballottée d'un endroit à un autre. Abandonnée par ses parents alors qu'elle n'avait que trois ans, elle avait connu plusieurs familles d'accueil avant d'être adoptée à l'âge de cinq ans par les Jennings.

Être la sœur aînée de jumelles parfaitement identiques qui n'avaient aucun lien biologique avec elle n'était déjà pas chose facile, mais le pire, c'était que son physique à elle formait un contraste saisissant avec celui de Lorna et de Lisa. Elles étaient minces, avec un teint de porcelaine et de longs cheveux blonds, alors qu'elle-même avait des courbes généreuses, une peau couleur caramel et les cheveux frisés. Elle était le fruit d'une union mixte, dont malheureusement elle ignorait toute l'histoire, car elle n'avait plus jamais eu le moindre contact avec ses parents biologiques depuis le jour où ils l'avaient abandonnée.

Heureusement, les Jennings l'avaient adoptée, et elle se considérait chanceuse d'avoir un frère aîné, David, qui la traitait exactement comme ses deux jeunes sœurs biologiques. Malheureusement, cela signifiait aussi qu'aujourd'hui elle faisait partie des demoiselles d'honneur au mariage de David et de Bryony.

Sam Goodwin, grand ami du marié et son garçon d'honneur, se leva et prit la parole.

— Je connais Dave depuis toujours ou presque et, vraiment, Bryony, tu ne pouvais espérer avoir un meilleur mari, déclara-t-il d'un ton enthousiaste.

Son discours et le chœur d'approbations qu'il déclencha arrachèrent Emmy à ses sombres réflexions. Non seulement Sam savait se montrer sincère et drôle en toutes circonstances, mais aujourd'hui il était particulièrement sexy dans son élégant costume gris égayé par une cravate rose bonbon.

Emmy avait toujours eu le béguin pour lui, même avant qu'il devienne un homme incroyablement séduisant. Lorsqu'ils étaient adolescents, il se présentait souvent chez les Jennings, couvert de boue, un ballon de football sous le bras, impatient de retrouver son copain Dave. Et, au grand désespoir d'Emmy, il avait pris l'habitude de la traiter comme sa petite sœur. Il aimait la taquiner, lui faire des confidences et aussi jouer les protecteurs avec elle.

Il n'y avait jamais eu la moindre romance entre eux, hélas ! Pourquoi Sam, entouré des plus jolies filles, aurait-il jeté son dévolu sur une gamine bien en chair, aux cheveux crépus, qui s'était éprise de lui ?

Elle se demanda qui, ce soir, aurait le privilège de partager le lit de Sam, car il était venu non accompagné au mariage de son meilleur ami…

— Je tiens à remercier les ravissantes jeunes femmes qui ont pris soin de la mariée aujourd'hui, poursuivit Sam. Aux belles demoiselles d'honneur !

Il leva son verre, encourageant les invités à porter un toast avec lui.

Emmy, mal à l'aise, s'agita sur sa chaise tandis que tous les regards se tournaient de nouveau vers ses sœurs et elle.

— Et moi alors ? cria-t-elle.

Sa boutade, comme elle s'y attendait, déclencha des rires autour d'elle.

Sam, lui, ne rit pas. Il fusillait Emmy du regard, visiblement mécontent qu'elle l'ait interrompu. C'était sa faute, aussi. Il aurait dû savoir que, lorsqu'elle se sentait sous pression, elle ne pouvait s'empêcher de tout gâcher. Elle lui tira la langue, le provoquant une nouvelle fois pour l'amener à reprendre son discours.

Ce qu'il fit.

— Dave et Bryony, nous vous souhaitons une longue vie et beaucoup de bonheur. Aux jeunes mariés ! conclut-il en brandissant de nouveau son verre.

Tous les invités l'imitèrent et, cette fois, Emmy se joignit à eux. Mais, voyant Sam la regarder fixement en secouant la tête, elle articula un « Quoi ? » silencieux, l'air faussement innocent.

Au moins en avait-elle fini avec le dîner et les discours. Elle allait pouvoir se lever de table et se fondre dans la foule. Sans doute Bryony l'avait-elle intégrée dans le cortège de la mariée pour lui épargner de se retrouver seule dans un coin. Mais, franchement, Emmy aurait préféré ne pas être sous les projecteurs. Sans parler de l'humiliation que lui infligeait sa robe, d'une taille bien supérieure à celle des toilettes portées par les autres demoiselles d'honneur. Ces robes bustier en soie rose, ultra-moulantes, seyaient merveilleusement à ses deux sœurs dont elle enviait la minceur. Pour sa part, durant toute la journée, elle avait évité de s'asseoir, craignant que ses formes généreuses ne fassent éclater les coutures.

Les séances de photos l'avaient particulièrement mortifiée. Le photographe l'avait fait changer de place plusieurs fois, jusqu'au moment où il avait renoncé à cacher ses rondeurs entre les deux jolies blondes au corps élancé. Comme chaque fois qu'elle se trouvait à côté des jumelles, sa présence semblait complètement incongrue. La petite fille rondouillarde adoptée à l'âge de cinq ans par les Jennings n'avait pas vraiment changé.

Durant les premières années de sa nouvelle vie, elle s'était profondément attachée à son grand frère. Tous deux jouaient et passaient beaucoup de temps ensemble. Et puis les jumelles étaient nées. Un miracle que les parents Jennings n'attendaient plus, se croyant trop âgés pour concevoir encore des enfants.

Très occupés par les deux bébés, ils avaient souvent confié Emmy à David, bien qu'il fût lui-même encore très jeune. Elle avait alors eu l'impression d'être devenue un poids dans la famille. L'arrivée des jumelles avait tout changé pour elle, lui donnant soudain le sentiment d'être indésirable.

Pourtant, les Jennings étaient bien sa vraie famille. Eux seuls avaient voulu l'accueillir et l'élever comme leur propre fille. Ses parents biologiques ne s'étaient pas autant intéressés à elle.

— Pourquoi as-tu fait cela ?

La voix de Sam la fit sursauter et elle faillit renverser sa coupe de champagne.

Le personnel de l'hôtel débarrassait les tables afin de préparer la salle pour la soirée. Emmy s'était dirigée vers le bar pour éviter les photographes et les convives. Elle n'était pas d'humeur à supporter qui que ce soit.

— Pourquoi j'ai fait quoi ? demanda-t-elle en s'appuyant contre le bar.

La seule façon de survivre à cette journée festive était sans doute de boire suffisamment pour oublier sa solitude et les regards curieux dont elle était l'objet. Comme s'il y avait assez d'alcool dans ce monde pour qu'elle y parvienne un jour ! Depuis sa plus tendre enfance, elle ne désirait qu'une chose : être aimée et acceptée.

Au lieu de lui répondre, Sam commanda un whisky. Il se tenait si près d'elle qu'elle pouvait sentir le parfum boisé de son après-rasage. Un parfum qui lui faisait l'effet d'un aphrodisiaque, alors même que Sam ne lui avait jamais fait la moindre avance.

Elle profita de ce qu'il avait le regard fixé sur le barman pour l'observer attentivement. Ils ne s'étaient pas revus depuis un bon moment. Tous deux ne se rencontraient qu'à l'occasion de fêtes de famille, auxquelles Sam était toujours invité. En général, il s'y rendait accompagné de sa conquête du moment. Aujourd'hui, il avait visiblement fait un effort pour soigner son apparence, bien qu'il n'eût pas besoin de cela pour attirer l'attention des femmes.

Ses cheveux bruns, si souvent en bataille, étaient soigneusement coiffés, et il s'était rasé de près. Le plus frappant, chez lui, c'étaient ses yeux gris bleu, incroyablement sexy, et ses longs cils noirs. Une véritable invitation à partager son lit.

Elle devait le reconnaître : elle avait encore le béguin pour lui.

— Pourquoi t'es-tu rabaissée comme ça ? dit-il en prenant le verre de whisky que le barman venait de poser devant lui.

Il le but d'un trait et le reposa sur le comptoir. Apparemment, lui aussi s'était senti stressé par son rôle de garçon d'honneur.

— Désolée si j'ai gâché ton discours tellement sincère ! lança Emmy d'un ton sarcastique avant de porter à ses lèvres sa coupe de champagne.

Sam esquissa un demi-sourire qui creusa une fossette sur sa joue.

— Il ne s'agit pas de ça, tu le sais très bien.

— Ah oui ? Je pensais que tu m'en voulais d'avoir interrompu ton numéro de « meilleur ami du marié ». Sans doute comptais-tu sur cette tirade pour séduire une jolie femme et la mettre ce soir dans ton lit, puisque tu es venu seul à ce mariage.

Elle avait pris son ton moqueur habituel, mais sous couvert de plaisanter, elle exprimait une véritable jalousie. Sam semblait s'intéresser à toutes les femmes qui croisaient son chemin, sauf elle.

Qu'est-ce qui clochait chez elle, bon sang ? Pourquoi ses parents biologiques l'avaient-ils abandonnée ? Pourquoi les Jennings avaient-ils voulu avoir d'autres enfants après l'avoir adoptée ? Pourquoi aucun de ses ex n'avait-il envisagé d'avoir une relation durable avec elle ?

— Eh bien ! Quel cynisme ! s'exclama Sam.

— Je te connais… Alors, sur qui as-tu flashé, ce soir ? demanda-t-elle en balayant la salle du regard. La jolie rousse vêtue d'une robe en dentelle bleu glacé ? Ou peut-être la mère de la mariée ? Es-tu attiré par les femmes d'âge mûr ? As-tu seulement un type de femme préféré ?

— Crois-moi, Emmy-Lou, je suis venu pour ton frère, et non pour draguer. Par ailleurs, si j'amenais une femme à un mariage, elle pourrait se faire des idées. Or, je n'ai aucune intention d'épouser qui que ce soit.

Il fit signe au barman de lui servir un autre whisky.

— Pourquoi cette aversion pour le mariage, Sam Goodwin ? s'enquit Emmy. Viendra un jour où ton seul charme pourrait ne plus suffire à séduire les femmes. Il te faudrait alors révéler ta personnalité… Prends garde à ne pas finir seul et malheureux.

Elle ne croyait pas un mot de ce qu'elle venait de dire. Depuis l'adolescence, Sam avait toujours attiré les filles. Non content d'être splendide, il dégageait une aura irrésistible.

— Je suis marié avec mon métier, tu le sais.

C'était vrai. Sam était un excellent pédiatre, fort apprécié du personnel de l'hôpital comme des patients. Mais elle était convaincue que, s'il avait du mal à se stabiliser, c'était en grande partie parce que, enfant, il avait eu un père absent. Il passait alors beaucoup de temps chez les Jennings tout en prenant l'habitude de vivre seul.

— Tu peux parler, Emmy-Lou Jennings ! Ne devrais-tu pas être mariée, à ton âge, et mère d'une ribambelle de marmots ? Tes sœurs, elles, semblent pressées de porter une alliance.

Il désigna d'un hochement de tête les jumelles et leurs petits amis, deux beaux garçons jouissant d'une stabilité financière certaine.

— Ce n'est pas faute d'avoir essayé, murmura Emmy.

Heureusement, elle avait parlé trop bas pour être entendue de Sam, occupé à boire une gorgée de son whisky.

Son cas était pathétique. Désespéré. Si elle n'avait jamais connu une relation longue avec un homme, ce n'était pas par choix. Lorsqu'elle avait parlé d'avenir à son dernier petit ami, celui-ci avait éclaté de rire.

« Sans vouloir t'offenser, Em, je sors avec toi pour passer du bon temps, rien de plus. »

Comment ne pas se sentir offensée par une telle déclaration ? Le pire, c'était que la plupart de ses ex avaient fini par se marier et devenir pères de famille. Ils n'étaient donc pas hostiles à l'idée de s'engager, sauf avec elle. Apparemment, elle plaisait aux hommes, mais pas au point qu'ils envisagent de l'épouser.

— Peut-être suis-je mariée à mon travail, moi aussi, déclara-t-elle, comme pour justifier la pauvreté de sa vie amoureuse.

Infirmière pédiatrique, elle était soumise à des horaires difficilement compatibles avec une vie sociale classique, ce qui pouvait lui servir d'argument pour expliquer son célibat.

Sam leva son verre.

— Portons un toast au travail ! lança-t-il avant de trinquer avec Emmy. Mais tu n'as toujours pas répondu à ma question, Emmy-Lou.

— Emmy. Je ne sais pas pourquoi tu persistes à m'appeler ainsi. Cela me ramène à l'époque de mes huit ans.

Son vrai nom était Emma-Louise, mais David l'avait abrégé en Emmy-Lou pour la taquiner. Quand Sam l'appelait ainsi, elle avait l'impression d'être sa petite sœur. Quelle femme apprécierait que l'homme qu'elle aime depuis des années la considère ainsi ?

— Ne change pas de sujet, *Emmy*. Pourquoi as-tu lancé cette plaisanterie, tout à l'heure ? Tu te rabaisses toujours.

— Ton discours devenait un peu trop sentimental, alors j'ai voulu détendre l'atmosphère.

— Inutile de me raconter des histoires. Nous avons pratiquement grandi ensemble et je sais que tu passes ton temps à te moquer de toi.

— Avoue qu'il y a de quoi, avec mon physique ! J'ai des fesses plutôt imposantes, non ? répliqua-t-elle en battant des paupières tout en se donnant une tape sur le postérieur.

— Arrête !

Il avait parlé avec une telle autorité qu'elle cessa aussitôt de faire le clown.

— Je dis simplement tout haut ce que les autres pensent tout bas. C'est moins vexant si c'est moi qui parle la première.

— Tu n'es pas obligée de faire cela, dit-il d'une voix

plus douce. Ce n'est pas parce que tu es différente de tes sœurs que tu es moins jolie.

Il tendit la main et lui caressa la joue.

Emmy arrêta un instant de respirer. Sam s'intéresserait-il soudain à elle ? Elle n'eut pas le temps d'analyser la situation, car déjà, le DJ annonçait que le moment était venu de danser.

— Nous devrions peut-être…

Troublée, Emmy avait du mal à trouver ses mots.

— Oui, allons-y, approuva Sam en posant son verre.

Alors, il la prit par la main et l'entraîna vers la piste de danse.

Les jeunes mariés ouvrirent le bal sous les applaudissements de tous les invités. Emmy se sentit profondément émue en voyant David rayonner de bonheur. Elle lui avait toujours été très reconnaissante de la considérer comme faisant partie de la famille, même après la naissance des jumelles. Elle était si heureuse pour lui aujourd'hui…

Comme le DJ invitait le public à se lancer sur la piste, Sam prit Emmy par la taille.

— C'est à nous, maintenant.

Elle lui passa les bras autour du cou et ils commencèrent à se balancer au rythme de la musique. Oubliant la foule qui les entourait, Emmy crut que son cœur allait exploser lorsque Sam l'attira tout contre lui.

— C'est une grande première, dit-elle avec un petit rire nerveux. Je crois bien que nous n'avons jamais dansé ensemble.

— Il y a tout un tas de choses que nous n'avons jamais faites ensemble, lui glissa-t-il à l'oreille avec une intonation pleine de sous-entendus.

Emmy n'avait aucune idée de ce qui avait pu provoquer ce changement soudain dans l'attitude de Sam à son égard, mais elle en était ravie. Après sa récente rupture, savoir qu'elle pouvait être désirée, et par l'homme qui la faisait fantasmer depuis l'adolescence, lui était d'un merveilleux réconfort.

— Seriez-vous en train d'essayer de me séduire, monsieur Goodwin ? demanda-t-elle en feignant d'être horrifiée.

Sam éclata de rire.

— Et quel mal y aurait-il à cela ? Nous nous sommes toujours très bien entendus et nous sommes tous deux célibataires…

— Mais pourquoi maintenant ?

— Je ne sais pas. C'est le bon moment, au bon endroit, et j'ai le sentiment que, toi et moi, nous pourrions vraiment passer un excellent moment ensemble. Rien que nous deux.

L'euphorie d'Emmy retomba aussitôt. Elle s'écarta légèrement de Sam.

— Je vois. C'est commode. Tu n'as pas à te donner trop de mal avec moi.

Elle se força à retenir ses larmes. Sam n'était pas différent des autres hommes. Il ne voyait en elle qu'une fille avec qui prendre du bon temps en attendant de trouver mieux. Venant de lui, c'était encore plus blessant, car il la connaissait depuis toujours ou presque. Or, voilà qu'il était prêt à sacrifier leur amitié pour s'offrir une brève aventure.

— Je pense que tu t'es trompé de fille, dit-elle calmement.

Et elle s'enfuit de la salle juste au moment où la chanson s'arrêtait.

Sam ne put que regarder, impuissant, Emmy s'en aller. Il ne voulait pas créer de scandale ni attirer l'attention en l'appelant ou en se lançant à sa poursuite alors que tous les regards étaient fixés sur les jeunes mariés. Un tonnerre d'applaudissements accompagna le couple qui abandonnait la piste de danse.

Dave vint rejoindre Sam.

— Où est passée Emmy ? demanda-t-il en l'entraînant vers le bar.

— Je crois qu'elle était un peu émue. Elle a eu envie de prendre l'air.

Il s'en voulait d'avoir flirté avec elle. Il l'avait trouvée si belle, ce soir, qu'il avait oublié qu'elle n'était pas une femme avec laquelle il pouvait s'amuser avant de la quitter dès le lendemain. Non pas qu'il aurait été tenté de se comporter de cette façon, il en était certain. Il avait toujours eu un faible pour elle, et il appréciait sa compagnie.

Adolescente, elle était si différente des autres filles du lycée, des gamines trop gâtées et superficielles qui couraient après lui simplement pour être vues avec le gars le plus populaire de la bande. Emmy, elle, était drôle, attentionnée. Adorable. Malheureusement, elle était aussi la petite sœur de son meilleur ami et si Dave avait vu Sam faire des avances à Emmy, il l'aurait réduit en miettes. Aujourd'hui encore, il en était capable.

Peut-être était-ce le fait de n'avoir pas revu Emmy depuis longtemps qui, ce soir, l'avait amené à se montrer aussi imprudent. Ou sans doute était-ce plutôt de la serrer dans ses bras, de la sentir contre lui, qui l'avait poussé à se montrer entreprenant.

— Tu bois quelque chose ? lança Dave en lui administrant une grande claque dans le dos.

— Je vais prendre de l'eau gazeuse.

Dave passa commande et ils bavardèrent un moment. Lorsque quelques invités vinrent féliciter le jeune marié, Sam en profita pour s'éclipser discrètement. Il voulait retrouver Emmy afin de s'excuser d'avoir été aussi grossier avec elle. Il savait qu'elle était beaucoup plus sensible qu'elle ne le prétendait, et tout le monde ferait bien de s'en souvenir, à commencer par lui.

À l'époque où il passait le plus clair de son temps chez les Jennings, Emmy se joignait souvent à lui et à Dave pour jouer aux cartes, à des jeux de société, ou bien pour écouter de la musique. Parfois, si Dave n'était pas là, ou bien s'il était occupé à autre chose, Emmy et lui restaient en tête à tête et se confiaient l'un à l'autre, parlant de leurs problèmes respectifs. Emmy souffrait de ne jamais se sentir à sa place nulle part. Sam, lui, avait du mal à supporter les longues absences de son père et les difficultés qui en résultaient à la maison. Parler avec quelqu'un qui était confronté comme lui aux dures épreuves de la vie, et donc capable de l'écouter et de le comprendre, lui rendait les choses un peu plus faciles.

Vu de l'extérieur, personne n'aurait pu soupçonner le combat qu'ils livraient, l'un comme l'autre. Emmy faisait le pitre, pratiquant souvent l'autodérision et essayant d'être amie avec tout le monde. Sam aussi avait l'habitude d'avancer masqué. Sa réputation d'homme à femmes l'avait peut-être desservi, mais elle avait l'avantage de cacher qui il était vraiment. Multiplier les conquêtes lui permettait de ne plus connaître la solitude, après avoir vécu avec un père absent et une mère qui évitait son fils parce qu'il lui rappelait trop un mari infidèle.

Les femmes qui sortaient avec lui savaient qu'il ne pourrait s'agir que d'une aventure sans lendemain. Sam ne voulait blesser personne et se montrait honnête d'emblée : il ne fallait rien attendre de lui. Son père, au contraire, n'avait cessé de décevoir son entourage.

Aujourd'hui hélas, Sam avait blessé Emmy, dont il connaissait la sensibilité. Il devait lui présenter ses excuses.

Dans le salon de l'hôtel, les invités buvaient et bavardaient gaiement, mais Emmy n'était pas parmi eux. À cause des quelques mots malheureux qu'il avait prononcés, elle avait fui. Il s'en voulait terriblement de l'avoir contrariée alors qu'il s'était tellement réjoui à l'idée de la revoir.

Elle avait toujours paru le comprendre mieux que n'importe qui d'autre. Peut-être parce que tous deux avaient souffert d'être abandonnés par leurs parents et qu'ils étaient reconnaissants envers les Jennings de les avoir accueillis chez eux. Contrairement aux jumelles, Emmy lui avait permis de se sentir bien dans cette maison. Bien sûr, Dave et lui étaient très proches l'un de l'autre, mais son ami ne pourrait jamais comprendre aussi bien qu'Emmy ce qu'étaient la peur et la souffrance de se sentir mal aimé.

Dave avait des parents qui l'adoraient, alors que son père à lui avait l'habitude de disparaître pendant des mois, jusqu'au jour où il les avait laissés, sa mère et lui, se débrouiller tout seuls.

Emmy pouvait connaître aussi ce genre de solitude, mais il n'était pas toujours facile de l'amener à en parler. C'était devenu encore plus compliqué lorsqu'ils avaient grandi et qu'ils étaient allés à l'université, chacun suivant alors son chemin. Ils ne se voyaient plus qu'à de rares occasions, comme celle-ci. Maintenant qu'il l'avait blessée, peut-être ne voudrait-elle plus jamais avoir affaire à lui. Cette perspective était trop triste. Il devait se débrouiller pour que tout s'arrange entre eux.

Dehors, il faisait nuit et l'air était frisquet. Seuls quelques fumeurs invétérés s'étaient risqués à quitter la chaleur de l'hôtel. Ils étaient blottis les uns contre les autres devant l'entrée, enveloppés d'un nuage de fumée.

Il avança dans l'allée qui traversait les jardins où les photos du mariage avaient été prises dans l'après-midi. Là encore, Emmy n'avait pu s'empêcher de plaisanter, affirmant qu'elle masquerait les autres demoiselles d'honneur si on l'obligeait à se mettre au premier rang. Elle avait insisté pour rester derrière le groupe. Les jumelles avaient été ravies de poser pour les photographes, tandis qu'Emmy et lui s'étaient tenus à l'arrière-plan, jouant les imbéciles. Ils cachaient ainsi leur embarras de se trouver sous le feu des projecteurs.

Il avait eu l'impression de revenir des années en arrière, lorsqu'il se réfugiait chez les Jennings pour échapper à l'ambiance malsaine qui régnait chez lui. Emmy avait toujours su adoucir les angles par un rire ou une plaisanterie.

Passer la journée avec elle aujourd'hui lui avait fait plaisir, surtout après la rupture pénible qu'il venait de vivre. Bien qu'il ait, dès le début, averti Caroline qu'il n'y aurait rien de sérieux entre eux, elle avait voulu qu'il s'engage. Elle avait insisté pour qu'ils s'installent ensemble et pour le présenter à ses parents. Pour toutes ces raisons, Sam avait décidé de rompre. Leur liaison n'avait pas duré longtemps, mais Caroline avait accueilli la nouvelle en pleurant et en criant. Il ne s'était pas attendu à une réaction aussi violente de sa part. Sortir avec des femmes ayant dépassé la trentaine n'était pas sans risque, semblait-il, dans la mesure où certaines d'entre elles étaient pressées de fonder une famille.

Revoir Emmy lui avait rappelé l'époque où ils partageaient tant de choses et où tout semblait si simple entre eux. Cette complicité avait réveillé en lui les sentiments qu'il avait eus pour elle autrefois. Et il s'était laissé aller à lui faire des avances sans songer aux conséquences.

Il aperçut, près de la rivière, une silhouette assise sur la balançoire en fer forgé. Il reconnut aussitôt son amie.

— Emmy ? Je suis vraiment désolé de t'avoir contrariée.

— C'est bon, tout va bien, répondit-elle en continuant de se balancer.

Il s'approcha d'elle et lui saisit le menton pour l'obliger à lever la tête vers lui. Lorsqu'il vit des larmes briller dans ses yeux, il en eut le cœur serré.

— Je me suis conduit comme un sinistre imbécile !

— Oui, c'est vrai, mais il n'y a là rien de nouveau !

Une fois de plus, elle tentait de faire de l'humour pour cacher ce qu'elle ressentait vraiment, mais la petite larme qui roulait sur sa joue la trahit. Sam l'essuya du bout du doigt, regrettant de ne pas pouvoir effacer aussi facilement le mal qu'il avait fait à Emmy.

— Je suis vraiment désolé. Pour rien au monde, je ne voudrais te blesser, Emmy.

— Ce n'est pas grave. Je suis une grande fille et j'ai la peau dure, tu sais, comme les rhinocéros.

Il la fit taire en lui posant un doigt sur les lèvres. Il ne voulait plus l'entendre se dénigrer.

— Chut !

Le contact de son doigt sur la bouche pulpeuse d'Emmy le troubla. Il se demanda quel effet cela lui ferait de poser un baiser sur ces lèvres si douces. Ce n'était pas la première fois que cette question lui traversait l'esprit.

Emmy le fixait de ses grands yeux marron, attendant qu'il la laisse de nouveau s'exprimer. Mais il ne voulait pas que les mots viennent encore tout gâcher. Il préféra faire ce dont il rêvait depuis très longtemps. Il se pencha vers elle et, s'emparant de sa bouche, il l'embrassa avec fougue, voulant lui montrer par ce baiser tout ce qu'elle représentait pour lui.

Emmy retenait son souffle, craignant de rompre la magie du moment. Sam l'embrassait avec une telle ardeur qu'il ne pouvait y avoir aucun malentendu. Il la désirait.

Depuis toujours, elle souhaitait qu'il s'intéresse à elle comme il s'intéressait aux autres femmes. Ce baiser fiévreux l'amenait à croire qu'elle n'était pas aussi hideuse qu'elle le pensait. Elle avait rêvé qu'il la prenne dans ses bras et qu'il l'embrasse, avant de passer à l'étape suivante et de laisser faire la nature.

Pourquoi se priverait-elle du plaisir que pouvait lui donner Sam Goodwin ? Pourquoi devrait-elle s'interroger sur les raisons qui, ce soir, le poussaient à lui montrer qu'il la désirait ? Elle voyait enfin son rêve se réaliser. Elle serait folle de repousser Sam. C'était sans doute la seule et unique occasion qu'elle aurait de faire l'amour avec lui. La prochaine fois qu'elle le verrait, il aurait probablement une nouvelle conquête à son bras. Elle ne devait pas laisser passer sa chance.

— Tu veux qu'on aille dans ma chambre ? proposa-t-elle.

C'était plutôt osé de sa part, mais passer ne serait-ce qu'une nuit avec Sam lui permettrait de se remettre de sa dernière rupture. Lui-même étant habitué aux brèves aventures, il ne s'offusquerait pas de son offre.

— Tu ne crois pas qu'on va remarquer notre absence ?

— Nous pourrons toujours revenir un peu plus tard nous mêler aux invités, répondit-elle.

Et puis, cela leur épargnerait l'embarras de se retrouver en tête à tête le lendemain matin. Tout serait alors parfaitement clair entre eux : il ne s'agissait que de passer un bon moment ensemble, rien de plus. Ils étaient deux adultes consentants, célibataires, qui avaient envie d'un peu de compagnie.

— Tu es sûre ? demanda Sam.

Il lui donnait une chance de faire marche arrière si elle le souhaitait.

Mais elle le trouvait si beau dans son élégant costume, avec ce regard pétillant et cette fossette incroyablement sexy qui lui creusait la joue, qu'elle n'imaginait même pas renoncer au plaisir de l'avoir un moment pour elle toute seule. La perspective de ce qui l'attendait suffisait à la faire trembler d'excitation et à lui donner des frissons.

— Tout à fait sûre.

— Allons nous mettre au chaud.

Ôtant sa veste, il la posa sur les épaules d'Emmy et tous deux regagnèrent l'hôtel.

Elle avait l'impression de vivre un rêve. Lorsqu'ils arrivèrent dans sa chambre, ils commencèrent aussitôt à se déshabiller, sans dire un mot, habités l'un et l'autre par le même désir fiévreux.

D'habitude, arrivée à ce stade, Emmy insistait pour éteindre la lumière. Mais avec Sam, elle n'en ressentait pas le besoin. Elle n'avait pas à lui cacher ses rondeurs, car il savait exactement à qui il avait affaire et ce qu'il pouvait attendre d'elle. Et puis, après avoir pendant si longtemps imaginé à quoi pourrait ressembler ce moment, elle voulait voir Sam dans toute sa splendeur.

Il avait déjà défait sa cravate et enlevé sa chemise alors qu'elle tentait encore d'ouvrir la fermeture Eclair de sa robe.

— Tourne-toi, dit-il d'un ton bourru.

Elle obéit et il la débarrassa du vêtement, faisant courir ses mains chaudes sur sa peau nue. Lorsqu'il lui ôta son soutien-gorge, pour l'embrasser dans le cou, elle sentit les battements de son cœur redoubler.

Bientôt elle n'eut plus sur elle que sa culotte. Sam se tenait derrière elle, lui couvrant les épaules de baisers. Les mains posées sur ses seins, il taquinait ses mamelons gonflés par ses caresses.

Il continua son exploration et glissa la main sous le petit slip en dentelle. Le corps en feu, Emmy s'appuya contre lui et, tournant la tête, chercha sa bouche. Elle le voulait tout à elle.

Il comprit le message et retira rapidement son pantalon et son boxer. Puis il entraîna Emmy vers le lit, tout en continuant de l'embrasser et de la presser contre lui.

Ils se laissèrent tomber sur la couche, étroitement

enlacés, échangeant rires et sourires au milieu des baisers, des soupirs et des gémissements de plaisir.

Emmy aurait voulu croire qu'il s'agissait là de l'assouvissement d'un long désir mutuel, mais elle n'était pas assez naïve pour se bercer d'illusions. Ce n'était qu'une histoire de sexe. Et elle ferait bien de s'en souvenir pour éviter de souffrir : Sam n'était à elle que pour une nuit – une seule.

2.

Trois mois plus tard

Emmy avait fini d'enregistrer les données concernant son dernier patient, et s'accordait quelques minutes de repos. Elle était restée debout tout l'après-midi, et maintenant ses pieds la faisaient souffrir.

Elle sortit de sa poche une barre de céréales et mordit dedans.

— On a une petite faim ? demanda Shelley, l'une de ses collègues venue la rejoindre dans le bureau des infirmières.

— Toujours. Je crois que les coutures de mon uniforme vont finir par craquer.

Depuis sa puberté, elle avait toujours eu du mal à s'habiller, sa forte poitrine tendant le tissu au point qu'il menaçait toujours de se déchirer. Ces jours-ci, elle était convaincue que sa blouse allait bientôt céder et qu'elle se retrouverait alors en soutien-gorge.

— Tu devrais cesser d'être dans le déni, dit Shelley. Vois les choses en face, commande une taille plus grande, et tu te sentiras plus à l'aise.

— Je ne suis pas sûre d'être prête à accepter la réalité.

— Tu ne crois pas qu'il serait temps de t'y faire ? Quand dois-tu passer ta première échographie ?

— Demain.

Lorsqu'elle verrait la petite silhouette apparaître sur l'écran, elle ne pourrait plus ignorer qu'un bébé était en route. Elle allait devenir mère et devrait faire face à bien des défis.

Si ses propres parents n'avaient pas assumé la responsabilité d'avoir un enfant, Emmy avait toujours rêvé de fonder une famille. Elle était toutefois hantée par la peur de mal faire. Son expérience faisait obstacle à l'instinct maternel qu'elle sentait profondément ancré en elle.

Peut-être devait-elle se réjouir que les choses se soient passées de cette façon. Quelle que soit l'évolution de sa relation avec Sam, elle aurait ce bébé. C'était sans doute sa dernière chance de devenir mère. Une bénédiction.

Elle n'avait encore rien dit à Sam. Il lui fallait d'abord se faire à l'idée d'être enceinte avant d'affronter les doutes et les questionnements que Sam pourrait avoir. Après tout, lui aussi avait connu une enfance difficile et sans doute aurait-il du mal à accepter l'arrivée de ce bébé dans sa vie.

— Qui va t'accompagner ? demanda Shelley.

Cette dernière se montrait très protectrice envers Emmy, bien qu'elle soit plus jeune de deux années. Si Emmy devait rentrer tard chez elle après une longue garde, Shelley ne manquait pas de lui rappeler qu'elle devait se montrer prudente dans les rues de Londres et éviter les mauvaises rencontres.

Si Shelley avait été présente lors du mariage de Dave, elle n'aurait jamais laissé Emmy coucher avec Sam et chambouler ainsi toute sa vie. Et si elle n'avait pas réussi à la dissuader de commettre cette bêtise, probablement lui aurait-elle au moins rappelé de ne prendre aucun risque et de se protéger.

Emmy était responsable de ce qui était arrivé. L'euphorie qui s'était emparée d'elle en voyant son rêve se réaliser lui avait fait oublier toute prudence. Et, quelques semaines plus tard, elle se découvrait enceinte.

— Je n'ai besoin de personne, répondit-elle. Je vais gérer cela seule. J'ai l'habitude.

C'était elle qui avait décidé de garder le bébé. Sam s'était montré très clair : entre eux, il ne pouvait s'agir que d'une aventure d'un soir. Maintenant qu'elle avait eu ce qu'elle voulait, elle devait en assumer les conséquences. Il était hors de question d'entraver la brillante carrière de Sam ou de lui imposer un bébé qu'il n'avait pas souhaité. Emmy ne supportait pas l'idée que son enfant puisse grandir en sachant qu'il n'avait pas été désiré par l'un de ses deux parents. Elle connaissait trop bien la souffrance que cela engendre.

— Je pensais que tu avais commencé à en parler autour de toi, fit Shelley. De toute façon, les gens ne vont pas tarder à s'apercevoir que tu es enceinte. Tu n'as aucune raison d'en avoir honte.

Pourtant, c'était bien ce qu'elle ressentait. Quand elle avait rêvé de fonder une famille, elle n'avait jamais pensé le faire sans avoir auprès d'elle un partenaire heureux de vivre cette expérience avec elle.

Elle se passa la main sur le ventre. Ces jours-ci, il s'était sérieusement arrondi. Jusqu'à présent, elle avait laissé croire autour d'elle qu'elle avait juste pris quelques kilos. Cela ne se remarquait pas trop chez une fille comme elle. Mais, d'ici un mois ou deux, tout le monde comprendrait que cet embonpoint n'était pas dû à un excès de gourmandise.

— Je l'ai dit aux personnes qui devaient le savoir, lança-t-elle d'un ton assuré.

Shelley haussa un sourcil.

— Comme qui ?

— Comme toi…

— Parce que je l'ai deviné toute seule. L'équation était simple : un mois après le mariage de ton frère, tu as commencé à avoir des nausées matinales.

À ce moment-là, Emmy avait été dans le déni complet, convaincue d'être victime d'une intoxication alimentaire, d'un virus ou d'une allergie soudaine au chocolat. Elle ne pouvait alors imaginer qu'après des années passées à convoiter Sam, elle se retrouvait à porter son bébé, sans même avoir le luxe d'entretenir une vraie relation avec lui. Cela semblait presque sordide. Après leur folle étreinte, ils avaient quitté la chambre et rejoint la foule des invités comme si de rien n'était.

— Je l'ai dit aussi à la direction de l'hôpital et au service des ressources humaines, précisa-t-elle.

— Et David ? Ou le reste de la famille ? Et le père ?

Emmy secoua la tête.

— Je ne suis pas encore prête à avoir ce genre de conversation avec eux.

Peut-être ne le serait-elle jamais. Elle avait même songé un instant à ne plus jamais les revoir et à élever son enfant en secret. Mais cette idée était injuste : les Jennings étaient sa famille et le moment viendrait où elle aurait besoin d'eux. Elle espérait alors avoir leur soutien. Par bonheur, les jumelles ne pensaient pas encore à fonder une famille, et le bébé d'Emmy n'aurait donc pas de mal à attirer l'attention de ses grands-parents. Il serait le premier de cette nouvelle génération.

— Bon, puisque tu as six mois devant toi avant l'arrivée du bébé, tu devrais préparer le terrain et réfléchir à la façon d'annoncer la nouvelle. Commence par le père. Même s'il ne se sent pas concerné, il a le droit de savoir.

Sur ces mots, Shelley prit ses dossiers et repartit vers les salles de soins.

Emmy savait que sa collègue avait raison, mais elle redoutait de parler à Sam. Lui qui avait toujours refusé de s'engager n'aurait bientôt plus le choix. Ce bébé les lierait tous les deux pour le reste de leur vie. Et, pour cette raison, Sam allait la détester.

— Nous allons te faire passer une radio pour voir ce qui est arrivé à ce bras, dit Sam.

Il adressa un sourire rassurant à son jeune patient. À cet âge, les enfants ont besoin de réponses à leurs interrogations. Ils supportent mal de se sentir impuissants.

Sam avait neuf ans quand il s'était rendu compte que quelque chose clochait dans sa famille. Son père n'était jamais là parce qu'il passait son temps à travailler, or il semblait n'y avoir jamais d'argent à la maison.

Il avait souffert de ne pouvoir résoudre le problème. Le pire, c'était de devoir taire ses peurs et ses angoisses à sa mère qui se battait pour essayer de leur maintenir la tête hors de l'eau. La vie était devenue si insupportable pour elle qu'un fossé s'était creusé entre eux deux.

Privé du soutien de ses parents, Sam avait mûri plus vite que les garçons de son âge et appris à ne compter que sur lui-même.

Découvrir que son père entretenait une seconde famille avait été un choc pour sa mère, mais pas pour lui. Cela expliquait bien des choses, sans qu'il soit pour autant plus facile de les accepter.

— Merci, docteur, dit la maman de Marcus en se levant précipitamment.

Le petit garçon avait un air renfrogné. C'était assez compréhensible, après la chute qu'il avait faite. Sa blessure le faisait souffrir. Pourtant, son comportement était celui d'un adolescent plus que celui d'un enfant. Sam avait le sentiment que quelque chose n'allait pas chez ce jeune patient. Or, en général, il pouvait se fier à son instinct.

— Si vous voulez bien attendre ici avec Marcus, madame

Moseley, je vais demander qu'on vous conduise tous les deux à la radiologie.

La femme fronça les sourcils et se laissa retomber sur sa chaise, visiblement contrariée.

Personne n'aime fréquenter les hôpitaux, et Sam pouvait le comprendre. Mais certains parents, au lieu de réconforter leurs enfants, considèrent que les amener chez le médecin est un fâcheux contretemps.

Cette attitude le révoltait toujours. À l'instar de son père, ces gens-là faisaient preuve d'un égoïsme monstrueux. Pourquoi avaient-ils fondé une famille, s'ils se montraient ensuite incapables d'assumer leurs responsabilités ?

Sam n'aurait pas d'enfants car il refusait d'infliger à des êtres innocents, même involontairement, les souffrances qu'il avait subies autrefois.

Il consacrait tout son temps et son énergie à son travail, souvent au détriment de ses partenaires, qui s'attendaient à être mieux traitées. Il aurait été cruel de sa part de prendre le risque d'agir de la même façon avec un enfant.

— J'espère qu'il n'y en aura pas pour longtemps ? demanda Mme Moseley.

Elle sortit de sa poche son téléphone, sans doute pour raconter sa mésaventure sur les réseaux sociaux et se faire plaindre.

Agacé, Sam se força pourtant à garder le sourire.

— Je reviendrai vous voir plus tard, promit-il.

Il était décidé à s'occuper du cas de Marcus pour découvrir le fond du problème. Finalement, il était content d'avoir signé ce contrat à durée déterminée. Il avait craint un moment d'avoir fait preuve de trop de précipitation en acceptant le poste peu de temps après le mariage de Dave.

À l'époque, il n'était pas parvenu à chasser Emmy de son esprit, alors qu'ils n'avaient pas même passé la nuit ensemble. Comment aurait-il pu oublier combien elle était belle, le jour du mariage ? Avec et sans sa robe…

Partager le lit d'Emmy n'avait fait qu'accroître son envie d'être auprès d'elle. Il avait donc accepté le poste de consultant que lui offrait le London City Hospital, car c'est là qu'elle travaillait. Seulement, il n'avait pas encore croisé Emmy depuis sa prise de fonction.

Il devait le reconnaître : il mourait d'envie de reprendre leur brève aventure, dont il gardait un souvenir incroyable. Si Emmy était plutôt réservée de nature, au lit elle perdait toute timidité. Jamais il ne pourrait oublier la douceur de sa peau ni ses courbes généreuses.

Après leur délicieuse étreinte, ils avaient rejoint la fête sans échanger un mot ni évoquer de lendemain.

Lorsque Sam avait signé son contrat, il aurait dû prévenir Emmy qu'il allait travailler dans le même hôpital qu'elle, pourtant il n'en avait rien fait. Comment réagirait-elle en le découvrant ici ? Serait-elle fâchée qu'il soit venu sur son territoire ?

En fait, il ignorait ce qu'il était venu chercher au London City Hospital. Emmy et lui n'allaient certainement pas se lancer dans une relation sérieuse et durable. Or il ne pouvait pas non plus imaginer qu'elle ne soit pour lui qu'une partenaire sexuelle. Elle méritait mieux que cela.

S'il avait accepté ce job, c'était pour la revoir. Elle lui manquait.

À mesure qu'il approchait du service où Emmy travaillait, Sam doutait d'avoir fait le bon choix en venant dans cet hôpital. Il se demandait aussi s'il n'avait pas commis une erreur en couchant avec elle, dans la mesure où cette aventure avait modifié à jamais la nature de leur relation.

Quoi qu'il en soit, il était trop tard pour se poser ce genre de question. Emmy se tenait à l'autre bout du couloir et, quand leurs regards se croisèrent, elle blêmit brusquement.

L'instant d'après, elle tournait les talons pour filer dans la direction opposée.

— Emmy ! Attends !

Fuir n'était pas la solution, Emmy en avait conscience. Mais, à cet instant précis, elle avait besoin d'espace pour respirer.

Elle devrait tôt ou tard avoir une conversation avec Sam, mais elle voulait choisir le lieu et le moment pour cela. Il n'était pas question qu'elle lui annonce sa paternité sur son lieu de travail.

La culpabilité la rongeait à l'idée de ce secret qu'elle gardait pour elle. Sam aurait dû être mis au courant de sa grossesse dès le départ, mais elle l'avait tenu à l'écart de tout.

À présent, la vérité allait éclater, et dans des conditions bien différentes de celles qu'elle avait imaginées.

— Emmy ?

Il l'avait rattrapée et elle se sentit obligée de s'arrêter.

— Sam ? Qu'est-ce qui t'amène ici ? dit-elle, feignant la surprise.

— Tu n'as pas entendu que je t'appelais ?

Elle remarqua qu'il portait sa blouse médicale et non pas la tenue décontractée d'un visiteur. Se pouvait-il que… ?

— Non, désolée, j'étais plongée dans mes pensées.

Il sourit.

— Aucune importance. L'essentiel, c'est que tu ne cherches pas à me fuir, n'est-ce pas ?

— Pourquoi le ferais-je ? s'exclama-t-elle avec un rire nerveux.

Elle ne se sentait pas capable de lui avouer la vérité, là, maintenant. Ce n'était ni le lieu ni le moment.

— Eh bien, tu sais, après le mariage…

C'était la première fois qu'Emmy le voyait aussi… timide.

Il avait légèrement rougi et son air gêné était touchant. Depuis qu'il avait atteint l'âge adulte, elle l'avait toujours perçu comme un séducteur très sûr de lui. Mais là…

Regrettait-il ce qui s'était passé entre eux ? Si c'était le cas, alors les choses se compliqueraient encore quand il apprendrait la nouvelle. Ils étaient tombés d'accord : leur brève aventure serait celle d'un soir, même si Emmy avait toujours su qu'elle ne pourrait étouffer les sentiments qu'elle nourrissait pour Sam depuis toujours.

— Je suis une grande fille, tu sais. Ne t'inquiète pas, je ne te sauterai pas dessus.

— Ce n'est pas ce que je voulais dire. Je n'aimerais pas qu'il y ait un malaise entre nous.

— Et pourquoi y en aurait-il un ? On s'est offert un agréable moment, voilà tout. C'est fini, maintenant.

Mentir ainsi lui retournait encore un peu plus l'estomac.

— Tu es la sœur de mon meilleur ami.

Ainsi, la seule chose qui inquiétait Sam, c'était que leur histoire gâche sa relation avec David ? Il ne se souciait ni d'elle ni de ce qu'elle pouvait ressentir.

Elle n'avait aucune envie de mêler David à tout ça. S'il était mis au courant, à coup sûr il essayerait d'obliger Sam à se comporter en homme d'honneur et à épouser la future mère de son enfant…

— Emmy, c'était génial, toi et moi, mais je ne veux pas que cela crée des problèmes avec ta famille.

— Pourquoi es-tu ici, Sam ?

— J'ai accepté un poste de consultant dans cet hôpital. Je viendrai travailler là deux jours par semaine.

Il avait l'air ravi, tandis qu'Emmy était gagnée par l'angoisse à l'idée de collaborer avec lui. Bientôt, Sam découvrirait son état.

— C'est… c'est génial.

— J'aurais probablement dû te prévenir avant. Je

comprends que cela puisse être un choc pour toi, mais nous nous connaissons depuis si longtemps que tout se passera bien. Nous continuerons comme avant.

Il affichait un grand sourire, mais Emmy avait envie de pleurer. Comment pourrait-elle gérer cette situation, si Sam travaillait auprès d'elle ? Elle ne pourrait pas lui cacher sa grossesse ni même les sentiments qu'elle nourrissait à son égard. Pire, qu'arriverait-il s'il ne voulait rien savoir du bébé ?

— Tu as raison : tout se passera bien, j'en suis certaine.

Rien n'était moins sûr. Emmy aurait voulu donner à son bébé ce qu'elle considérait comme le meilleur, c'est-à-dire un foyer stable et des parents qui s'aiment. Hélas, Sam ne pouvait figurer au tableau.

Son enfant ne bénéficierait donc pas de ce dont elle rêvait pour lui.

3.

Sam continua sa tournée dans les chambres des patients, le cœur lourd. S'il était venu travailler ici, c'était en partie pour améliorer sa relation avec Emmy. Peut-être même pour reprendre les choses là où elles en étaient restées, le soir du mariage. Mais, visiblement, elle n'avait pas été enchantée de le revoir.

Il n'avait pas imaginé une seconde qu'elle pourrait réagir ainsi. Après être tombée sur lui dans le couloir, elle avait paru pressée de le quitter. Cette attitude allait créer une certaine tension entre eux, aussi bien au travail que lors des réunions de famille chez les Jennings. Il devait s'en tenir une le week-end prochain, en l'honneur des soixante-dix ans de Tom Jennings. Sam avait bien l'intention de participer à la fête, même si Emmy regrettait leur brève aventure d'un soir.

— Content de te revoir, Marcus, dit-il en entrant dans la chambre de l'enfant.

Il avait regardé les radiographies qu'il avait demandées et ce qu'il avait vu l'inquiétait. Les clichés révélaient les traces d'une ancienne fracture qui n'avait pas été traitée correctement. Sam supposait que l'enfant n'avait pas été soigné à l'hôpital, et la question était de savoir pourquoi.

Il s'assit au bord du lit.

— Marcus, les radios montrent une vieille fracture. Te rappelles-tu t'être déjà fait mal au bras ?

L'enfant se mordit la lèvre et secoua la tête. En général,

les garçons de son âge étaient de vrais moulins à paroles, ou bien ils essayaient de jouer au foot dans les couloirs. Ils débordaient de vitalité. Marcus, lui, semblait brisé par autre chose que ses blessures physiques. Sam n'avait pas envie de le renvoyer chez lui avant d'avoir découvert le fond du problème.

— Tu es bien sûr ? Cela a dû te faire très mal quand c'est arrivé.

— Docteur ? Est-ce que tout va bien ?

La mère de Marcus venait d'entrer dans la salle. Elle ne semblait pas particulièrement ravie de le voir, ce qui était assez surprenant, étant donné que c'était lui qui soignait son fils et qui était chargé de le remettre sur pied.

Il se leva.

— J'étais en train de dire à Marcus que nous avons trouvé sur la radio les traces d'une ancienne fracture qui n'a pas cicatrisé correctement. Vous rappelez-vous ce qui s'est passé ?

Elle haussa les épaules.

— Marcus est très maladroit. Il passe son temps à tomber et à se cogner partout.

— C'était sûrement beaucoup plus douloureux qu'une simple chute.

Il la voyait se hérisser à mesure qu'il essayait d'en savoir davantage. Mais il lui fallait continuer son enquête pour déterminer si Marcus pouvait être l'objet de maltraitance à la maison. Si c'était le cas, Sam ferait un signalement aux services sociaux.

— Comment le saurais-je ? dit-elle. Il ment et exagère toujours. Si vous avez des enfants, vous devez savoir combien il est difficile de se rendre compte s'ils sont vraiment malades ou bien s'ils font semblant, simplement pour ne pas aller à l'école.

Sam était sur le point de lui rétorquer qu'il était plus

facile de diagnostiquer une fracture qu'un simple mal de gorge, mais il se tut. Elle risquait de se fermer s'il poussait trop loin son interrogatoire. Mieux valait suivre la procédure pour venir en aide à cet enfant et, au besoin, le mettre hors de danger.

— Nous allons procéder à quelques examens complémentaires pour voir s'il n'y a rien de trop grave. Nous garderons Marcus à l'hôpital cette nuit.

Il avait l'intention de lui faire passer des radios et un scanner pour s'assurer qu'il ne présentait pas d'autres blessures, récentes ou non.

Mme Moseley, l'air agacé, s'assit sur la chaise placée près du lit.

— Je reviendrai te voir bientôt, Marcus, dit Sam.

Ce qui lui valut un regard méfiant de la mère du garçon.

Sam se demandait encore ce qui se passait entre cette femme et son fils lorsqu'il croisa Emmy dans l'escalier.

— Hello ! lança-t-il.

Un instant, il crut qu'elle allait continuer son chemin sans même le saluer, mais elle s'arrêta sur une marche, la main posée sur la rampe.

— Sam..., dit-elle d'un ton résigné.

Visiblement, elle regrettait de devoir lui adresser la parole. Sam ne comprenait pas ce qu'il avait pu faire pour s'attirer un tel dédain de sa part. Il avait trouvé génial le moment passé avec elle le soir du mariage de David et il espérait pouvoir arranger les choses. Mais ce n'était pas le moment d'aborder le sujet.

— Dave m'a invité à l'anniversaire de ton père, ce week-end. J'espère que cela ne te pose pas de problème ?

— Alors, tu vas venir ?

Elle ne cherchait même pas à cacher sa déception. Il était clair qu'elle voulait le rayer de sa vie.

Quel dommage que leur brève aventure ait à ce point

gâché leur relation ! Sam avait envie qu'ils restent amis. Le lien qui l'unissait à Emmy était le plus fort qu'il ait connu avec quelqu'un.

— Oui, dit-il. Tu sais qu'il a été un second père pour moi dans ma jeunesse. Je tiens à fêter son anniversaire. À moins que tu aies une bonne raison de me faire changer d'avis ?

Il la mettait au pied du mur. Soit elle cessait de l'éviter, soit elle lui expliquait pourquoi il devait renoncer à fréquenter la famille Jennings comme il l'avait toujours fait. Il voulait dissiper le malaise entre eux et retrouver leur complicité d'avant.

Elle resta un moment silencieuse.

— Non, lâcha-t-elle enfin. Je n'ai aucune raison de t'empêcher de venir. J'imagine donc que je te verrai là-bas.

Comme elle passait devant lui, il ne put s'empêcher de l'interroger.

— Ai-je fait quelque chose qui t'a contrariée, Em ?

De nouveau, elle hésita un long moment avant de répondre.

— Non.

Il ignorait ce qu'elle lui reprochait mais Sam était décidé à se faire pardonner, quels que soient les griefs qu'elle avait à son encontre.

— Emmy…

Des cris venant du service de pédiatrie couvrirent sa voix. Quelqu'un appelait à l'aide.

Oubliant aussitôt ses soucis personnels, il se rua dans cette direction, dépassé par Emmy qui se trouva avant lui au chevet de l'enfant.

— Infirmière ! Au secours ! Il a une crise !

Sous le regard horrifié de la mère du garçon, Emmy vérifia rapidement que rien n'obturait les voies respiratoires de l'enfant, pris de convulsions.

— Oxygène, réclama-t-elle.

Sam prit le masque et le plaqua sur la bouche du garçon pour l'aider à respirer.

— Il s'appelle Liam, dit Emmy. Il a douze ans. Il est épileptique.

Si la crise durait plus de cinq minutes, ils devraient lui donner du midazolam par voie orale afin de faire cesser les tremblements. En attendant, tout ce qu'ils pouvaient faire, c'était essayer de le rassurer.

— Tout va bien, Liam, dit Emmy en lui caressant les cheveux. Cela va passer.

Autrefois, Emmy prenait le même ton apaisant avec Sam, quand il se retrouvait chez les Jennings, perturbé par un problème familial. Rien d'étonnant à ce qu'elle ait choisi de devenir infirmière : elle s'était toujours souciée des autres. Chez elle, c'était une vocation.

Les tremblements de Liam commencèrent à s'atténuer. Sam se réjouit qu'Emmy ait été là, ce qui leur avait permis d'intervenir rapidement. Elle en savait probablement beaucoup plus sur tous les enfants reçus dans cet hôpital que ce qui figurait dans leurs dossiers. Il était sûr qu'elle accomplissait des merveilles ici, veillant au bien-être de chacun. Il espérait simplement ne pas lui avoir compliqué la tâche en apparaissant sur son lieu de travail.

Liam étant maintenant stabilisé, Sam fit une nouvelle tentative auprès d'Emmy.

— Veux-tu qu'on aille boire quelque chose ? proposa-t-il alors qu'ils sortaient ensemble de la salle.

Cette fois, la réponse ne se fit pas attendre.

— Oui, volontiers.

Après leur intervention auprès de Liam, Emmy se sentait épuisée. Ces derniers temps, elle se fatiguait rapidement. Aussi était-elle ravie de s'accorder une pause, d'aller s'asseoir et d'avaler quelque chose de sucré, ce qui lui redonnerait des forces.

Elle ne pouvait pas passer son temps à éviter Sam. Qu'elle le veuille ou non, il faisait désormais partie de sa vie. Mais elle ne lui parlerait du bébé qu'après l'anniversaire de son père. Elle ne voulait pas gâcher la fête. Si elle mettait Sam au courant maintenant, la nouvelle se répandrait dans la famille et elle n'avait aucune envie de donner l'occasion à ses sœurs de se moquer d'elle en la voyant dans le pétrin.

— Thé ? Café ? demanda Sam tandis qu'ils faisaient la queue à la cantine.

— Je préfère un verre de lait.

Ce choix parut le surprendre, mais il hocha la tête.

— D'accord. Je m'occupe des boissons. Pendant ce temps-là, si tu nous trouvais une table ?

En d'autres circonstances, elle aurait insisté pour payer sa consommation, mais elle avait mal aux pieds et était pressée de s'asseoir.

— Merci.

Elle s'installa à une table, contente de se reposer. Les choses allaient se compliquer encore dans les mois à venir. En tant que mère célibataire, elle aurait beaucoup de décisions à prendre. La première consisterait à poser son congé maternité au bon moment.

— Un verre de lait frais pour madame ! fit Sam en prenant place à côté d'elle.

Elle appréciait ses efforts pour essayer de détendre l'atmosphère, tout en sachant qu'il changerait bientôt de visage. Sans doute serait-il fâché qu'elle l'ait tenu à l'écart si longtemps simplement parce qu'elle avait du mal à affronter la réalité.

— Merci.

— Est-ce que tu te sens bien, après ce qui s'est passé avec Liam ? Tu as l'air fatiguée.

Il sortit de sa poche un sachet de biscuits sur lequel Emmy se jeta.

— Ah, tu es mon sauveur ! Je crois que je fais un peu d'hypoglycémie. Tu sais comment cela se passe quand on saute des repas, on finit toujours par le payer.

— Tu devrais prendre soin de toi, Em. Tu as un travail très exigeant. Heureusement, tu es plutôt gourmande, je le sais.

— Oui, docteur.

Cela lui faisait plaisir de l'entendre s'inquiéter pour sa santé. Ferait-il preuve de la même sollicitude quand il saurait qu'elle portait son enfant ?

— Qui aurait cru que nous deviendrions l'un et l'autre des soignants, et que nous serions spécialisés en pédiatrie ? fit-il avec un sourire.

Il ignorait qu'elle avait choisi le métier d'infirmière justement parce qu'il était passionné de médecine. Elle avait pensé qu'exercer dans le même domaine que Sam les rapprocherait davantage encore. Ce rêve d'adolescente virait aujourd'hui au cauchemar.

— Nos enfances chaotiques ont joué un rôle dans ce choix, répondit-elle. Nous venons en aide aux gamins qui souffrent.

C'était la stricte vérité. Si elle travaillait dans un service de pédiatrie, c'était pour améliorer le sort des jeunes enfants déjà confrontés aux épreuves de la vie.

— Tu as raison. Et nous devrions peut-être remercier nos parents biologiques d'avoir été aussi nuls, conclut-il en avalant une gorgée de café.

Elle savait qu'il n'en pensait pas un mot. Tout comme elle, il était sûrement convaincu que leurs parents absents ne méritaient aucune gratitude de leur part, car ils n'étaient pour rien dans leur réussite.

Un signal sourd se fit entendre. Sam consulta son bipeur et se leva d'un bond.

— Je dois y aller, on se voit dimanche ?

— Mais oui.

L'instinct d'Emmy lui disait que leur prochaine rencontre pourrait bien marquer un tournant dans sa relation avec lui, et avec sa famille aussi.

Emmy avait choisi de prendre le train pour se rendre chez ses parents. Durant tout le trajet, elle avait prié pour que Sam soit retenu par une urgence, ou bien bloqué dans la circulation. N'importe quoi qui l'empêcherait de venir à la fête. Elle trouvait déjà suffisamment pénible de le côtoyer sur son lieu de travail, elle se serait bien passée de le voir aussi pendant son temps libre. À chacune de leurs rencontres, elle craignait qu'il ne découvre sa grossesse, et le fait qu'elle ne lui en ait rien dit. Il serait à coup sûr blessé de son silence.

Il lui avait proposé de faire le trajet en voiture avec lui, mais elle avait décliné l'offre, craignant qu'il ne lui parle de ce qui s'était passé entre eux le soir du mariage de David. Même si cela allait toujours rester pour elle un merveilleux souvenir, c'était aussi un rappel de son avenir incertain.

Tandis qu'elle se rendait à pied de la gare à la maison des Jennings, elle sentit sa nervosité s'accroître. Le choix de sa tenue lui avait pris beaucoup de temps. Elle avait fini par opter pour une robe jaune vif à taille Empire qui mettait en valeur sa poitrine et effaçait son petit ventre rond, espérant ainsi dissimuler du mieux qu'elle pouvait les modifications de son corps. La barrette décorée d'une fleur de tournesol qu'elle avait accrochée dans ses cheveux contribuait à lui donner un air pimpant, bien loin de refléter son état d'esprit.

Arrivée devant la porte, elle respira un grand coup et sonna. Ce fut son père qui vint lui ouvrir.

— Allons, Emmy, entre donc ! Pas de cérémonie entre nous.

— Joyeux anniversaire ! s'écria-t-elle en se pendant à son cou.

Il la serra dans ses bras, et cette étreinte donna à Emmy un sentiment de sécurité qu'elle n'avait plus connu depuis des mois.

— Merci, ma chérie. C'est si bon de te revoir.

Elle lui donna le cadeau qu'elle avait choisi avec soin et accrocha son manteau dans l'entrée.

— Alors, qui vais-je voir à ton anniversaire ?

Il pouvait bien y avoir une centaine d'invités, elle s'en moquait. Une seule personne l'intéressait.

— Oh ! c'est juste une petite fête familiale. Je ne voulais pas qu'on en fasse toute une histoire !

Elle reconnaissait bien là son père, toujours modeste et discret.

Elle sentit un bras musclé se poser sur son épaule.

— Salut, belle inconnue ! fit David. On ne s'est pas revus depuis le mariage !

— Je voulais laisser un peu d'intimité aux jeunes mariés, dit-elle en l'embrassant sur la joue.

Il l'étreignit avec force.

— Cela fait presque trois mois, petite sœur. Viens chez nous quand tu veux, tu seras toujours la bienvenue. Il n'y a aucune raison de ne plus nous voir, nous formons une famille.

Au ton qu'il avait pris, Emmy comprit que son frère avait peur qu'elle ne se sente plus à sa place dans la famille Jennings maintenant que Bryony y était entrée. Car c'était exactement ce qui était arrivé lorsque Lorna et Lisa étaient nées.

Mais la situation était toute différente en ce qui concernait l'arrivée de Bryony. La jeune femme rendait David très heureux et, pour Emmy, c'était tout ce qui comptait.

Cependant, il avait raison sur un point : elle l'avait bel et bien évité durant ces trois derniers mois.

— J'ai été très occupée… par tout un tas de choses.

— Eh bien, aujourd'hui, vous allez profiter de la fête, dit son père en les poussant vers la salle à manger. Votre mère a passé des heures à cuisiner.

Les autres membres de la famille étaient tous à table. Sam aussi.

— Tu arrives juste à temps, ma chérie, dit la mère d'Emmy en lui faisant un petit signe de la main, depuis sa place.

Plusieurs plats étaient déjà posés au centre de la table. Malgré tous les saluts et les sourires qu'elle reçut, Emmy ne put s'empêcher de noter qu'ils avaient commencé le repas sans même l'attendre.

Comme s'il avait perçu sa déception, Sam prit la parole.

— Je savais que ton train arriverait bientôt, alors nous nous sommes dit que tout devait être prêt quand tu nous rejoindrais.

Qu'elle fût vraie ou non, l'explication la réconforta un peu. Et aussi le fait qu'il ait pris la peine de vérifier les horaires des trains.

— Installe-toi avant que cela refroidisse, dit sa mère. Il y a du rôti de bœuf, et aussi ton plat préféré, le Yorkshire pudding. On t'a gardé une place à côté de Sam.

Emmy s'assit et échangea un sourire gêné avec son voisin.

— Salut, dit-il.

— Salut.

Elle se servit une tranche de rôti, et tout le monde se remit à bavarder avec entrain tout en se passant les plats généreusement garnis.

— Je ne me rappelle plus à quand remonte mon dernier vrai repas cuisiné maison, dit Emmy. Généralement, j'avale rapidement quelque chose entre deux gardes.

— Tu devrais prendre soin de toi, Emmy, conseilla sa mère sur un ton de reproche. N'est-ce pas, Sam ?

Si elle le prenait à témoin, c'était sans doute parce qu'il était médecin et, à ses yeux, le plus qualifié pour répondre.

Emmy avait toujours été très fière du travail qu'elle accomplissait comme infirmière auprès des enfants à l'hôpital, mais ses parents pensaient qu'elle aurait pu faire beaucoup mieux dans la vie. Eux-mêmes, maintenant à la retraite, avaient eu chacun une brillante carrière, très bien rémunérée. Son père avait travaillé dans une banque d'investissement, et sa mère comme conseillère financière.

Depuis très longtemps, ils n'avaient plus aucun souci d'argent et ne comprenaient pas pourquoi Emmy avait voulu être infirmière, une profession bien mal payée comparée au métier de David, devenu avocat, ou à l'activité d'influenceuses sur les réseaux sociaux à laquelle s'adonnaient les jumelles, qui en attendaient des profits juteux.

Le choix qu'avaient fait ses sœurs de gagner leur vie en donnant des conseils de maquillage ou en racontant leurs voyages ne posait aucun problème à Emmy. Elle admirait Lorna et Lisa pour avoir réussi à trouver comment marier leurs centres d'intérêt et leur désir de gagner de l'argent. Mais elle ne voyait pas en quoi la voie qu'elles avaient choisie pouvait paraître plus acceptable que la sienne, aux yeux de leurs parents. D'autant plus que les jumelles avaient dû leur demander une aide financière pour démarrer leur aventure dans le monde des réseaux sociaux en attendant qu'elles aient suffisamment d'abonnés et de sponsors pour que l'affaire devienne rentable.

Emmy, au contraire, avait eu à cœur de travailler à droite et à gauche durant ses études d'infirmière et elle avait acquis son indépendance financière dès qu'elle avait quitté le lycée. C'était là un exemple de plus de tout ce qui la différenciait de ses sœurs.

Au moins les questions de sa mère montraient-elles qu'elle se souciait de sa santé.

— Oui, oui, elle doit faire attention, dit Sam en souriant.

Comme il s'apprêtait à lui servir du vin, elle se hâta de poser la main sur son verre.

— Non, pas pour moi, merci. Je m'en tiendrai à l'eau.

Elle saisit la carafe posée sur la table, ignorant les regards perplexes et les petits rires moqueurs qui fusaient autour d'elle.

— Ta robe est ravissante, dit Bryony. Cette couleur te va très bien.

— Merci.

C'était agréable de sentir qu'une femme était de son côté, alors que les compliments que lui faisaient ses sœurs cachaient souvent une certaine animosité.

— Heu… je ne suis pas sûre que ce soit vraiment ton style, lança Lorna.

— Oui, la coupe de cette robe n'avantage pas ta silhouette, renchérit Lisa. Aurais-tu grossi ?

— Écoutez, les filles, ce n'est pas la faute d'Emmy si elle n'a pas hérité de mon bon métabolisme. Vous devez vous dire que vous avez de la chance, voilà tout.

Emmy sentit les larmes venir. Les propos de sa mère venaient de la toucher en plein cœur en lui rappelant que, biologiquement, elle ne faisait pas partie de la famille. Elle était accoutumée à entendre ce genre de commentaires et n'y prêtait pas attention d'habitude, mais le bouleversement hormonal qu'elle subissait actuellement la rendait plus sensible. Pourquoi ne pouvait-elle pas profiter tranquillement de cette fête d'anniversaire sans essuyer des remarques désobligeantes ?

Ses parents n'auraient jamais osé critiquer les jumelles, et c'était bien là le problème. Lorna et Lisa avaient toujours pu dire ou faire ce qu'elles voulaient sans jamais être sanctionnées. Ces enfants gâtées étaient devenues des adultes à l'esprit mesquin qui prenaient plaisir à lancer des piques aux autres. En particulier à Emmy.

— Je te trouve très jolie, Emmy, dit Sam en lui prenant la main.

Ce geste de solidarité n'eut pour effet que d'amener Emmy à regretter encore davantage d'être venue à cette fête de famille.

— Attends… tu ne bois pas de vin… tu as grossi… tu ne serais pas enceinte, par hasard ? lança Lorna avec un petit ricanement incrédule.

Sa jumelle éclata de rire, elle aussi, comme si l'idée qu'Emmy puisse devenir maman, ou qu'un homme ait pu coucher avec elle, était d'une drôlerie irrésistible.

Emmy se mit à rougir, incapable de trouver quoi répondre à l'insinuation de Lorna. Ce mutisme équivalait à un aveu.

Ce fut alors un concert de soupirs, d'exclamations de surprise et de petits rires étonnés. Emmy n'osait regarder personne en face, et surtout pas Sam.

— Emmy ? C'est vrai ? demanda son père d'un ton sévère.

Son pire cauchemar se réalisait. La désapprobation exprimée par son père était pour elle une véritable humiliation. Elle avait profondément déçu ses parents, qui considéraient qu'elle avait sali leur nom en ayant un enfant hors mariage. Si, dans les années 1950, être mère célibataire constituait un scandale, de nos jours l'idée était beaucoup mieux acceptée. Pas chez les Jennings, apparemment.

La fête était gâchée, et il lui semblait que plus rien ne serait jamais pareil, désormais.

Les yeux baissés, elle hocha la tête. Sa mère poussa

un cri. Emmy était une adulte, mais aussi leur fille. Une fille enceinte et sans compagnon. Il était normal que ses parents s'inquiètent. Tout ce qu'elle espérait, c'était qu'ils se remettent tous rapidement du choc qu'ils venaient de subir.

David s'éclaircit la gorge.

— Félicitations, petite sœur. Je pensais que nous serions les premiers à avoir un enfant, mais je sais que tu feras une maman géniale.

— Qui est le père ? interrogea brutalement M. Jennings.

Au moins s'était-il abstenu de lui demander si elle le savait, contrairement à ce qu'auraient probablement fait les jumelles. Curieusement, celles-ci restaient silencieuses, sans doute parce qu'elles n'avaient rien à ajouter au désastre qui se jouait en ce moment même.

— Je ne voulais pas gâcher ton anniversaire, dit-elle.

Le silence se fit autour de la table. Tous attendaient qu'Emmy leur révèle le nom du père du bébé.

Soudain, Sam se leva.

— C'est moi le père, et nous allons nous marier.

— Nous allons quoi ? s'écria Emmy.

Mais personne ne l'entendit au milieu des cris de surprise et des exclamations de joie de toute la famille.

— Quand est-ce arrivé ?

— Je suis si heureux pour vous deux.

— Vous nous aviez caché cela !

— Notre premier petit-enfant…

Les félicitations pleuvaient maintenant de tout côté, des poignées de main s'échangeaient au-dessus de la table, et Sam affichait un sourire béat. Cette apparente allégresse formait un contraste frappant avec le sentiment qu'elle avait eu quelques instants auparavant d'être rejetée du cercle familial.

Réalisant que ce changement était dû à l'intervention de Sam, elle se demanda si les Jennings ne le considéraient pas comme faisant davantage partie de la famille qu'elle-même. Ou bien encore si le fait qu'elle se mette en couple avec lui la rendait plus acceptable à leurs yeux. Même s'il s'agissait là d'un mensonge.

Elle ne savait pas à quoi jouait Sam, mais elle n'avait d'autre choix que de le suivre dans cette comédie si elle ne voulait pas gâcher définitivement la journée.

Ils pourraient toujours discuter plus tard et elle mettrait alors les choses au point avec lui : il n'avait aucune obligation envers elle ni envers le bébé. Quoi que puisse en penser la famille Jennings.

4.

Sam se laissa tomber sur sa chaise, abasourdi. Qu'est-ce qu'il venait de faire ? Emmy, qui semblait se poser la même question, le fixait d'un air stupéfait.

Pour toute réponse, il lui offrit un haussement d'épaules pitoyable.

Tout était arrivé si vite qu'il n'avait pas eu le temps de réfléchir avant de prendre la parole. Pourquoi avait-il agi ainsi ? Il ne savait même pas si le bébé d'Emmy était le sien. Curieusement, il avait voulu assumer la responsabilité de cette grossesse.

Peut-être se sentait-il coupable vis-à-vis d'Emmy et des Jennings. Il avait profité du lien étroit qu'il avait noué avec eux tous pour s'offrir une soirée torride avec son amie d'enfance. Peut-être avait-il aussi écouté son besoin de la protéger alors que les jumelles se liguaient contre elle. Peut-être enfin avait-il voulu se mettre à l'abri des reproches de David. Si celui-ci avait découvert qu'il avait couché avec sa sœur, il aurait été fou furieux, sauf à apprendre que leur relation était sérieuse.

À en juger par la réaction de toute la famille, il avait l'impression d'avoir pris la bonne décision. Le mariage semblait tout arranger. Pourtant, il n'en avait jamais été question avec Emmy.

Et si le bébé n'était pas de lui ? Emmy avait pu coucher avec un autre homme ou recourir à une insémination artificielle…

Il s'était engagé sans penser à rien ni à personne. Pas même à lui. Il n'avait jamais souhaité se marier ni avoir des enfants.

Quoi qu'il en soit, s'il était bien le père du bébé, il assumerait ses responsabilités et ne laisserait pas Emmy essuyer les critiques de sa famille. Pour la protéger, Sam ferait n'importe quoi, y compris renoncer à son indépendance.

— Alors, maintenant, tu vas être mon frère pour de bon, déclara David en lui donnant une grande tape dans le dos.

— Oui, ça m'en a tout l'air, répliqua-t-il, mal à l'aise.

Pourvu qu'Emmy ne lui demande pas des comptes à propos de son mensonge. Jusqu'à présent, elle n'avait pas contredit l'histoire qu'il avait servie à tout le monde, sans doute parce qu'elle était encore sous le choc, ou bien parce qu'il lui était plus facile pour l'instant de jouer le jeu.

Il leur faudrait discuter en privé, notamment de sa possible paternité. S'il était le père de ce bébé, sa vie en serait changée à jamais.

Il songea à son propre père qui ne s'était jamais soucié de ses enfants ni des femmes dont il avait brisé le cœur. Sam ne voulait pas ressembler à cet homme. Il regrettait son imprudence d'avoir couché avec Emmy sans songer aux conséquences.

Il n'eut guère l'occasion de lui parler en tête à tête durant l'après-midi, mais les regards noirs qu'elle lui lançait de temps à autre l'amenèrent à penser qu'après tout, c'était peut-être préférable.

Lorsqu'elle accepta qu'il la reconduise chez elle en voiture, il comprit que le retour risquait d'être difficile.

— Mais pourquoi ? Pourquoi as-tu fait cela ? demanda-t-elle alors qu'ils s'éloignaient de la maison des Jennings.

— Je ne sais pas. Sur le moment, il m'a paru que c'était la meilleure chose à dire.

— Tu aurais pu choisir plutôt « Toutes mes félicitations »,

ou bien « As-tu perdu la tête ? ». Mais « Nous allons nous marier » ? Je ne m'attendais pas à cela !

— Je n'ai pas aimé la façon dont ils te parlaient.

C'était là une piètre excuse, cependant il disait vrai. Il avait détesté la façon dont les jumelles s'étaient moquées d'elle en espérant faire rire l'assemblée.

Quoi qu'il en soit, il était trop tard pour faire machine arrière. Les Jennings croyaient qu'Emmy et lui allaient se marier et fonder une famille. Le seul fait d'y penser lui donnait des sueurs froides.

— J'ai simplement essayé de sauver ton honneur.

À peine avait-il lancé cette plaisanterie qu'il sut qu'elle tomberait à plat.

— Excuse-moi ? Crois-tu vraiment que j'ai besoin d'un faux fiancé ou d'un homme pour donner un sens à ma vie ?

— Je ne voulais pas…

Elle l'interrompit.

— Je suis infirmière diplômée. Une femme indépendante. Je peux élever cet enfant toute seule.

— Tu as raison et je suis sûr que tu feras une maman fantastique. Je voulais dire simplement que je pourrais contribuer à offrir une certaine stabilité à cet enfant. Nous savons tous les deux à quel point c'est important pour prendre un bon départ dans la vie.

Son offre de l'épouser lui semblait de plus en plus raisonnable. Ensemble, ils pourraient faire face à la situation. Pas question de laisser croire à cet enfant qu'il était un « accident » que son père regrettait.

— Nous ne pouvons pas modifier le passé ni feindre d'avoir un avenir commun, fit Emmy avec un soupir. D'ici quelques semaines, j'annoncerai à ma famille que nous avons rompu, toi et moi, ou j'inventerai autre chose. L'essentiel, c'est d'éviter que la machine s'emballe et que mes parents se lancent dans les préparatifs du mariage du siècle.

De toute évidence, Emmy n'était pas prête à considérer cette union comme la meilleure solution.

— Alors, c'est bien mon bébé ? Évidemment, que je sois ou non le père ne change rien à l'affaire. Je serai toujours là pour vous deux. C'est juste que… j'aimerais bien savoir.

— Bien sûr que c'est toi, le père ! dit Emmy en levant les yeux au ciel. Je n'ai pas l'habitude de coucher à droite et à gauche. Attends… Tu as fait tout cela sans même être certain que l'enfant que je porte était le tien ?

Il hocha la tête.

— Alors, tu es…, commença-t-il.

Il marqua une pause.

— Enceinte de trois mois, achevèrent-ils ensemble.

Ainsi, Emmy avait laissé passer tout un trimestre sans rien lui dire de sa grossesse. Pourquoi ? L'aurait-elle seulement informé si ses sœurs ne l'avaient pas forcée à parler ?

— Tu n'avais donc pas confiance en moi, Emmy ?

— Pardon ?

— Pourquoi m'avoir caché ta grossesse ? Tu as eu trois mois pour m'en faire part.

— C'est compliqué, dit-elle en soupirant. Ni toi ni moi ne nous attendions à cela… Nous avons chacun notre vie.

— Tu parles d'une excuse ! Nous allons être parents. Tu aurais dû me mettre au courant.

— J'ai eu moi-même du mal à accepter l'idée d'être bientôt mère. Nous avons eu tous deux des familles lamentables et je me demande quel genre de parents nous serons.

— Tu feras une merveilleuse maman et, bien que je comprenne tes craintes, je *suis* le père de ce bébé. Ne me mets pas d'emblée à l'écart. Je sais ce que c'est d'avoir un père absent, et ce ne serait pas juste d'infliger une telle souffrance à un enfant innocent simplement parce que tu as peur que je ne sois pas à la hauteur.

— Ce n'est pas cela. Je culpabilisais de ne rien te dire,

mais en même temps, je ne supportais pas l'idée de te gâcher la vie. Tu as toujours dit que tu ne voulais pas être ligoté par une vie de famille, et voilà que tu seras bientôt père… et marié !

Elle tenta de sourire, mais Sam devinait sa tristesse.

— Écoute, cette histoire nous concerne tous les deux. Nous trouverons une solution.

— Pourquoi as-tu annoncé à tout le monde que nous allions nous marier ? Cela m'a semblé un peu radical. Surtout pour toi.

Il n'avait agi que pour rassurer les Jennings et calmer le jeu, bien sûr. Elle aurait tant voulu croire qu'il s'agissait d'une véritable demande en mariage, dictée par l'amour ! Seulement, en dehors du petit être qui se développait en elle, tout était factice.

Dans un monde idéal, elle aurait été heureuse d'épouser Sam et d'élever leur bébé avec lui. Hélas, cette demande en mariage n'était qu'une réaction impulsive de Sam à l'annonce de sa grossesse.

— J'ai été pris dans le feu de l'action, dit-il, en écho aux pensées d'Emmy. C'était ce que tout le monde attendait.

Cette déclaration fit à Emmy l'effet d'une douche froide. Sam avait eu pitié d'elle. Vivre avec lui en sachant qu'il ne l'avait épousée que pour obéir à son sens du devoir leur ferait autant de mal à l'un qu'à l'autre et les condamnerait à une vie de regrets et de frustration.

— Laisse passer une bonne nuit de sommeil et, demain matin, tu réaliseras que faire cette annonce était une erreur. Tu ne dois pas m'épouser ni m'aider à élever un enfant que tu n'as jamais désiré, uniquement parce que tu te sentirais coupable de ne pas le faire. Je ne vois pas l'intérêt de nous condamner tous les deux à une vie malheureuse, Sam. Je n'attends rien de toi ni de personne d'autre. Cela a toujours été ma position.

Elle sortit de la voiture et claqua la portière, sans écouter Sam qui la suppliait de ne pas partir. Déjà, les larmes roulaient sur ses joues.

Elle allait devoir prouver qu'elle s'en sortirait mieux toute seule.

Sam avait laissé passer la nuit, mais sans pouvoir trouver le sommeil. Si la perspective de devenir père l'effrayait, il était décidé à assumer ses responsabilités.

Emmy s'était montrée hostile à l'idée de l'épouser, cependant, lorsqu'elle aurait pris le temps de réfléchir à sa proposition, elle changerait probablement d'avis.

Ils s'étaient toujours bien entendus, tous les deux, et leur complicité constituerait une bonne base pour un mariage harmonieux. Ensemble, ils offriraient stabilité et sécurité à leur enfant.

La façon dont les Jennings avaient réagi quand Emmy leur avait appris qu'elle était enceinte pouvait faire craindre qu'ils ne lui apportent pas le soutien dont elle aurait besoin. Lui en tout cas ne se déroberait pas comme son père l'avait fait. Il assumerait ses responsabilités.

Une fois terminée sa tournée dans les chambres des patients, il partit à la recherche d'Emmy pour reprendre avec elle la discussion de la veille. Il l'aperçut soudain. Elle portait son manteau sur le dos et son sac en bandoulière. Il pressa le pas, dans l'espoir de la rejoindre avant qu'elle sorte du bâtiment.

— Bonjour, Emmy, dit-il en arrivant à sa hauteur. Je n'avais pas réalisé que tu terminais de bonne heure aujourd'hui. J'espérais discuter un peu avec toi.

— Je… J'ai un rendez-vous.

Elle évitait de le regarder en face. Il sentit soudain son estomac se nouer.

— Tout va bien pour toi et le bébé ?

Elle soupira.

— J'ai ma première échographie aujourd'hui.

L'inquiétude de Sam se dissipa, faisant place à la frustration d'être de nouveau tenu à l'écart. Soit Emmy lui avait délibérément caché ce rendez-vous, soit elle n'avait même pas imaginé qu'il puisse vouloir y prendre part.

— Puis-je t'accompagner ?

Elle haussa les épaules.

— Si tu veux, mais je peux très bien m'y rendre seule.

Ce n'était pas le « oui » enthousiaste qu'il aurait aimé entendre. Or il ne chercherait pas à s'imposer.

— Cela me ferait plaisir, à condition que tu sois d'accord.

L'idée de voir pour la première fois l'image de son bébé apparaître sur un écran l'excitait. C'était une expérience unique qu'il ne voulait rater pour rien au monde.

— Bien sûr ; tu es le père du bébé.

Et comme elle reprenait sa marche pour se rendre à la maternité de l'hôpital, il lui emboîta le pas.

Tandis qu'ils patientaient dans la salle d'attente, Sam vit à quel point leur comportement différait de celui des autres couples qui attendaient leur tour. Les futurs papas se montraient très tactiles envers leur compagne, leur tenant la main ou leur caressant le ventre.

S'il tentait un geste de ce genre avec Emmy, il risquait fort de se faire rembarrer. Visiblement, elle regrettait qu'il l'ait suivie jusqu'ici.

— Emma-Louise Jennings ? appela une infirmière.

Ils se levèrent pour se rendre dans la salle d'examen. Tandis qu'Emmy s'allongeait sur la couchette, Sam resta discrètement dans un coin de la pièce. À l'hôpital, personne ne le connaissait encore vraiment, aussi sa présence ici ne devrait pas mettre Emmy dans l'embarras.

— Je vais vous demander de relever votre chemisier pour que je puisse étaler du gel sur votre ventre, dit l'échographiste.

Lorsqu'il commença à passer le scanner sur l'abdomen d'Emmy, elle se mit à regarder fixement l'écran, les poings serrés. Sam la sentait tendue, anxieuse de savoir si tout se passait bien pour le bébé. Lui-même éprouvait la même angoisse.

— Est-ce que vous entendez… ?

La pièce s'emplit du bruit d'un battement au rythme rapide.

— Oui, murmura Emmy.

— C'est le cœur du bébé. Il bat avec force et régularité.

Emmy se tourna vers Sam. Son regard brillant témoignait de l'amour qu'elle portait à son bébé. Il lui sourit, le cœur battant. C'était un moment à la fois exaltant et terrifiant. Il retenait son souffle, impatient d'avoir la confirmation que leur enfant allait bien.

— Et voici votre bébé. Le papa devrait s'approcher pour mieux voir…

Une image en noir et blanc apparut sur l'écran. Comme Sam s'avançait, il vit des larmes de bonheur briller dans les yeux d'Emmy. Elle lui saisit soudain la main et la serra dans la sienne.

Peut-être que, finalement, elle le laisserait faire partie de sa vie.

Emmy s'était sentie submergée par l'émotion en voyant l'image de son bébé se dessiner sur l'écran. Autrement, jamais elle n'aurait pris la main de Sam. S'il était là, assis à côté d'elle, c'était uniquement par sens du devoir. Or elle ne se faisait pas d'illusion : il ne tarderait pas à réaliser qu'il ne voulait pas de cette vie-là : être uni à une femme qu'il n'aimait pas pour élever un enfant qu'il n'avait pas désiré. Elle ne commettrait pas l'erreur de croire qu'il resterait toujours auprès d'elle.

— Pourrais-je avoir une copie de ce cliché ? demanda-t-elle d'une petite voix.

— Bien sûr.

L'échographiste imprima une série de photos qu'il lui tendit.

— Moi aussi, j'aimerais en avoir une.

Emmy aurait voulu croire que Sam était sincèrement intéressé par son futur rôle de père, mais elle en doutait.

— Est-ce que tout va bien pour le bébé ? fit-elle.

C'était le plus important à ses yeux.

— Tout est parfait chez lui, répondit le docteur. Eh bien, jeune maman, quels sont vos projets pour le reste de la journée ?

— Oh ! rien de spécial. Je pense que je vais profiter du fait que je suis en congé pour me reposer tant que je peux encore le faire.

Sa vie serait bien différente lorsque les pleurs d'un nourrisson rompraient le silence qui régnait habituellement dans son appartement. Elle avait hâte de connaître cela.

Maintenant qu'elle était assurée que tout se passait bien, elle pouvait goûter le bonheur d'être enceinte et attendre sereinement l'arrivée de son enfant.

— Nous pourrions aller boire un verre quelque part et parler un peu ? proposa Sam.

Cette façon qu'il avait de s'immiscer dans la conversation et dans ses plans pour l'après-midi… Elle allait devoir s'y habituer, à moins qu'il se lasse bientôt de jouer les partenaires attentionnés…

Plutôt que d'aller à la cantine, toujours bruyante, Sam préféra commander leurs boissons au petit café qui se trouvait à l'entrée de l'hôpital.

— Et si nous allions nous installer à l'extérieur ? suggéra-t-il.

Il souhaitait avoir un peu plus d'intimité pour tenir cette conversation qui touchait de si près leur vie privée.

— Cela nous fera du bien de profiter un peu du soleil au lieu d'être toujours sous les néons, dit Emmy.

Il lui fut reconnaissant de se montrer aussi conciliante alors qu'elle n'avait visiblement qu'une envie : rentrer chez elle.

Ils s'assirent sur un banc dans le parc à jeux qui jouxtait l'hôpital. C'était une belle journée ensoleillée et, en d'autres circonstances, ils se seraient émerveillés des premières photos de leur bébé, au lieu de se comporter comme deux étrangers se tenant le plus loin possible l'un de l'autre.

— Je te remercie de m'avoir laissé t'accompagner aujourd'hui.

— Tu es le père, Sam. Je ne vais pas t'empêcher de prendre ta place, même si je ne veux pas non plus que tu te sentes obligé de t'impliquer dans la vie de cet enfant.

Il était clair qu'elle ne lui faisait pas confiance et il savait pourquoi. Compte tenu des problèmes qu'il avait eus dans son enfance et de sa réputation de séducteur rétif à tout engagement, il était difficile de l'imaginer en père fiable et attentionné.

— As-tu réfléchi à ma proposition ? demanda-t-il avant d'avaler une gorgée de café.

— Oui. Tu aurais pu me faire ta demande en mariage dans un endroit plus romantique, comme le sommet de la tour Eiffel, par exemple – et de préférence pas devant ma famille.

Au moins avait-elle gardé son sens de l'humour…

— J'ai pensé que nous pourrions nous marier et assurer ainsi au bébé un bon départ dans la vie.

Emmy poussa un soupir, les yeux fixés sur les enfants qui jouaient dans le parc.

— Nous ne sommes pas obligés de nous marier sous prétexte que je suis enceinte. Ni mon père ni mon frère ne vont te poursuivre, un fusil à la main, pour te forcer à m'épouser.

— Je sais, mais songe aux avantages que nous apporterait le mariage. Le bébé et toi vous profiteriez d'une stabilité financière, car vous auriez droit à la moitié de mon patrimoine. Et il y aurait à la maison deux parents pour assumer toutes les responsabilités.

S'ils ne devaient pas former un véritable couple, puisque Emmy semblait ne plus supporter sa présence, Sam jugeait plus prudent de présenter les choses sous leur aspect pratique.

— Tu vois cela comme une transaction commerciale ?

Notant qu'elle s'intéressait enfin à la question, il se hâta d'abonder dans son sens.

— Oui. C'est exactement ce que serait notre union. Un mariage de convenance.

Si c'était le seul moyen dont il disposait pour convaincre Emmy de l'épouser, il était prêt à signer le contrat dès maintenant.

5.

Emmy affichait un visage rayonnant lorsqu'elle reprit le travail. Elle espérait seulement que les enfants hospitalisés dans son service ne remarqueraient pas ses yeux gonflés par toutes les larmes qu'elle avait versées.

Si ses hormones la rendaient plus émotive que d'habitude, c'était Sam qui avait déclenché chez elle son dernier épisode d'autoapitoiement. Une demande en mariage était censée se faire dans un climat romantique et représenter un moment précieux dans la vie d'un couple. Un moment dont on garderait à jamais le souvenir. Mais Sam ne lui avait demandé de l'épouser que parce qu'elle était enceinte. Il n'y avait ni amour ni romantisme dans cette démarche. Il voulait simplement signer un contrat qui lui garantirait d'avoir sa place dans la vie de son enfant.

Pour Emmy, il en allait autrement. Elle n'avait rien à gagner dans cet arrangement, bien au contraire. Accepter de faire un mariage de convenance avec un homme dont elle était amoureuse depuis des années ne pouvait lui apporter que de la souffrance.

— Bonjour, toi ! Comment te sens-tu aujourd'hui, Liam ?

Son jeune patient épileptique avait connu une nuit difficile, avait-elle appris ce matin, lors de la rotation des équipes.

L'enfant était très pâle et gardait les yeux mi-clos, mais il trouva la force de lui adresser un grand sourire.

— Je suis fatigué, dit-il en luttant pour garder les yeux ouverts.

— Alors, repose-toi bien. Tu en as besoin.

Elle tira les rideaux qui isolaient le lit du reste de la salle. Offrir à l'enfant un peu plus d'intimité l'aiderait peut-être à mieux dormir. Ce n'était pas facile, au milieu de l'agitation d'un service de pédiatrie, avec les allées et venues du personnel soignant et le bruit des appareils de contrôle qui surveillaient l'état des enfants.

Emmy tenait à commencer sa journée en rendant visite à chacun de ses petits patients. Non seulement elle voulait voir par elle-même comment ils allaient, mais elle savait aussi à quel point il est important, pour des enfants apeurés et vulnérables, de reconnaître un visage familier. Cela les rassure.

Elle songea au petit être qui se développait en elle et posa la main sur son ventre, soucieuse de faire savoir à son bébé qu'elle ferait tout pour le protéger.

— Emmy, je peux te parler ? En privé ?

Une nouvelle fois, Sam faisait irruption devant elle. Ces jours-ci, il semblait se trouver toujours dans les parages, ne la laissant pas respirer ni penser à autre chose qu'à lui alors qu'elle avait tant d'autres affaires à régler.

Il n'avait pas le droit de se tenir là, face à elle, si terriblement séduisant dans sa blouse blanche alors qu'elle-même n'avait déjà presque plus la taille marquée. À la fin de sa grossesse, elle serait sûrement énorme.

— Je travaille, Sam. Est-ce que cela ne pourrait pas attendre un peu ?

Parmi ses collègues, personne n'était au courant de leur histoire, et elle préférait garder le secret le plus longtemps possible. Elle n'avait aucune envie de devenir la cible de commérages, ce qui arriverait quand on saurait qu'elle avait été mise enceinte par le nouveau consultant. Cela nuirait à leurs réputations à tous les deux.

— En fait, je voudrais te parler de Marcus Moseley. Nous devrions aller dans un endroit plus discret pour discuter.

— Oui, bien sûr.

Elle était tellement obsédée par Sam et par sa grossesse qu'elle n'avait pas réalisé qu'il vivait les choses autrement. Contrairement à elle aujourd'hui, Sam pouvait parfaitement séparer vie privée et vie professionnelle.

Tandis qu'ils se dirigeaient vers l'une des salles de consultation disponibles, Sam lui posa une main dans le creux des reins. Elle espéra de tout son cœur que personne n'avait remarqué ce geste intime. Si l'un de ses autres collègues masculins s'était comporté de cette façon avec elle, elle n'aurait pas manqué de lui faire remarquer que son geste était tout à fait inapproprié. Mais elle savait que, chez Sam, cela avait été instinctif, dicté par le fait qu'elle portait son bébé.

Il s'était toujours montré très tactile, la serrant dans ses bras quand il rendait visite à la famille, et elle adorait cela. Elle se sentait en sécurité au contact de cet homme solide.

Sam lui avança une chaise et insista pour la faire asseoir tandis qu'il s'appuyait contre le bureau.

— Que sais-tu sur lui ? s'enquit-il.

— La même chose que toi. Il présente une blessure au bras et les radios ont révélé l'existence d'une ancienne fracture non traitée qui n'a pas cicatrisé correctement. Pourquoi cette question ?

Sam fronça les sourcils.

— Sais-tu comment cela se passe chez lui ?

Emmy se demanda s'il se posait les mêmes questions qu'elle. Il y avait quelque chose de bizarre dans l'histoire de Marcus. C'était un garçon tranquille, et pourtant sa mère se comportait comme s'il lui empoisonnait la vie.

— Pas vraiment. Sa mère paraît toujours avoir la tête ailleurs et pressée de retourner au travail. Je n'ai jamais rencontré le père et je ne pense pas que Marcus ait des frères et sœurs. Crois-tu qu'il y a là un problème qui justifierait d'alerter les services sociaux ?

— Peut-être. Je n'ai relevé aucune preuve montrant qu'il y ait maltraitance… il s'agit plutôt d'une intuition.

Emmy frissonna. Elle avait déjà rencontré des cas de violences domestiques, mais maintenant qu'elle attendait un bébé, l'idée qu'un enfant puisse être blessé par la personne qui est censée l'aimer lui paraissait encore plus insupportable.

Dans un geste protecteur, elle posa la main sur son ventre. Les larmes aux yeux, elle songea à tous ces bébés qui n'avaient pas la même chance que celui qu'elle portait. Son enfant avait une maman prête à tout pour lui.

— Je n'ai rien vu de suspect dans son dossier, dit-elle.

Elle avait pris soin de vérifier s'il n'y avait rien qui puisse laisser penser que l'enfant avait été victime de violences par le passé.

— Étant donné qu'il n'a pas été conduit à l'hôpital à l'occasion de sa première fracture, on ne peut guère se fier à son dossier médical pour avoir une idée exacte de ce qu'il a pu subir.

— Tu as raison. J'imagine que j'avais juste envie de croire que mes soupçons n'étaient pas justifiés.

Elle sentait les larmes venir. Malgré ses efforts pour les retenir, Sam avait déjà deviné son désarroi.

— Eh, je sais que c'est dur, dit-il en s'approchant d'elle. Veux-tu que je m'en occupe ?

Il lui saisit les mains, faisant de son mieux pour la réconforter. Emmy aurait tout donné pour qu'il la serre dans ses bras, mais elle savait que cela aurait été un geste déplacé à tout point de vue. Elle ravala ses larmes et se redressa.

— Non. Je vais faire une enquête et voir ce qu'il en est. C'est à moi de prendre soin des patients qui sont ici.

Son émotivité ne devait pas l'entraver dans son travail. Ses petits patients avaient besoin d'elle. Marcus avait besoin d'elle.

— Je le sais, Emmy, mais je ne veux pas que tu t'infliges un stress inutile.

Elle était sûre qu'il ne s'inquiétait pas pour elle, mais pour le bébé. D'un côté, elle en était heureuse, car elle ne s'était pas attendue à une telle réaction de la part de Sam. Elle avait pensé qu'il prendrait ses jambes à son cou dès qu'elle lui aurait annoncé sa future paternité. Dun autre côté, elle refusait de perdre son identité sous prétexte qu'elle allait être mère. Tous deux ne formaient pas un couple, Sam n'avait donc pas son mot à dire sur les choix qu'elle faisait.

— Je suis enceinte, c'est vrai, mais je suis capable de faire mon travail. Les six prochains mois promettent d'être difficiles si tu surveilles le moindre de mes mouvements. Ce bébé est le tien, mais moi, je ne t'appartiens pas.

C'était bien là le problème, et ce qui provoquait sa colère. Elle avait envie d'être à lui, elle voulait que Sam s'intéresse à elle en tant que femme – et pas seulement en tant que mère de leur bébé. Jamais il ne l'aimerait d'un amour profond.

Elle tenta une sortie théâtrale, mais, la vue brouillée par les larmes, elle ne parvint pas à localiser clairement la poignée de la porte.

Sam lui emprisonna la main dans la sienne.

— Attends ! Je ne cherche aucunement à t'imposer quoi que ce soit. Bien sûr, tu es libre de faire ce que tu veux. Mais sache que tu peux compter sur mon soutien.

Ce qui rendait les choses encore plus difficiles pour Emmy. Si Sam ne s'était soucié ni d'elle ni du bébé et qu'il avait disparu pour de bon, elle ne se retrouverait pas à devoir le croiser régulièrement à l'hôpital. Elle ne se verrait pas rappeler constamment qu'il ne voulait pas d'elle. Avec le temps, elle aurait même peut-être fini par l'oublier.

Impossible, hélas ! Sam lui prouvait au quotidien à quel point il était un homme bien, même s'il ne partageait pas ses sentiments.

Elle soupira. Tenter de le fuir ne servirait à rien sinon à rendre la situation encore plus pénible pour tout le monde.

— Pourquoi n'irais-tu pas bavarder avec Marcus pendant que j'essayerai d'obtenir de sa mère quelques informations ? proposa-t-elle.

— D'accord, dit-il. Tu es meilleure juge que moi.

Il lui adressa un petit sourire en coin qui la troubla infiniment. Décidément, il lui faudrait trouver le moyen de se protéger.

Tandis que Mme Moseley avançait dans le couloir, Emmy avait les mains moites et le cœur battant. Affronter un parent soupçonné de maltraitance était pour elle une véritable épreuve, d'autant plus qu'elle ignorait comment cette femme allait réagir.

Elle devrait se montrer vigilante, au cas où Mme Moseley se comporterait de façon agressive. Malheureusement, ces derniers temps, le personnel de l'hôpital était souvent exposé à des réactions violentes de la part des visiteurs.

Mais, ce que redoutait encore plus Emmy, c'était de voir la situation de Marcus s'aggraver si Mme Moseley s'offusquait de son intervention et se vengeait sur l'enfant. Elle ne se le pardonnerait pas. Aussi avait-elle l'intention de parler à cette femme de façon informelle, pour tenter d'en apprendre davantage. En l'absence de preuves, elle n'allait certainement pas pointer sur elle un doigt accusateur.

De son côté, Sam n'avait rien pu obtenir de Marcus. L'enfant s'était enfermé dans un silence obstiné dès que Sam avait essayé de lui soutirer des informations. Cet entretien avec Mme Moseley était donc leur dernière chance de découvrir la vérité avant qu'ils se trouvent dans l'obligation d'alerter les autorités.

— Madame Moseley, pourriez-vous m'accorder quelques instants ? J'aimerais vous parler, dit Emmy en ouvrant la porte de la salle réservée aux familles.

Cette pièce servait à accueillir dans un certain confort les parents des patients sérieusement malades.

— Heu, oui…

Elle semblait méfiante et ennuyée de se retrouver ainsi retenue, mais elle suivit Emmy dans la pièce.

— Est-ce que Marcus va bien ?

Emmy lui sourit et l'invita à s'asseoir avant de s'installer elle-même dans l'un des fauteuils.

— Oui, il va bien. Je voulais juste parler un peu avec vous, savoir comment ça se passe à la maison…

— Ce qui se passe chez moi ne vous concerne en rien, rétorqua Mme Moseley, les lèvres pincées.

Voyant que la mère de Marcus était sur la défensive, Emmy se pencha en avant afin de se rapprocher d'elle.

— Je ne suis pas là pour vous juger. Mon travail est de veiller au bien-être de Marcus et, parfois, la santé d'un enfant peut être affectée par ce qui se passe chez lui.

— De quoi m'accusez-vous exactement ? demanda Mme Moseley en plissant les yeux.

— Je ne porte aucune accusation contre vous, madame Moseley. Seulement, certains éléments nous préoccupent, et nous espérons que vous pourrez nous fournir quelques explications. Je… nous nous sommes demandé comment une fracture comme celle que nous avons constatée chez Marcus a pu rester ignorée si longtemps. Il a dû beaucoup souffrir, à l'époque. Comment se fait-il que vous ne l'ayez pas conduit à l'hôpital ?

Silence.

— J'essaye de vous aider, poursuivit Emmy, mais si j'ai des raisons de penser que Marcus est victime de violences, il est de mon devoir de le signaler. Pour l'instant, vous ne me dites rien qui soit de nature à effacer mes soupçons.

Soudain, Mme Moseley fondit en larmes.

— Je ne lui ai pas fait de mal, contrairement à ce que vous pensez, dit-elle entre deux sanglots.

Emmy lui tendit la boîte de mouchoirs en papier posée sur la table basse en prévision de ce genre de décharge émotionnelle. Elle remarqua alors à quel point son interlocutrice semblait épuisée, avec ses cheveux gras et ses grands cernes sous les yeux. Ces larmes montraient qu'elle avait atteint ses limites. Elle était à bout de forces.

— Prenez votre temps, dit doucement Emmy, l'encourageant à poursuivre son récit.

Elle connaissait mieux que personne la valeur cathartique de la parole. Partager ses soucis et ses problèmes apporte un vrai soulagement.

— Désolée, dit Mme Moseley en se tamponnant les yeux avec un mouchoir en papier. Cela n'a pas été facile.

— Avec Marcus ?

La femme hocha la tête. Emmy sentit aussitôt son cœur se serrer. Le petit garçon avait-il été le souffre-douleur de sa mère ? Elle espérait que non.

Le lourd silence qui s'était abattu dans la pièce fut enfin rompu par Mme Moseley qui s'éclaircit la gorge avant de reprendre la parole.

— Ce n'est pas un enfant méchant… mais parfois il est difficile de le contrôler.

— Et… vous le punissez quand il se comporte mal ?

— Non ! Je vous l'ai dit, jamais je ne lui ferais de mal,

mais je ne peux pas le surveiller vingt-quatre heures sur vingt-quatre.

— Il se blesse lui-même ?

La femme acquiesça d'un hochement de tête.

— Oui, il se fait mal tout le temps, mais j'ai deux jobs et je ne peux pas m'absenter du travail chaque fois qu'il se blesse ou qu'il fait des bêtises.

— N'y a-t-il pas quelqu'un qui pourrait vous aider ? Un parent, ou des amis ?

— Non !

— Et le père ? Est-il présent ?

— Seulement quand ça l'arrange. Mais je le connais : il n'hésitera pas à réclamer la garde de Marcus, uniquement pour me nuire. S'il entend parler de cet accident, il l'utilisera comme élément à charge contre moi.

— C'est pour cette raison que vous ne nous avez pas amené Marcus plus tôt ?

— Je ne m'étais pas rendu compte qu'il s'était fait une fracture. Sinon, je le jure, j'aurais aussitôt conduit Marcus à l'hôpital. Il semblait aller mieux au bout d'un jour ou deux. J'ai cru qu'il s'était froissé un muscle, ou quelque chose de ce genre. Vous devez comprendre que mon ex-mari nous a abandonnés en nous laissant sans rien. J'ai deux emplois pour joindre les deux bouts. Je sais que Marcus a été affecté par le départ de son père et qu'il cherche à attirer mon attention, mais je suis éreintée. Élever un enfant toute seule n'est pas facile.

De nouveau, elle ne put retenir ses larmes. Prise de compassion, Emmy lui tendit la main pour la réconforter. Elle pouvait très bien se retrouver, un jour, dans la même situation : épuisée par le travail, rongée par la culpabilité de devoir laisser son enfant seul à la maison, cherchant une solution pour le faire garder et un moyen de payer toutes les factures.

Au moins, Emmy avait la chance d'avoir Sam dans les parages, prêt à l'aider. Son soutien lui serait précieux.

Sa proposition de l'épouser commençait à prendre sens pour elle, maintenant qu'elle voyait où pouvait mener l'obstination à vouloir tout gérer seule. Si Mme Moseley n'avait pas eu le choix, elle, en revanche, l'avait.

Sam lui offrait un partenariat : ils partageraient leur temps et les responsabilités financières, de sorte qu'ils pourraient donner à leur bébé un bon départ dans la vie. Ce serait égoïste de sa part de refuser cette proposition sous prétexte de ménager sa fierté. Elle était sûre que Mme Moseley aurait accepté avec joie et empressement si un homme aussi séduisant que brillant lui avait fait la même offre.

D'accord, l'amour ne figurait pas dans le contrat, mais ce n'étaient pas les sentiments qui payaient les factures, pas plus qu'ils ne donnaient la tranquillité d'esprit à qui que ce soit. Cette femme et son fils étaient profondément malheureux, et ce n'était pas un avenir pareil qu'Emmy souhaitait pour elle et son enfant.

— Écoutez, je vais aller vous chercher une tasse de thé ; prenez quelques minutes pour recouvrer votre calme. Si vous êtes d'accord, je vais passer quelques coups de fil pour voir si je peux vous obtenir de l'aide.

— Je ne veux pas que les services sociaux pensent que je ne peux pas y arriver.

Emmy vit de la panique dans son regard, et aussi de la détermination. De toute évidence, la mère de Marcus tenait à faire face à ses responsabilités, quel que soit le prix à payer physiquement et émotionnellement. Emmy savait qu'elle réagirait de la même façon si quelqu'un menaçait de lui retirer son enfant.

— Les services sociaux devront être mis au courant, mais je voudrais vérifier au préalable si vous ne pourriez pas bénéficier d'un autre genre d'aide. Peut-être y a-t-il une association qui accueille les enfants après l'école. Cela permettrait à Marcus de dépenser son trop-plein d'énergie et de se faire de nouveaux amis. Je vais voir ce que je peux faire.

— Merci.

Quand Emmy quitta la pièce, Mme Moseley avait retrouvé le sourire et elle paraissait avoir rajeuni, rassurée à l'idée de recevoir de l'aide.

Par le passé, Emmy s'était déjà occupée de cas de ce genre : des parents isolés qui avaient besoin d'être secondés. Aujourd'hui, c'était différent. Elle attendait un bébé. Peut-être aurait-elle besoin un jour de recourir à de tels services, quand il lui faudrait jongler entre vie professionnelle et vie familiale.

Quelqu'un pouvait la sauver d'un futur incertain. Sam voulait être un papa et participer à l'éducation de son enfant. Si elle pouvait apprendre à vivre avec un mari qui ne l'aimait pas, épouser Sam serait pour elle la solution idéale. Elle lui épargnerait le risque de se retrouver dans la même situation que Mme Moseley…

6.

Dès que Sam eut fini de voir ses patients, il se lança à la recherche d'Emmy. Il n'avait pu obtenir la moindre information de la part de Marcus et avait passé l'après-midi à s'inquiéter de la façon dont s'était déroulé l'entretien qu'Emmy avait eu avec Mme Moseley.

Il s'était toujours montré protecteur envers celle qu'il appelait sa « petite sœur ». Mais maintenant qu'elle portait son enfant, il aurait voulu les mettre, elle et son bébé, à l'abri du monde extérieur. Pourtant, elle lui avait clairement dit qu'il ne devait pas intervenir dans sa vie.

Elle avait toujours été têtue et indépendante, deux qualités qu'il appréciait, mais qui, aujourd'hui, le rendaient fou, car elles poussaient Emmy à le tenir à distance. Elle pensait qu'il n'était pas assez fiable pour être un père ou un mari. Il payait là son passé tumultueux.

Il ne pouvait reprocher à Emmy son manque de confiance. Cependant, il pensait être différent de son père, et meilleur que lui. Sa demande en mariage avait pour objectif de montrer à Emmy qu'il était prêt à s'engager. Elle savait qu'il n'avait jamais pensé à se marier, mais maintenant il voulait le faire, pour elle et pour le bébé. Même s'il ne s'agissait que d'un mariage de convenance.

C'était là un engagement considérable de sa part. Et après avoir parlé avec Marcus, il était encore plus conscient qu'avoir un enfant constituait une énorme responsabilité qui s'accompagnait de beaucoup de soucis et de sacrifices.

Seul le temps dirait si Sam était à la hauteur de la tâche, à supposer qu'Emmy lui permette au moins de s'y essayer.

Il la vit sortir d'un des box et se détendit lorsqu'il remarqua qu'elle semblait en forme après son entrevue avec Mme Moseley.

— Emmy ! Est-ce que tout s'est bien passé avec la mère de Marcus ?

— Oui. Elle était très émue et s'est beaucoup excusée. Il n'y a rien de dramatique, mais elle se bat. Sa vie est difficile. Il semblerait que le père de Marcus l'ait quittée, et c'est la guerre entre eux.

Sam se sentit soulagé en apprenant que Marcus n'était pas exposé à un danger immédiat chez lui. Il n'aimait pas voir les familles exploser lorsque cela pouvait être évité. Mais il y avait dans cette histoire quelque chose qui le mettait mal à l'aise, car cela le renvoyait à son cas personnel.

Sa propre famille avait été détruite, sa mère avait dû faire face aux conséquences d'une brusque séparation, et lui-même avait souffert de la situation. Lorsque des parents sont en conflit, ce sont souvent les enfants qui sont le plus touchés.

Or Sam aurait voulu épargner cette douleur à quiconque. Raison pour laquelle il ne supporterait pas d'être mis à l'écart de la vie de son propre enfant.

— Y a-t-il quelque chose que nous puissions faire pour l'aider ?

— J'ai contacté les services sociaux, et j'ai mis Mme Moseley en relation avec quelques associations locales qui soutiennent les familles monoparentales. Avec un peu de chance, Marcus pourra redevenir un enfant et oublier ce qui se passe entre ses parents.

— Je suis sûr que cela va arranger les choses. Mais cette histoire m'amène à réfléchir aussi à notre situation, Emmy.

Peut-être devrions-nous rédiger un document concernant les modalités de garde ?

— N'est-ce pas un peu prématuré ? Le bébé n'est pas encore né ! Quand il sera là, ton nom figurera sur l'acte de naissance, ne t'inquiète pas.

Certes, c'était de nature à le rassurer, mais si pour une raison fâcheuse Emmy changeait d'avis, il pourrait se retrouver privé de ses droits parentaux.

— J'ai confiance en toi, Emmy, mais nous savons tous deux que les affaires de famille peuvent s'avérer compliquées. Nous devrions consulter un juriste pour nous aider à prendre les mesures nécessaires.

— Tu penses vraiment que c'est utile, Sam ? dit-elle en fronçant les sourcils. Nous nous connaissons depuis l'enfance. Il s'agit ici d'un bébé, et non d'une voiture ou d'une maison dont tu voudrais réclamer la propriété.

— Que proposes-tu d'autre, Emmy ? Comment être certain que chacun de nous trouvera sa place dans cet arrangement ?

Bien sûr, ils avaient l'un et l'autre des doutes, compte tenu des circonstances. S'il avait fait preuve d'un peu de bon sens et agi convenablement, il aurait courtisé Emmy, il l'aurait amenée à lui faire confiance et peut-être même à l'aimer. Ils auraient eu une vraie relation avant même de songer à fonder une famille. Mais la réalité était tout autre et il s'agissait plutôt de limiter les dégâts.

— Le cas de Marcus m'a conduite à me poser des questions, dit Emmy. Tout est tellement plus simple quand les parents parviennent à s'entendre au lieu de se déchirer. Si ton offre de m'épouser tient toujours, je suis prête à signer le contrat.

— Est-ce que cela veut dire que… ?

— Oui, Sam. Marions-nous. Nous y gagnerons tous deux une certaine sécurité, pas vrai ?

Elle lui souriait, mais dans son regard il manquait l'éclat du bonheur. Ce mariage était dicté par la nécessité.

Sam était conscient d'avoir gâché la vie d'Emmy, en la privant du mariage d'amour auquel elle avait droit. Aussi ferait-il tout son possible pour lui offrir le meilleur, à commencer par un foyer stable.

— Je pense que nous devrions nous marier le plus tôt possible, déclara-t-il.

Avant que l'un de nous change d'avis.

Sam se regardait dans la glace tandis qu'il piquait un œillet blanc dans sa boutonnière. Cela aurait pu être fait par son garçon d'honneur ou par sa mère, mais il n'avait ni l'un ni l'autre près de lui aujourd'hui. Après tout, ce n'était pas un mariage comme les autres.

Vu de l'extérieur, il pouvait paraître étrange qu'il n'y ait personne de la famille du marié. Pourtant, compte tenu des circonstances, Sam avait jugé préférable de ne pas inviter sa mère. Il était déjà suffisamment sur les nerfs ; la voir là n'aurait fait qu'accroître sa peur de ne pas être à la hauteur.

Certes, ce n'était qu'un mariage de convenance, mais il était aussi nerveux que s'il s'agissait de faire le bonheur d'Emmy. Il allait promettre de veiller sur elle et sur le bébé, s'engageant à mériter sa confiance alors qu'il n'était en rien préparé à tenir ce rôle de mari et de père. Mais il espérait secrètement que, malgré leur union de façade, tous deux noueraient une vraie relation. Et cette attente l'excitait tout autant qu'elle l'angoissait.

Même s'il n'avait jamais songé à être père, savoir qu'il allait bientôt avoir un enfant avait changé son regard sur la paternité. Il voyait dans ce bébé surprise une chance pour Emmy et lui de fonder le foyer qu'ils n'avaient pas connu dans leur enfance. Une vie de famille faite de bonheurs simples, où l'on se réjouit des succès des enfants, où l'on passe des moments heureux à la plage ou au zoo. Il n'avait jamais connu cela avec son père et maintenant il était impatient de vivre toutes ces expériences, auprès de sa future femme.

— Es-tu prête à franchir le pas ? dit-il en offrant son bras à Emmy qui sortait de la voiture.

— Oui.

En fait, Emmy aurait voulu hurler : « Non, pas de cette façon ! » Désormais, sans doute ne dirait-elle plus jamais à Sam ce qu'elle pensait ou ressentait. Cela ne figurait pas dans le contrat.

Aujourd'hui, elle allait devenir Mme Goodwin. Ils n'avaient pas voulu organiser un grand mariage alors qu'il s'agissait seulement d'un arrangement entre eux. Ils n'avaient rien dit aux Jennings, car toute la famille aurait insisté pour qu'il y ait une cérémonie religieuse à l'église, suivie d'une grande fête qui aurait entraîné de grosses dépenses et des maux de tête. Cela leur avait paru inutile et incongru puisqu'ils n'avaient rien d'un couple d'amoureux au plus beau jour de leur vie.

Maintenant, alors qu'elle montait les marches de la mairie, elle se demandait s'ils avaient eu raison de garder le secret au sujet de leur mariage. La famille allait être terriblement déçue d'avoir manqué la noce, et elle-même devait reconnaître qu'elle était un peu émue de ne pas les avoir autour d'elle en ce jour, même si ce n'était qu'un mariage de convenance.

— Eh bien, tu es superbe, sœurette ! Tu vas quelque part ?

En voyant David les accueillir dans le hall dallé de marbre, Emmy faillit s'évanouir de surprise.

— David ? Qu'est-ce que tu fais ici ?

— Crois-tu vraiment que j'allais laisser ma petite sœur et mon meilleur ami se marier sans moi ?

Emmy quitta le bras de Sam pour se jeter dans ceux de David. Elle était si heureuse de l'avoir près d'elle alors qu'elle sentait ses nerfs prêts à lâcher.

Sam s'éclaircit la gorge.

— Nous avions convenu de ne rien dire, mais je ne pouvais pas te laisser vivre ce moment sans ta famille.

Elle remarqua alors que les autres se trouvaient non loin de là, visiblement inquiets de la façon dont ils allaient être accueillis.

— Je suis si heureuse que vous soyez tous venus, dit-elle en serrant ses parents dans ses bras.

Elle s'arrêta même devant ses sœurs pour les embrasser.

— Nous ne voulons pas nous imposer si tu préfères que nous partions, murmura son père.

— Mais je veux que vous restiez, bien sûr ! Simplement, nous ne voulions pas faire un mariage en grande pompe.

— Tu es magnifique, dit sa mère en tamponnant ses yeux humides avec un mouchoir.

Emmy était ravie d'avoir autour d'elle ceux qu'elle aimait, au lieu de devoir demander à un inconnu d'endosser le rôle de témoin à leur mariage.

— Merci.

Elle avait opté pour une robe blanche incrustée de dentelle, et piqué quelques fleurs dans ses cheveux. Sam lui avait offert des fleurs sauvages qu'il avait cueillies le matin même. Elle adorait ce bouquet qui allait si bien avec le style bohème de sa toilette.

Le marié était superbe et d'une grande élégance dans son costume trois-pièces bleu marine. Bien qu'avertie à la dernière minute, toute la famille avait fait des achats et s'était mise sur son trente et un pour l'occasion.

Le week-end précédent, Emmy avait apporté toutes ses affaires chez Sam et s'était installée dans la chambre d'ami. Ce n'était pas ainsi que la majorité des femmes commençaient leur vie d'épouse, mais c'était le contrat qu'elle avait accepté et signé – un mariage sans amour. Qui n'aurait pas eu des doutes à propos d'un tel marché ? Mais elle était là, prête à se marier, entourée de sa famille. Il n'était pas question de faire marche arrière.

— Est-ce que nous pouvons y aller ? demanda l'officier d'état civil en les poussant vers une petite salle. Qui va conduire la mariée ?

— Moi, répondit le père d'Emmy d'un ton très sérieux.

Malgré le caractère informel de la cérémonie, il tint à lui donner le bras tandis qu'ils avançaient dans l'allée centrale séparant les rangées de chaises réservées aux familles et aux amis des mariés.

En arrivant à la hauteur de Sam qui les attendait au premier rang, Emmy remarqua qu'il semblait aussi anxieux qu'elle. Cet homme, qui avait toujours clamé qu'il n'était pas fait pour le mariage ni pour fonder une famille, allait l'épouser, convaincu que c'était là son devoir. La situation n'avait rien d'un conte de fées pour lui, comme en témoignait son visage pâle.

Ils prononcèrent les vœux traditionnels en échangeant leurs alliances. Emmy les dit d'une voix tremblante et son « oui » fut presque inaudible.

Ce mariage était loin de ressembler à ce qu'on pouvait attendre d'un jour pareil. Lorsqu'elle regarda Sam, elle vit sa propre tristesse se refléter dans les yeux de celui qui était devenu son époux. Pris au piège, tous deux essayaient de faire bonne figure, devant leurs proches persuadés qu'il s'agissait d'un mariage d'amour. Si seulement ce pouvait être vrai !

— Vous pouvez embrasser la mariée, dit l'officier d'état civil.

— Est-ce vraiment nécessaire ? murmura Emmy à son mari. Rien ne nous y oblige.

— Nous pouvons bien offrir à nos invités ce qu'ils attendent de nous, répondit-il en souriant.

Alors ils échangèrent leur premier baiser de couple marié. Emmy s'attendait à ce qu'il soit rapide et donné du bout des lèvres, destiné à satisfaire la famille. Mais ce qui se passa fut bien autre chose. L'étreinte était si chaude, si intense, qu'elle oublia qu'il s'agissait d'une mascarade.

Elle entendit David qui applaudissait tandis que son père toussait discrètement. Ses sœurs devaient probablement ricaner, mais Emmy s'en moquait car, pour la première fois depuis des mois, elle sentait de nouveau les lèvres de Sam plaquées contre les siennes. Ce baiser était ardent, impatient, comme s'ils avaient été privés l'un de l'autre trop longtemps.

Sam s'écarta enfin et lui adressa un clin d'œil.

— Cela devrait faire l'affaire.

Il brisait d'un coup toutes ses illusions. Emmy devait reconnaître qu'il était un excellent acteur. Pendant un moment, il avait réussi à lui faire croire qu'il scellait leur avenir d'un baiser sincère.

Elle devait faire attention à ne pas se laisser emporter par ses rêves. Sam était là pour la ramener sur terre et lui rappeler qu'il n'y avait entre eux rien d'autre qu'un marché conclu pour réparer l'erreur d'une nuit.

Au prix d'un gros effort, elle réussit à sourire en se tournant vers sa famille.

— Félicitations !

Tous les vœux de bonheur et les baisers sur la joue qu'elle reçut alors lui donnèrent envie de pleurer. Les confettis qui pleuvaient sur elle lui rappelaient que ses espoirs de connaître un amour romantique s'étaient à jamais envolés.

Sam s'arrêta en haut des marches et, quand il se tourna vers elle, il vit sur son visage tout le chagrin qu'elle n'avait plus la force de lui cacher.

— Eh, c'est fini, dit-il doucement en lui relevant le menton.

Et il lui donna un petit baiser sur les lèvres qui la réconforta. Il était là pour elle.

Entendant le déclic d'un appareil-photo, elle s'interrogea sur les véritables raisons qui avaient poussé Sam à l'embrasser. Cherchait-il encore et toujours à sauver les apparences ?

— Portons un toast aux jeunes mariés ! dit M. Jennings en levant son verre.

Sa proposition déclencha une réaction discrète, parmi la demi-douzaine de convives. Ils s'étaient installés dans un coin du bar du quartier pour improviser une petite fête en l'honneur des nouveaux époux.

Sam savait que, pour Emmy, ce moment était une vraie torture. Lui-même avait mal à la mâchoire à force d'afficher un sourire factice. Ils n'avaient pas prévu que leur mariage se déroulerait de cette façon, mais à la dernière minute il avait décidé qu'Emmy devait être entourée des siens. Il s'était dit qu'elle apprécierait son initiative qui, par ailleurs, aurait l'avantage de concilier à Sam les bonnes grâces de son ami Dave. Mais il n'avait pas pensé qu'après le passage à la mairie, il y aurait un semblant de réception. Pauvre Emmy qui ne pouvait même pas boire un verre pour tenir le coup !

Elle aurait mérité une jolie fête, or elle avait tenu à ce que tout se passe dans la plus grande discrétion, et il comprenait pourquoi. Cette journée ne marquait pas le début de leur nouvelle vie de couple, mais la fin de leur indépendance. En une nuit il avait ruiné toutes les perspectives d'avenir d'Emmy. Jamais elle ne pourrait le haïr plus qu'il ne se haïssait lui-même.

— Quand partez-vous en voyage de noces ? s'enquit Lisa. J'imagine qu'avec tout l'argent que vous avez économisé en n'invitant personne et en n'engageant pas d'orchestre, vous avez prévu de vous offrir quelque chose d'extraordinaire ?

Elle avait pris le ton moqueur qu'elle adoptait chaque fois qu'elle cherchait à rabaisser quelqu'un. Sam se demanda comment Emmy avait pu supporter si longtemps ces railleries sans broncher.

Personne dans la famille ne s'offusquait de voir Emmy être constamment la cible des remarques désobligeantes des jumelles. Sam lui-même n'était jamais intervenu, et il s'en voulait. Mais maintenant qu'Emmy était sa femme, il était en droit de prendre sa défense s'il jugeait cela nécessaire.

À cet instant, il s'en voulut de n'avoir pas pensé à organiser un voyage de noces, ni même cherché une bonne raison pour expliquer à la famille pourquoi il n'y en aurait pas. Tous attendaient avec impatience qu'il donne des détails sur le fabuleux voyage qu'il avait certainement prévu d'offrir à Emmy.

— Eh bien, je… nous… Avec le travail à l'hôpital, et la grossesse d'Emmy, nous avons pensé qu'il valait mieux attendre. Nous partirons en vacances en famille quand le bébé sera là. C'est mieux, non ?

Emmy battit des cils et glissa son bras sous celui de Sam.

— Oui, beaucoup mieux. Nous avons tout le temps de prendre des vacances. Pour l'instant, il nous suffit d'être ensemble, tous les deux.

Il lui tapota la main en souriant, malgré le sentiment de malaise qui l'habitait. Tout s'était passé si vite qu'ils n'avaient pas pris le temps de faire les choses correctement. Leurs collègues ne manqueraient pas d'être surpris par leur mariage soudain. Chacun penserait probablement qu'ils avaient eu un coup de foudre et que leur union ne serait qu'un feu de paille. Pourtant il s'agissait bien d'un engagement à vie, scellé par un mariage dont ils n'avaient rêvé ni l'un ni l'autre.

Emmy lui toucha le pied sous la table pour lui rappeler de ne pas en faire trop. Déjà, Dave les observait, les sourcils froncés.

Il leur faudrait se montrer convaincants pour ne pas éveiller les soupçons…

7.

La nuit qui suivit le mariage fut pour Emmy la plus décevante possible. Il ne vint même pas à l'esprit des jeunes époux de quitter leurs invités en s'éclipsant discrètement, comme le voulait la tradition.

Le retour à la maison n'eut rien de romantique. Emmy regretta de ne pas être partie en voyage seule, le temps de se préparer à mener une vie commune avec Sam. Allaient-ils vaquer chacun à leurs occupations respectives, maintenant que le spectacle était terminé et qu'ils se retrouvaient seuls ?

— Je voulais te remercier encore une fois d'avoir invité ma famille, dit-elle. D'une certaine façon, cela a rendu les choses plus difficiles, et néanmoins j'étais contente qu'ils soient là.

Elle ôta ses chaussures dans le hall et mit son bouquet dans un vase posé sur la table basse pendant que Sam enlevait son veston.

— Je regrette de n'avoir pu t'offrir la journée que tu méritais d'avoir, mais j'ai pensé qu'être entourée des tiens te ferait plaisir.

— Et tu as vu juste. J'ai toutefois été soulagée de voir tout le monde repartir en taxi.

Durant la soirée, elle avait regardé ses proches boire plus que de raison pour célébrer ces noces si étranges, tandis qu'elle-même se contentait de boissons non alcoolisées. Le dîner avait consisté à avaler des snacks et des chips.

C'était elle qui avait refusé d'organiser une vraie fête, car elle aurait eu mauvaise conscience s'il avait fallu dépenser une fortune pour un mariage qui n'en était pas vraiment un. Cependant, elle avait le sentiment que Sam lui aurait volontiers donné tout ce qu'elle voulait si cela avait pu la rendre heureuse. Il faisait de son mieux pour que la situation soit la moins lourde possible. Mais combien de temps resterait-il dans ces bonnes dispositions ? Il finirait peut-être par regretter de s'être engagé sans avoir vraiment pris le temps de la réflexion. Surtout s'il rencontrait quelqu'un.

L'idée qu'il pourrait amener une autre femme dans la maison la rendait folle, alors qu'elle n'avait aucun droit sur lui. Ils n'avaient pas discuté de cet aspect des choses. S'il leur avait paru commode de signer un partenariat qui les arrangeait tous les deux, elle ne pouvait pas s'attendre à ce que Sam pratique l'abstinence.

Elle songea au baiser qu'ils avaient échangé au cours de la cérémonie. Elle aurait été ravie de récidiver. Ils avaient tous deux des besoins et, pour sa part, il ne lui aurait pas déplu de maintenir le côté sexuel du mariage. Cela pourrait empêcher Sam d'aller chercher satisfaction ailleurs. Elle aussi y trouverait son compte : elle jouirait de l'intimité qu'elle rêvait d'avoir avec lui, même s'il n'y avait pas d'amour dans cette relation.

— Je crois que je vais aller me coucher, dit Sam. La journée a été longue.

De toute évidence, il en avait déjà assez. Cela n'augurait rien de bon pour l'avenir. Leur mariage ne durerait pas longtemps si Sam était si impatient de la quitter au soir de ce qui était censé être leur nuit de noces.

— Ah ! D'accord.

— À moins que tu aies autre chose en tête ? Tu peux regarder la télévision au salon et te faire une tasse de thé. Peut-être aimerais-tu prendre un bain ? Tu es chez toi ici, maintenant, alors sens-toi libre de faire ce que tu veux.

Sam se montrait aussi chaleureux avec elle qu'aurait pu l'être un propriétaire de chambre d'hôtes l'accueillant pour la nuit.

— Je suis sûre que je vais trouver comment me distraire, merci.

Elle n'avait qu'une envie : cesser de jouer la comédie et effacer toute trace de cette journée. Heureusement, elle avait une salle de bains privée attenante à sa chambre. Elle ne risquait pas de tomber sur Sam en sortant de la douche. Il venait juste d'épouser la mère de son enfant, mais peut-être n'allaient-ils plus jamais connaître le moindre moment d'intimité.

— Alors, bonne nuit, Emmy, dit-il en lui frôlant la joue d'un baiser léger.

— Bonne nuit.

Elle attendit qu'il ait quitté le salon avant de se retirer à son tour. Il lui aurait paru trop triste de sortir de la pièce en même temps que Sam pour que finalement chacun s'isole dans sa chambre, le soir même de leur mariage.

Elle sentit sa gorge se nouer lorsqu'elle entendit la porte se refermer bruyamment, comme pour sonner le glas de sa vie amoureuse.

Sam avait à peine dormi. Comment aurait-il pu trouver le sommeil alors que sa femme pleurait dans la chambre d'à côté ? Il s'était levé à l'aube avec l'intention de réconforter Emmy, après cette nuit de noces ratée.

Il l'entendit bouger à l'étage. Aujourd'hui démarrait leur vie conjugale et il voulait que tout se déroule au mieux. Ce matin, il espérait amener Emmy à retrouver le sourire en lui préparant son petit déjeuner.

Il disposait un jus d'orange sur un plateau lorsqu'elle

entra dans la cuisine, avec un air fatigué qui n'ôtait rien à sa beauté.

— Bonjour, madame Goodwin. J'allais t'apporter ton petit déjeuner au lit.

Elle lui sourit, mais ne put retenir un bâillement.

— Désolée, je n'ai pas très bien dormi.

Il eut le cœur serré en se rappelant les sanglots qu'il avait entendus cette nuit.

— Moi non plus. Nous aurions dû descendre tous les deux dans la cuisine et nous préparer un chocolat chaud.

Cela n'aurait pas suffi à leur laisser un souvenir inoubliable de cette étrange nuit de noces, mais au moins ils auraient été ensemble. Il détestait l'idée qu'elle avait passé des heures à pleurer dans sa chambre, se croyant seule, alors qu'ils étaient dans le même bateau.

— Du café ? proposa-t-il.

Il poussa vers elle une tasse fumante et une assiette de viennoiseries. Elle saisit la tasse et huma longuement le liquide brûlant.

— Mmm… Avec plaisir.

— C'est du décaféiné.

Il connaissait son amour du café. Elle avait décidé de ne plus en boire, à cause du bébé, mais il s'était dit qu'elle pouvait bien s'autoriser une tasse de décaféiné de temps en temps si cela lui faisait plaisir.

— Et un pain au chocolat ? dit-elle en piochant une des pâtisseries. Tu me gâtes !

Sam était content de la voir apprécier ce petit déjeuner. De toute évidence, cette femme généreuse n'était pas habituée à recevoir de petites attentions. Maintenant qu'il était son mari, c'était à lui de prendre soin d'elle.

Il sortit de sa poche un papier imprimé qu'il posa sur le comptoir.

— Qu'est-ce que c'est ? demanda Emmy.

Un peu de chocolat était resté collé sur sa lèvre inférieure et Sam fut pris d'une envie folle de le lécher. Son corps s'embrasa tandis que lui revenait en mémoire le souvenir du baiser qu'ils avaient échangé la veille. Il avait eu de la chance qu'Emmy ne l'ait pas repoussé, lui épargnant ainsi de subir un affront devant tous leurs invités. Heureusement, il avait réussi à la convaincre qu'il s'agissait là d'une mise en scène destinée à renforcer la crédibilité de leur mariage, alors qu'il n'avait fait qu'obéir à un désir irrépressible de l'embrasser.

La voir si proche de lui et en même temps inaccessible était à présent une torture. Il allait devoir vivre avec cette frustration permanente et apprendre à contrôler ses pulsions s'il ne voulait pas risquer de perdre à la fois sa femme et son enfant.

— Disons que c'est un cadeau de mariage.

Elle lut le papier et, soudain, porta la main à sa bouche.

— Paris ? s'écria-t-elle.

— Je sais que tu as toujours eu envie d'y aller, et nous avons quelques jours de congé devant nous. Ce petit voyage pourrait nous faire le plus grand bien.

— Oui, mais... je ne suis pas prête à partir ! L'avion décolle cet après-midi.

— Je te trouve parfaite telle que tu es.

Sans maquillage, sortant du lit, et vêtue d'une chemise bleu roi, elle était magnifique. S'ils avaient formé un vrai couple, il l'aurait entraînée vers la chambre, où ils auraient passé tout le week-end.

— C'est très gentil à toi de mentir ainsi, mais je dois vraiment aller me doucher et faire mes bagages.

Elle bondit de sa chaise, débordante d'énergie, redevenant presque l'Emmy d'avant. L'instant d'après, elle lui plantait un baiser sur la joue.

— Merci, Sam, merci pour tout !

Elle mordit encore dans son pain au chocolat, avala une bouchée et s'éclipsa.

Enfin, Sam était parvenu à redonner le sourire à Emmy. Alors que les oiseaux commençaient à chanter pour célébrer le lever du soleil, il s'était soudain souvenu d'une conversation qu'il avait eue autrefois avec elle. Ils avaient parlé de leurs espoirs et de leurs rêves d'avenir, à un âge où tout semblait possible. À l'époque, il avait dit vouloir gagner beaucoup d'argent, posséder de grosses voitures et faire la conquête de jolies femmes. Il avait fini par obtenir tout cela, mais sans en être vraiment plus heureux pour autant.

Emmy aspirait alors à des choses beaucoup plus simples que ses rêves à lui, très matérialistes. Elle voulait avoir un bon job, une famille à elle, et visiter Paris. Pour quelqu'un qui avait une vision aussi romantique de la vie, la situation dans laquelle elle se trouvait aujourd'hui était tragique.

Elle lui avait confié que, pour elle, Paris était avant tout la capitale de l'amour. Sans doute avait-elle rêvé de recevoir une demande en mariage au sommet de la tour Eiffel, et de partager son bonheur lors d'une fête magnifique, à l'image de celles des comédies sentimentales qui la faisaient fondre en larmes. Au lieu de quoi, Sam lui avait offert une courte cérémonie à la mairie, et il n'avait pas été question de voyage de noces.

Il ne pourrait jamais être le héros romantique dont elle avait rêvé, mais il allait lui organiser les meilleures vacances possibles. Peut-être alors Emmy lui pardonnerait-elle de les avoir mis tous les deux dans un tel pétrin.

— Oh ! Sam, c'est superbe !

La vue qu'ils avaient depuis le balcon de leur hôtel était si belle qu'Emmy se croyait l'héroïne d'un film. En face d'eux se dressait la tour Eiffel tandis que, quelques étages plus bas, des voitures circulaient dans les rues animées de la capitale. Emmy était au comble du bonheur.

Le matin même, elle s'était réveillée résignée à mener auprès de Sam une vie solitaire et sans joie. De toute évidence, il avait trouvé, lui aussi, que cet avenir s'annonçait trop déprimant, au point de le pousser à organiser cette extraordinaire escapade. Non seulement il n'avait pas hésité à prendre à la dernière minute des billets d'avion qui avaient dû lui coûter une fortune, mais il avait réservé la suite nuptiale de cet adorable hôtel, un véritable petit bijou.

— Je suis content que cela te plaise, dit Sam en déposant leurs bagages dans la chambre.

Il n'avait pas voulu qu'elle porte la moindre chose, à l'exception de son sac à main.

Elle jeta un coup d'œil autour d'elle. La chambre, spacieuse, était meublée dans le style vintage. Le décor floral bleu et blanc créait un climat très doux, et un chemin de pétales de roses menait de la baignoire sur pattes au lit à baldaquin.

Emmy y regarda à deux fois. Il n'y avait qu'un seul lit.

— Ne t'inquiète pas, je peux dormir sur le canapé, lança-t-il, en écho à ses pensées. Je me suis dit que tu méritais d'avoir quelque chose de magique, or cette chambre était la plus belle qui leur restait.

— Je suis sûre que nous allons trouver un arrangement pour dormir. Nous sommes tous les deux adultes.

Mariés, qui plus est. Et sur le point d'avoir un enfant. Partager le même lit n'aurait pas dû poser le moindre problème, et pourtant c'était le cas. Sans doute finiraient-ils par trouver un équilibre à cette étrange vie de couple.

— Ce voyage est le tien, dit Sam. Alors, qu'aimerais-tu faire pour commencer ?

Paris regorgeait d'endroits qu'elle avait rêvé de visiter un jour en compagnie de Sam : l'Arc de triomphe, Le Louvre, la tour Eiffel… Aujourd'hui, les choses ne se passaient pas vraiment comme elle l'avait imaginé dans ses rêves les plus fous, mais elle était malgré tout bien décidée à profiter au maximum de ce séjour.

— Je voudrais qu'on aille dans le restaurant le plus proche, répondit-elle. Le bébé meurt de faim, et moi aussi. Même si je dois renoncer aux vins et aux fromages fabuleux qu'on trouve ici, j'ai l'intention de goûter aux meilleurs plats de la cuisine française.

— Cela me semble être un excellent programme. Nous déferons nos bagages plus tard.

Ce serait sans doute la seule activité qui se déroulerait dans la chambre cette nuit. En lui réservant cette surprise, Sam avait coché toutes les cases d'un voyage de noces romantique, sauf une.

Quoi qu'il en soit, il cherchait à la rendre heureuse. Et, jusqu'à maintenant, il y avait parfaitement réussi.

— Je vous souhaite une bonne soirée, monsieur et madame Goodwin, leur lança le réceptionniste avec un grand sourire au moment où ils quittaient l'hôtel.

En s'entendant appeler Mme Goodwin, Emmy éprouva une sensation délicieuse. Aux yeux de tous, Sam était à elle comme elle était à lui. Alors qu'ils marchaient ensemble dans les rues animées de Paris, ils ressemblaient à n'importe quel couple de jeunes mariés savourant leur lune de miel. Sam et elle étaient les seuls à connaître la vérité.

— Hé, attention !

Avant même qu'Emmy ait réalisé ce qui se passait, Sam l'avait tirée en arrière pour lui épargner d'être heurtée par un scooter roulant beaucoup trop près du trottoir.

Remis de leurs émotions, ils poursuivirent leur route, main dans la main. Pour Emmy, marcher ainsi au côté de son mari à Paris répondait à tous ses désirs.

Comme ils passaient devant un chocolatier d'où émanaient

des odeurs qui mettaient l'eau à la bouche, elle se tourna vers Sam.

— Tu sais, j'ai l'intention de faire un tour dans une boutique comme celle-ci avant que nous regagnions Londres.

— Je n'en doute pas. C'est pour cela que j'ai prévu de payer un excédent de bagages.

Il se mit à rire, mais elle savait que, contrairement à ce qui se passait avec certains membres de la famille Jennings, il n'était pas en train de se moquer de son poids. Cela n'avait jamais été un problème pour lui, et il l'avait toujours acceptée telle qu'elle était.

Sans doute n'était-il pas follement amoureux d'elle, mais elle savait qu'elle lui plaisait et qu'ils formaient un couple parfaitement crédible pour qui les voyait ensemble.

Elle eut envie de le serrer dans ses bras, mais se contenta de poser la tête sur son épaule. Lorsqu'il l'embrassa sur les cheveux, elle faillit crier de bonheur, ou de désespoir. Ces deux sentiments étaient maintenant si inextricablement liés chez elle qu'il était difficile de savoir. Sam faisait et disait exactement ce qu'il fallait, à tout instant, mais malgré ses bonnes intentions, il ne pouvait faire illusion. Tout cela ne correspondait à rien de réel.

— Si nous nous arrêtions ici pour manger quelque chose ? proposa-t-il en désignant une brasserie. La vue est très agréable et, si nous nous mettons en terrasse, nous pourrons profiter des derniers rayons du soleil.

Les gens étaient en train de dîner. La diversité des accents qu'on entendait d'une table à l'autre montrait à quel point le quartier était devenu cosmopolite. Comme Sam l'aidait à s'asseoir, elle sourit.

— Quel gentleman tu fais !

— Pas toujours…, répondit-il d'une voix suave.

Le sous-entendu était clair. S'agissait-il là d'un réflexe de sa part, une habitude de séducteur ou bien cherchait-il à la conquérir ? L'idée d'avoir Sam de nouveau dans son lit déclencha chez elle de délicieux frissons. Pourtant le sexe ne pouvait pas remplacer les sentiments. Elle aurait tant voulu qu'il partage ceux qu'elle avait pour lui !

Heureusement, l'arrivée du serveur la tira de ses tristes pensées, ce qui lui permit de profiter de la soirée au lieu de déprimer en songeant à ce que Sam ne pouvait pas lui donner.

Il commanda une salade garnie pour deux, du pain frais et de l'eau minérale, impressionnant Emmy par son français impeccable.

— Tu n'es pas obligé de te priver de vin à cause de moi, dit-elle.

Elle trouvait dommage qu'il ne goûte pas aux crus français, connus pour être parmi les meilleurs du monde.

— Ce n'est pas un problème. Je n'ai pas besoin de boire pour me sentir bien. Être avec toi me suffit.

Son sourire était si chaleureux qu'il ne pouvait qu'être sincère. Emmy commençait à croire que lui aussi prenait plaisir à ce voyage.

Pour elle et le bébé, il sacrifiait beaucoup de choses. La liberté et le style de vie qu'il aimait tant s'étaient à jamais envolés depuis la folle soirée où ils avaient l'un et l'autre oublié toute prudence. Et pourtant il s'efforçait de rendre leur vie de couple marié la plus agréable possible.

— Pourquoi fais-tu tout cela, Sam ? Nous sommes déjà mariés et nous savons tous les deux que c'est en raison de ma grossesse.

Le serveur leur apporta la commande, et elle dut attendre son départ pour entendre la réponse de Sam.

— Nous sommes dans cette situation parce que nous attendons un bébé, mais cela ne veut pas dire que nous sommes condamnés à être malheureux toute notre vie. Nous avons toujours aimé passer du temps ensemble et ce serait dommage que cela change. Si nous voulons donner à notre enfant un environnement stable et sécurisant, veillons d'abord à notre propre bien-être. Nous devons faire en sorte que notre mariage fonctionne et, pour cela, il faudra qu'un jour tu me pardonnes. Nous n'en serions pas là, si je m'étais montré moins égoïste. Je suis désolé d'avoir tout gâché.

Emmy avait cessé de manger. Oui, elle était malheureuse, mais certainement pas à cause de ce que Sam avait fait. C'était plutôt à cause de ce qu'il ne pouvait pas faire. L'aimer. Or ce n'était pas sa faute.

— Je crois que nous sommes tous les deux responsables de ce qui est arrivé et de la façon dont nous le gérons. Tu n'as pas à jouer les martyrs, Sam. Je suis aussi fautive que toi.

Elle lui tendit la main par-dessus la table, et il s'en empara, la serrant entre les siennes. Quand leurs regards se croisèrent, elle crut retrouver chez lui quelque chose de cette flamme qui les avait embrasés lors de la nuit qu'ils avaient passée ensemble. Une fièvre, un besoin qui réclamait d'être satisfait. Une décharge électrique la traversa tout entière au moment où elle entrelaça ses doigts avec ceux de Sam. Une incroyable attirance sexuelle les poussait l'un vers l'autre.

Si leur mariage évoluait vers davantage d'intimité, son cœur en sortirait-il guéri, ou bien brisé ?

8.

Sam mourait d'envie d'embrasser sa femme. Personne ne s'offusquerait qu'il s'empare de la bouche d'Emmy. Surtout quand elle avait ce regard qui disait qu'elle désirait exactement la même chose que lui. Mais il n'allait pas commettre de nouveau l'erreur de précipiter les choses sans réfléchir aux conséquences.

Même s'ils étaient à Paris, la ville des amoureux, ils ne pouvaient se permettre d'avoir une brève aventure dont le souvenir leur compliquerait la vie, une fois de retour chez eux. Emmy se rappellerait alors toutes les raisons pour lesquelles elle n'avait pas confiance en lui.

— Emmy, je…

Il était prêt à lui expliquer pourquoi ils devaient résister à la tentation. Elle ne voulait pas nouer une vraie relation avec lui. Si elle avait envie de lui maintenant, c'était parce qu'elle se sentait prise au piège. Peut-être qu'avec le temps il parviendrait à la convaincre qu'il avait changé et qu'elle finirait par l'aimer. Mais pour l'instant, ils ne pouvaient pas se permettre de réaliser tous leurs fantasmes.

Ils étaient là, assis, le regard fixé sur leurs assiettes auxquelles ils n'avaient pas touché, lorsqu'un cri perçant rompit le silence. Sam leva les yeux et vit les autres clients se lever de table et courir.

— Que se passe-t-il ? demanda Emmy en mettant les mains sur son ventre dans un geste instinctif, comme pour protéger son bébé.

Sam bondit sur ses pieds pour voir de quoi il s'agissait.

Le scooter qui, tout à l'heure, avait failli heurter Emmy était renversé au milieu de la rue, bloquant les voitures dans les deux sens.

— C'est un accident de la circulation, dit-il. Je vais voir s'il y a des blessés et si je peux me rendre utile.

— Je te suis, déclara Emmy en repoussant sa chaise.

Les passants se pressaient autour du lieu de l'accident.

— Excusez-moi, je suis médecin, expliqua Sam.

Il s'était exprimé en français pour se frayer un chemin au milieu de la foule. Il tendit la main à Emmy afin qu'elle gagne sans encombre le lieu de l'accident.

L'adolescent à cheveux longs qui conduisait le scooter était à présent assis par terre, la tête entre les mains. Il semblait être en état de choc.

Sam entendit Emmy haleter. Il comprit pourquoi quand il aperçut une petite fille âgée de cinq ou six ans allongée dans la rue, près du scooter. À côté d'elle, une femme, probablement sa mère, était en larmes.

— Que s'est-il passé ? lança-t-il au père qui appelait à l'aide.

Après avoir confirmé qu'il avait téléphoné pour réclamer une ambulance, l'homme lui expliqua que le garçon était monté sur le trottoir avec son scooter. Sa vitesse excessive lui avait fait perdre le contrôle du deux-roues et il avait heurté la petite fille, la projetant sur la chaussée.

Sam s'agenouilla sur l'asphalte pour prendre le pouls de l'enfant. La tâche n'était pas facile, car la petite fille était couchée sous le pare-chocs de la voiture qui l'avait renversée suite à sa chute dans la rue.

— Comment t'appelles-tu ? lui demanda-t-il.

— Amélie.

— Amélie ? Moi, je m'appelle Sam.

Se couchant sur le dos, il se glissa sous la voiture afin de se rapprocher de l'enfant et évaluer sa condition physique. La tête d'Amélie était à quelques millimètres à peine de la roue avant. Par chance, le conducteur avait pu s'arrêter juste à temps.

Il s'assura que les voies respiratoires n'étaient pas obstruées puis observa le léger mouvement de la petite poitrine qui se soulevait et retombait régulièrement. Heureusement, Amélie respirait correctement.

Il remarqua alors que les cheveux blonds de l'enfant étaient tachés de sang. Si elle était blessée à la tête, la bouger risquait d'aggraver son état. Il fallait attendre l'arrivée des secours. Une fois le cou et la colonne vertébrale de la petite fille stabilisés, on pourrait tenter de l'extraire de là, peut-être en faisant intervenir les pompiers si l'opération s'avérait trop difficile. Entre-temps, tout ce que Sam pouvait faire, c'était éviter qu'elle ne perde trop de sang et s'assurer qu'elle respirait toujours.

Il lui souleva les jambes et les posa sur les siennes afin qu'elles soient au-dessus du niveau du cœur, assurant ainsi une bonne circulation du sang. Puis il déchira une manche de sa chemise pour l'appliquer sur la blessure et arrêter le saignement du mieux qu'il pouvait.

Il sentait l'asphalte lui écorcher le dos, et le plancher de la voiture était si près de son visage qu'il aurait pu faire une crise de claustrophobie, mais il garda son calme. Il s'agissait de sauver la vie d'un enfant.

— Emmy, tu es là ?

— Oui, répondit-elle.

Il perçut une tache rose vif, de la couleur de la jupe qu'Emmy portait ce soir. Elle avait dû s'accroupir près de lui, attendant ses instructions.

— Elle est consciente. Peux-tu en informer les parents ?

Il entendit parler Emmy au couple, puis elle se pencha vers lui.

— Sam ? J'ai trouvé une couverture pour garder l'enfant au chaud.

Elle recouvrit la petite fille d'un plaid qu'elle avait dû réclamer autour d'elle.

— Génial.

Il était content d'avoir Emmy auprès de lui. Cette présence lui rappelait qu'il ne se trouvait pas seul dans le noir, tenant la vie d'une enfant entre ses mains.

— Le garçon qui conduisait le scooter portait un casque, dit Emmy. Il s'en sort relativement indemne, mis à part des écorchures aux mains et aux genoux. Il est sous le choc, mais il n'a aucune blessure sérieuse.

Elle avait dû examiner l'adolescent pendant que lui-même veillait sur Amélie. Il se réjouissait de ne pas avoir à s'occuper de deux cas graves, tout en déplorant l'imprudence du jeune conducteur qui avait provoqué cet accident.

— Espérons que cela le fera réfléchir et que dorénavant il y regardera à deux fois avant de rouler à toute vitesse dans la rue. Je vais rester ici avec Amélie jusqu'à l'arrivée des secours afin de surveiller sa respiration.

Il songea aux parents de la petite fille. Lui-même serait désespéré s'il arrivait quelque chose à son enfant. Comment son père à lui avait-il pu se désintéresser autant de sa progéniture ? Il avait navigué entre ses deux familles, ne s'occupant ni de l'une ni de l'autre. Heureusement, Sam n'avait pas hérité de son comportement égoïste et indélicat.

Il écarta les mèches de cheveux maculées de sang qui retombaient sur le front de la fillette.

— Je suis là, ma chérie. Je n'irai nulle part tant qu'on ne t'aura pas sortie de là.

Il saisit la petite main d'Amélie et la pressa, essayant de la rassurer de son mieux. Lorsqu'il sentit les doigts de la fillette se contracter légèrement contre sa paume, il éprouva un sentiment de victoire. Quel que soit l'avenir qu'Emmy et lui connaîtraient en tant que parents, l'aventure serait riche en émotions.

Il faisait nuit lorsqu'ils purent enfin quitter le lieu de l'accident. Emmy avait laissé Sam dialoguer en français avec les secours tandis que ceux-ci embarquaient la petite Amélie dans l'ambulance. Le directeur de la brasserie insista pour leur offrir leur repas, mais, après ce qu'ils venaient de voir, ils n'avaient plus guère d'appétit.

Ils marchèrent un moment, éprouvant le besoin de prendre l'air. Soudain, Emmy s'arrêta et, à la lueur d'un lampadaire, regarda attentivement Sam.

— Tu es couvert de poussière et d'huile de moteur.

Sa chemise était déchirée et il avait des éraflures sur le visage.

— Aucune importance, répondit-il avec un haussement d'épaules. Ce qui compte, c'est que la petite s'en sorte.

— Bien sûr, mais on dirait que, toi aussi, tu as été victime d'un accident. Laisse-moi te nettoyer un peu.

L'entraînant vers la fontaine magnifiquement éclairée qui se trouvait dans le square où ils s'étaient promenés, elle le força à s'asseoir sur le rebord du bassin.

Sam avait l'air éteint depuis que les ambulanciers étaient repartis, emmenant Amélie à l'hôpital, et Emmy se faisait du souci pour lui. S'il était normal de s'inquiéter pour une enfant gravement blessée, ils étaient tous les deux confrontés presque chaque jour à ce genre d'incident dans le cadre de leur travail. Pourquoi Sam réagissait-il ainsi ce soir ?

— Elle ne bougeait pas…, dit-il, le regard vague.

Sam était peut-être en état de choc.

— Mais elle respirait, et tu as fait ce que tu pouvais pour la rassurer.

Il avait tenu la main de l'enfant tout en murmurant

des paroles apaisantes. Jamais encore elle ne l'avait vu si bouleversé. Au-delà de ses aptitudes et réflexes de médecin, elle avait décelé chez lui un puissant instinct paternel. Il serait un père attentionné, malgré ce qu'il avait connu dans son enfance.

— Espérons que cela aura suffi pour la sauver… Cela aurait pu être toi la victime, ou notre enfant. Je ne sais pas ce que je deviendrais si je devais perdre l'un de vous deux.

— C'est la même chose pour moi.

Elle échangea avec Sam un sourire ému, bouleversée par l'évocation de ce qui pouvait leur arriver de pire à l'un comme à l'autre. Puis elle sortit de son sac un mouchoir qu'elle trempa dans l'eau du bassin avant de s'en servir pour nettoyer du mieux qu'elle pouvait le visage de Sam.

— Je me sens investi dans cette petite famille qui est la nôtre, dit-il en rivant son regard au sien.

Le cœur d'Emmy fit un bond, mais elle essaya de ne pas s'emballer. Cette confidence était probablement liée au choc émotionnel provoqué par l'accident.

— Il est probablement un peu tard pour te poser cette question, mais pourquoi étais-tu jusqu'à maintenant si opposé à l'idée de fonder une famille ? demanda Emmy.

Il baissa les yeux.

— Tu es au courant, pour mon père et son autre famille. Tu sais à quel point nous en avons souffert, ma mère et moi. J'ai toujours craint de faire de la peine à mes proches, même involontairement.

Emmy n'imaginait pas que Sam ait pu être aussi profondément marqué par son enfance malheureuse. Elle avait toujours cru qu'il restait célibataire pour garder sa liberté. C'était à la fois touchant et tragique qu'il ait voulu s'imposer un tel sacrifice pour épargner les autres.

— Tu ne ressembles en rien à ton père. Toi, tu te préoccupes de ce que les autres peuvent ressentir. Tu es l'exact opposé de ton père.

— J'aimerais le croire, mais il n'y a aucune garantie.

— Tu veux dire que je ne pourrai avoir droit à aucun échange ni remboursement si tu te révèles défectueux ?

Emmy avait recours à l'humour pour alléger un peu le sentiment de culpabilité qu'elle éprouvait. D'une certaine façon, elle avait tiré profit des scrupules de Sam.

— J'ai bien peur que non. Vendu en l'état. Au moins, maintenant, tu sais qui je suis *là*, dit-il en posant une main sur son cœur. Mais il est trop tard pour fuir : nous sommes déjà mariés.

— Nous avons tous nos problèmes. Autrement, pourquoi deux individus par ailleurs relativement raisonnables se marieraient sans même avoir eu un seul vrai rendez-vous galant ?

— La bonne nouvelle, c'est que nous sommes aussi dingues l'un que l'autre ! répondit-il en riant.

Il marqua une pause avant de poursuivre, l'air grave :

— Est-ce que tu m'en veux beaucoup, pour ce qui est arrivé ? Le mariage, c'était mon idée, mais tu n'étais pas obligée d'accepter. Tu rêvais sûrement d'être follement amoureuse de l'homme que tu épouserais. Tu pouvais attendre qu'il vienne te chercher.

Elle ne pouvait pas lui avouer que c'était lui, l'homme de ses rêves. Il risquerait de croire qu'elle avait orchestré toute cette histoire pour l'amener à l'épouser.

— Il y avait peu de chance que je vive un tel conte de fées. Si j'en crois mes ex, je ne suis pas le genre de fille qu'on épouse. Juste bonne à faire la fête et à vivre de brèves aventures.

— Tu n'es pas sortie avec les types qu'il fallait, s'ils n'ont pas su voir qui tu étais.

— Oh ! j'ai l'habitude. Comme tu le sais, je suis la rigolote de la famille.

Combien de fois avait-elle servi de cible aux moqueries ? Combien de fois l'avait-on utilisée pour la rejeter ensuite ? Rien d'étonnant à ce qu'elle ait jugé préférable de faire un mariage de convenance plutôt que de se lancer dans une nouvelle histoire sentimentale vouée à l'échec. Au moins, avec Sam, les choses étaient claires, ou presque. Il ignorait qu'elle était amoureuse de lui depuis des années.

— Pourquoi supportes-tu cela ? Tu ne devrais pas laisser tes sœurs ou les hommes te traiter aussi mal. Tu n'es pas une marionnette condamnée à se plier aux caprices des uns et des autres.

— C'est pourtant ce que je suis, non ?

Dans ses relations avec sa famille et ses petits amis, elle faisait ce que l'on attendait d'elle, de peur d'être rejetée comme elle l'avait été à la naissance.

— Pas avec moi.

Au moment où Sam prononçait ces mots, elle réalisa à quel point il disait vrai. Avec lui, elle avait toujours pu être elle-même, sans craindre qu'il l'abandonne. Jusqu'à présent. L'ironie du sort voulait que, si elle lui avouait ce qu'elle ressentait pour lui, cela le pousserait sans doute à remettre en cause leur mariage.

— Je ne cherche pas à t'impressionner, tu me connais trop bien. Et puis, tu as toujours été gentil avec moi…

Elle comprit soudain pourquoi elle était si attachée à lui. Sam l'acceptait telle qu'elle était.

— Je n'ai aucune raison d'être méchant avec toi, pas plus que n'importe qui d'autre. Pourquoi ne le comprends-tu pas ?

Elle secoua la tête, la gorge nouée.

— Il y a un problème chez moi. Mes parents m'ont gardée trois ans, puis n'ont plus voulu de moi. M'abandonner aurait dû leur briser le cœur, pourtant ils n'ont jamais cherché à reprendre contact avec moi. Quant aux Jennings, s'ils m'ont bien accueillie, je ne leur suffisais pas, et ils ont eu les jumelles. S'ils avaient su que cela leur arriverait un jour, jamais ils ne m'auraient adoptée. Je dois vraiment être un cas difficile, ou quelqu'un de très agaçant.

En évoquant devant lui ses failles, ces défauts qui avaient poussé les gens à se désintéresser d'elle, n'était-elle pas en train de lui donner des raisons d'en faire autant ?

— C'est vrai que tu es plutôt énervante…

Il souriait, se moquant des reproches qu'elle se faisait à elle-même. Elle prit un peu d'eau dans la fontaine et en aspergea Sam.

— Je t'ouvre mon cœur ! Tu pourrais au moins faire semblant de t'intéresser à ce que je dis.

— Désolé, mais ce que tu racontes ne tient pas debout ! Tu n'étais qu'une enfant lorsque tes parents t'ont abandonnée. Or *tous* les enfants sont pénibles, à un moment ou à un autre. Le problème était chez eux, pas chez toi ! Quant aux Jennings, ils t'adorent. Ta mère, ton père et Dave seraient prêts à sacrifier leur vie pour toi. Peut-être que les jumelles n'iraient pas jusque-là, mais elles sont trop gâtées et pas encore vraiment immatures. Là encore, c'est leur problème, pas le tien. Un jour, quand elles auront acquis une certaine maturité, elles verront quelle merveilleuse grande sœur tu es.

— Si je suis aussi géniale que tu le dis, pourquoi aucun homme n'a voulu se marier pour de bon avec moi ? Il a fallu qu'un ami de la famille me mette enceinte un soir de fête pour que je reçoive une demande en mariage assez bancale…

Sam tressaillit en entendant cette façon caustique de résumer la situation. Hélas, la description qu'en faisait Emmy n'était pas loin de la vérité.

— Cela fait trop longtemps que tu te dénigres, Emmy. Peut-être as-tu été influencée par le schéma mis en place par tes parents biologiques. Toujours est-il que ces hommes avec lesquels tu as eu des liaisons ne te méritaient pas. Tout comme moi : je ne te mérite pas.

Il lui prit la main et y déposa un baiser. La scène était des plus romantiques, conforme à tout ce dont elle avait toujours rêvé, et c'était bien là le problème.

— Jamais tu ne m'aurais épousée s'il n'y avait pas eu le bébé.

— Peut-être pas, mais je n'aurais pas non plus épousé qui que ce soit d'autre, je te le garantis. Tu es la seule femme avec qui je pouvais envisager de passer le restant de mes jours. Nous nous connaissons si bien, tous les deux.

— Où veux-tu en venir, Sam ?

— Eh bien, nous pourrions peut-être faire en sorte que ce mariage devienne un vrai mariage.

Emmy ferma les yeux et glissa son visage dans la main de Sam. Y avait-il une chance qu'ils soient heureux ensemble ?

9.

Sam prenait de sérieux risques. S'il commettait le moindre faux pas, cette relation prendrait fin avant même d'avoir commencé. Ce soir, en discutant avec Emmy, il avait réalisé qu'il ne voulait surtout pas la perdre.

À quoi bon se voiler la face ? Il y avait entre eux une véritable alchimie. Des sentiments forts et beaucoup de respect. Ils n'avaient pas évoqué l'aspect charnel de leur mariage, mais tous deux étaient des êtres humains. L'expérience leur avait montré qu'au lit ils s'entendaient à merveille. Pourquoi se priveraient-ils de faire l'amour ? Ils étaient mariés et bientôt parents… Et puis, Sam était déjà amoureux d'Emmy…

Blottie contre lui, les yeux clos, elle paraissait plus contente et plus heureuse qu'il ne l'avait vue depuis un bon moment. Attiré comme un papillon de nuit par la flamme d'une bougie, il se pencha vers elle et lui frôla les lèvres d'un baiser léger. Elle le lui rendit, déclenchant chez lui le désir d'aller plus loin.

Alors, il s'empara de sa bouche pour l'embrasser fiévreusement. Aucun d'eux n'avait imaginé que leur vie prendrait cette tournure, or maintenant ils n'avaient plus à se refréner. Cette nuit, il lui montrerait à quel point il la trouvait parfaite pour lui.

— Madame Goodwin, aimeriez-vous que nous poursuivions notre soirée dans notre suite nuptiale ? demanda-t-il d'une voix enrouée par le désir.

Elle ouvrit les yeux, le regard lourd, et habitée par le même désir que lui. Comme elle hochait la tête, il se leva, s'inclina devant elle et lui tendit la main, tel un soupirant d'autrefois invitant sa belle à danser. Emmy se mit à rire, bondit sur ses pieds et accepta l'invitation en faisant la révérence. Voilà pourquoi ils s'entendaient si bien, tous les deux. Ils étaient complices.

Tandis qu'ils regagnaient leur hôtel, ils se laissèrent aller à l'humeur romantique qui les habitait. Marchant main dans la main, lèvres contre lèvres, ils avançaient en titubant, s'arrêtant de temps en temps pour disparaître dans une allée et s'embrasser à pleine bouche et se caresser.

Ces pauses doublèrent le temps du trajet, ce qui eut pour effet de les rendre plus impatients encore de se retrouver seuls dans leur suite.

— Bonsoir, dit Sam au réceptionniste lorsqu'ils arrivèrent enfin à l'hôtel.

Puis ils se précipitèrent vers l'escalier pour grimper au plus vite dans leur chambre. Sam avait le cœur battant, le souffle rapide à l'idée de ce qu'ils allaient vivre.

Lorsqu'ils avaient couché ensemble la première fois, Emmy et lui n'avaient pas passé la nuit ensemble. Ce soir, ils allaient prendre tout leur temps, profiter pleinement l'un de l'autre, en tant que mari et femme. Et peut-être qu'après, Emmy envisagerait avec bonheur d'être liée à lui pour longtemps, très longtemps.

Emmy était si excitée qu'elle peinait à respirer lorsqu'ils arrivèrent dans leur chambre après avoir échangé des flots de baisers.

Ce n'était pas la première fois qu'ils couchaient ensemble, mais là il s'agissait d'établir une nouvelle relation. De prouver que ce qui s'était passé entre eux quelques mois plus tôt n'avait pas été que l'expression d'une fièvre passagère. S'ils envisageaient de faire une place au sexe dans leur vie de couple marié, il était nécessaire qu'ils puissent entretenir cette alchimie qui les liait l'un à l'autre. Après s'être consumée de désir pour Sam durant tant d'années, elle savait qu'elle n'aurait aucun mal à remplir sa part du contrat, mais qu'en serait-il de Sam ?

Le soir du mariage de David, leur étreinte avait eu un goût d'interdit. Ils avaient couché ensemble alors que la réception battait son plein, tout en redoutant qu'on remarque leur absence.

Désormais ils étaient mariés et cette nuit pouvait être la première d'une longue série – ou la dernière si elle s'avérait décevante. Emmy saurait-elle montrer à Sam qu'elle valait la peine qu'il oublie toutes les autres femmes ?

— Hé, arrête de cogiter, dit Sam, toujours aussi perspicace.

Il la connaissait si bien qu'il était capable de deviner ce qu'elle avait dans la tête.

— C'est juste que…

— Chut ! coupa-t-il en lui posant un doigt sur les lèvres. Inutile de t'inquiéter de l'avenir. Nous sommes mariés, profitons simplement du bonheur d'être ensemble.

L'argument était sans réplique. D'autant plus qu'il s'accompagnait de petits baisers dans le cou. Emmy n'était plus attentive qu'aux sensations délicieuses que lui donnaient les lèvres de Sam courant sur sa peau.

— Et si… ?

Et s'il ne parvenait jamais à l'aimer, s'il ne restait plus entre eux que le sexe, un acte dépourvu de tout sentiment, cela leur suffirait-il ?

Elle n'eut pas le temps de lui poser la question. Déjà, Sam l'embrassait sur la bouche, lui rappelant ainsi qu'elle devait vivre l'instant présent. Toutes ses angoisses s'envolèrent quand il glissa la main sous ses vêtements pour la caresser, déclenchant des frissons sur sa peau nue.

— Et si nous nous contentions de profiter de notre lune de miel, en oubliant tout le reste jusqu'à notre retour chez nous ? dit Sam en lui ôtant son haut avant de se débarrasser de ce qui restait de sa chemise.

— Tout à fait d'accord, répondit-elle, le souffle court.

Sam entreprit de lui enlever sa jupe, la laissant en sous-vêtements. Elle se félicita d'avoir eu un coup de cœur à l'aéroport pour un ensemble de lingerie bleu marine, des articles hors de prix mêlant soie et dentelle. Elle n'avait pas prévu que Sam la verrait dans cette tenue, mais elle s'était dit qu'en portant cette tenue sexy au lieu des dessous confortables qu'elle mettait habituellement, elle se sentirait mieux. Comme elle avait été bien inspirée !

— Tu es magnifique, dit Sam, confirmant ainsi qu'elle avait fait le bon choix.

Il lui posa un baiser sur l'épaule tandis qu'il faisait glisser les bretelles de son soutien-gorge le long de ses bras. Emmy frissonna et sentit la pointe de ses seins se durcir. Lorsque Sam mordilla doucement l'un des mamelons, elle s'agrippa à lui pour ne pas tomber.

Les jambes tremblantes, elle se laissait caresser, brûlant d'impatience, mais désirant en même temps que cet instant ne prenne jamais fin.

À son tour, elle entreprit de déboutonner le pantalon de Sam et de le faire glisser le long de ses jambes, en même temps que son boxer. Il s'en débarrassa d'un coup de pied, se dressant face à elle, complètement nu, aussi fier et vigoureux que dans son souvenir.

Voulant lui donner autant de plaisir qu'il avait su lui en dispenser, elle s'agenouilla devant lui. Elle sourit quand elle vit la flamme du désir briller dans les yeux de Sam, heureuse de savoir qu'elle allait le satisfaire.

Pleine de confiance et d'audace, elle ne le quitta pas du regard tandis qu'elle lui prodiguait les caresses les plus intimes. Elle le vit alors sur le point de défaillir de plaisir.

— Emmy…, dit-il, la voix rauque.

Enhardie, elle continua de s'activer jusqu'au moment où Sam poussa un grognement et lui attrapa les cheveux pour la presser de se redresser.

— Sais-tu l'effet que tu me fais, Emmy ?

— Probablement le même que celui que tu me fais.

Elle lui prit la main et le guida vers sa petite culotte en dentelle pour qu'il constate par lui-même qu'elle disait vrai.

Laissant échapper un cri guttural, il lui ôta sa culotte et s'empara d'une de ses jambes pour la poser sur sa hanche. Lorsqu'il la pénétra, tous deux poussèrent le même soupir de contentement, heureux de se fondre enfin l'un dans l'autre.

Tandis qu'Emmy s'accrochait au cou de Sam, il lui saisit l'autre jambe pour qu'elle s'enroule autour de sa taille. Il la porta ainsi, collée contre lui, jusqu'au lit.

Elle sentit sur sa peau la fraîcheur des pétales de roses éparpillés sur le couvre-lit. Leur parfum accentuait le caractère romantique de la scène. Il était facile alors de croire qu'ils étaient en pleine lune de miel, et d'oublier la nuit désastreuse qui avait suivi le jour de leur mariage. Comme elle espérait pouvoir retrouver à Londres tous ces précieux instants vécus à Paris !

— Je ne te fais pas mal ? demanda Sam en se couchant sur elle.

— Non.

Elle aimait sentir ce corps peser sur le sien. Cela lui procurait un sentiment de sécurité.

Au début, il bougea lentement, voulant lui laisser le temps de s'accoutumer à sa présence en elle. Emmy avait les yeux fermés, comme pour jouir pleinement de l'intimité du moment. Sentir le souffle chaud de Sam sur son cou, et le frottement de ses cuisses contre les siennes, la rendait folle.

Il la couvrit de nouveau de baisers, tout en lui pétrissant les seins, ce qui la plongea dans une extase qui semblait devoir ne jamais prendre fin.

Emmy était étendue sous ses yeux, lui offrant mille délices dont il ne parvenait pas à se rassasier. Il prenait un plaisir fou à découvrir les zones les plus sensibles de son corps. Il l'embrassait dans le cou, passait la langue sur la pointe de ses seins, lui arrachant de doux gémissements.

Il déposa une pluie de baisers sur son ventre avant de descendre plus bas. Alors, il entreprit de la faire jouir avec sa langue. Il sut si bien y faire qu'elle finit par crier son nom, les reins cambrés.

Avant qu'elle ait eu le temps de recouvrer ses esprits, il revint à sa hauteur et la pénétra de nouveau. Savoir qu'elle venait d'avoir un orgasme ne fit qu'accroître son excitation et le pousser à chercher sa propre satisfaction. Emmy le suivit, haletante, lui griffant le dos avec ses ongles. Elle voulait qu'il accède comme elle au comble du plaisir. Quand il y parvint, il s'abandonna, comblé, et s'écroula sur elle, incapable de faire le moindre mouvement.

— C'était… tu es incroyable ! murmura-t-il, la tête posée sur la poitrine d'Emmy.

— Toi aussi, répondit-elle en l'embrassant sur les cheveux.

Il sourit. Si, en cet instant, on lui avait demandé de choisir, il aurait volontiers accepté de faire l'amour à cette femme durant toute sa vie. En revanche, il n'était pas sûr de lui suffire. Il ne lui restait plus qu'à espérer que l'euphorie qu'ils venaient de partager durerait très longtemps.

Durant ce week-end au moins, ils vivaient comme un

vrai couple, loin des soucis quotidiens qu'ils allaient devoir affronter, une fois rentrés chez eux.

Bientôt, il leur faudrait assumer leurs responsabilités professionnelles et familiales. Leur mariage de convenance, qui n'en était déjà plus vraiment un, survivrait-il au contact de la réalité ?

Quand Emmy se réveilla, il lui fallut un moment avant de comprendre où elle se trouvait. Elle crut d'abord qu'elle rêvait en voyant dans quel cadre somptueux elle avait ouvert les yeux, puis elle se rappela qu'elle était en voyage de noces avec Sam. Aussitôt, un sourire bienheureux se dessina sur son visage. Un sourire qui disparut dès que, se tournant dans le lit, elle découvrit qu'il n'y avait personne à côté d'elle. Elle s'assit, ramenant sur elle les draps de soie pour couvrir sa nudité, et regarda autour d'elle. Les vêtements de Sam avaient disparu. Seuls les siens étaient là, éparpillés sur le sol.

Elle sentit les larmes affluer à ses paupières. Peut-être qu'au petit matin Sam avait regretté d'avoir franchi la ligne rouge avec elle et qu'il avait préféré prendre ses distances... Elle ne pensait pas qu'il soit rentré à Londres sans elle, mais le seul fait qu'il soit parti se promener sans même le lui dire montrait que quelque chose n'allait pas.

La nuit dernière, elle avait été au comble du bonheur, car elle s'était sentie aimée au-delà de tout ce qu'elle aurait cru possible. Elle aurait dû savoir que tout cela était trop beau pour être vrai. Aujourd'hui, elle revenait brutalement sur terre pour affronter de nouveau la réalité. Elle espérait seulement que, quel que soit le problème qui était apparu pendant qu'elle dormait, Sam aurait la décence de rester discret. Ils étaient censés constituer un front uni et elle se sentirait humiliée s'il avait laissé un message à la réception l'informant qu'il la quittait.

Elle se demandait si elle devait s'habiller et faire ses bagages, ou bien prendre d'abord une douche, lorsque la porte s'ouvrit. Voyant Sam entrer dans la chambre en tenant deux tasses dans les mains et un sac en papier entre les dents, elle éclata en sanglots.

Il laissa tomber le sac en papier sur le lit et posa les deux tasses sur la table de nuit.

— Quoi ? Qu'est-ce qu'il y a ?

Elle essaya de sourire à travers ses larmes, consciente qu'elle devait avoir l'air grotesque.

— J'ai cru que tu étais parti.

Il fronça les sourcils et s'assit au bord du lit.

— Mais pourquoi aurais-je fait cela ?

— J'ai pensé que tu regrettais ce qui s'est passé cette nuit.

Elle avait peur de le regarder, craignant qu'il n'y ait une part de vérité dans ce qu'elle venait de dire.

— Pourquoi aurais-je des regrets alors que j'ai vécu là le plus beau moment de ma vie ? Je n'ai pas l'intention de te laisser tomber, Emmy. Je ne suis pas comme tes parents ou l'un de tes ex. Je suis ton mari.

Il lui saisit le menton pour l'obliger à le regarder dans les yeux. Il était sincère, mais aussi déçu qu'elle ait pu l'imaginer capable de se comporter aussi mal avec elle.

— Je suis désolée. Mais il va me falloir un peu de temps pour m'habituer à cela.

À faire confiance à quelqu'un.

— Tu dormais. Je me suis levé pour aller à la boulangerie chercher des croissants sortant du four. Je n'irais nulle part sans toi. Surtout quand tu es là, allongée toute nue dans le lit.

Il passa sa chemise par-dessus la tête et se rua sur Emmy.

Elle poussa un petit cri ravi quand il s'empara de sa

bouche et, de nouveau, elle s'abandonna avec délice dans ses bras.

— Et le petit déjeuner ? demanda-t-elle en faisant la moue.

— On s'en fiche ! Il y a une seule chose que j'ai envie de dévorer ce matin, c'est toi, dit-il en faisant semblant de lui grignoter le cou.

Elle éclata de rire et oublia aussitôt toutes ses angoisses.

— Je pourrais bien finir par m'y habituer, soupira Emmy en se laissant aller contre la large poitrine de Sam.

Il lui passa l'éponge sur les épaules et laissa l'eau chaude ruisseler sur ses seins.

— Pas trop quand même, dit-il. Nous avons un avion à prendre de bonne heure demain matin.

Il l'embrassa dans le cou et l'enlaça.

— Non, non, je ne veux pas t'écouter ! s'écria-t-elle en se bouchant les oreilles.

— Petite maligne !

Elle se retourna et lui tira la langue. Sam lui attrapa les jambes et la fit pivoter, de sorte qu'elle se retrouva à califourchon sur lui.

— C'est beaucoup mieux ainsi, dit-il.

Sa voix avait changé, passant d'un ton moqueur à des intonations pleines de sensualité.

— Encore ?

Elle avait du mal à le croire, car ils avaient déjà passé presque toute la journée à faire l'amour. Elle ne s'en plaignait pas, bien au contraire ! Certains auraient pu penser qu'il était dommage de rester à l'hôtel au lieu de visiter la ville qu'elle avait si longtemps rêvé de découvrir. Mais il lui avait paru beaucoup plus important de passer du temps avec Sam. Peut-être n'en aurait-elle plus beaucoup l'occasion. Malgré tout ce qu'il lui avait dit, elle n'était pas certaine que ce mariage durerait.

— C'est notre lune de miel ! Il faut en profiter.

Il la porta jusqu'au lit, sans se soucier de se sécher avant.

Cette fois, ils firent l'amour en prenant tout leur temps. Allongés sur le flanc, ils se regardaient les yeux dans les yeux. Sam la pénétra encore et encore, et chaque fois semblait être la première. Chacun de ses coups de reins provoquait chez Emmy autant de surprise que de plaisir. Enroulée autour de lui, elle savait qu'elle avait enfin trouvé la place exacte où elle voulait être.

10.

— Arrête de donner des coups de pied dans le siège du monsieur, Stevie.

— Non !

— Fais ce que je te dis, sinon je te confisque ta console de jeux.

— Tu es trop dur avec lui, Dan.

— Il faut bien que l'un de nous deux le recadre si l'on ne veut pas qu'il finisse mal.

Sam écoutait les échanges peu amènes de la famille qui occupait la rangée derrière lui. Subissant depuis un bon moment les coups que le jeune Stevie assénait dans son fauteuil, il s'efforçait de ne pas y prêter attention, mais le fonctionnement de cette famille le mettait mal à l'aise.

Assise du côté du hublot, Emmy dormait, ce qui n'avait rien de surprenant. Ils étaient restés au lit tout le week-end et en étaient sortis épuisés.

Il aurait voulu prolonger leur séjour à Paris afin qu'ils puissent mieux se découvrir avant de reprendre le cours normal de la vie. Même s'ils se connaissaient depuis longtemps, apparemment il y avait encore beaucoup de choses qu'ils ignoraient l'un de l'autre. Jamais il n'aurait pensé qu'Emmy souffrait d'un sentiment d'abandon profondément enraciné en elle depuis l'enfance.

S'il avait été au courant du problème d'Emmy, il aurait hésité à l'épouser. Car il risquait de la blesser s'il ne parvenait pas à répondre à ses attentes. À présent, il redoutait plus que jamais de répéter les erreurs de son père.

Il avait vraiment l'intention de prendre soin d'Emmy et de leur enfant, mais il savait par expérience que la vie ne se déroule pas toujours comme on le souhaite.

Et si son travail l'accaparait au point qu'il délaisse sa propre famille ? Si Emmy et lui s'apercevaient qu'une sexualité épanouie ne suffisait pas à consolider leur mariage ? Lorsqu'ils seraient rentrés à Londres, elle voudrait sans doute qu'ils dorment dans la même chambre, resserrant ainsi leur lien et lui mettant encore plus la pression pour se montrer comme le mari idéal. C'était par peur de se retrouver dans ce genre de situation qu'il n'avait jamais voulu se marier.

Après cette parenthèse magique à Paris, il craignait de ne pas être à la hauteur des attentes d'Emmy et de baisser dans son estime.

— J'ai besoin d'aller aux toilettes.

— Dan, emmène-le.

— C'est toujours moi qui le fais.

— Désolée si c'est trop te demander que d'accompagner ton fils aux toilettes. C'est moi qui devrais m'en charger, c'est ça ? Comme d'habitude.

— Je travaille, Sharon.

— Et moi pas ? Au moins, toi, tu es payé et tu n'es pas obligé de rester coincé à la maison.

Cette famille, qui venait sans doute de passer de bons moments dans un parc d'attractions ou à la plage, replongeait dans les querelles domestiques sur la route du retour.

Soudain, Sam se sentit étouffer, piégé dans cet avion où il était forcé d'écouter une conversation qui reflétait ce qu'il redoutait le plus.

— À plus tard, lança Emmy en sortant de la voiture.

Elle ne reçut aucun petit signe de la main ni aucun baiser de la part de Sam avant qu'il s'éloigne pour trouver une place où se garer. Elle resta là un moment, confuse, cherchant ce qu'elle avait bien pu faire de mal.

Il en était ainsi depuis leur retour de Paris. Leur lune de miel était bel et bien finie. Elle avait essayé de l'interroger sur son brusque changement d'attitude, mais il s'était contenté de répondre qu'il était très occupé et fatigué. Sauf qu'il avait pris ses distances avec elle dès l'instant où ils étaient sortis de l'avion et avaient posé le pied sur le sol britannique.

Elle avait cru qu'ils reprendraient leur relation amoureuse là où ils l'avaient laissée dans leur chambre d'hôtel parisienne, mais ça n'avait pas été le cas. Finis, les bains pris ensemble et les nuits passées dans les bras l'un de l'autre. Sam semblait même l'éviter. Leurs horaires de travail ne correspondaient pas, et les soirs où ils se retrouvaient tous les deux chez eux, Sam avait toujours de la paperasserie à faire – dans une autre pièce que celle où elle se trouvait.

Elle allait se coucher le cœur en berne, sans même pouvoir pleurer tant elle se sentait vide. Telle était sa vie, désormais. Et dire qu'elle avait cru un moment qu'ils pourraient être heureux ensemble…

Elle n'avait personne à qui se confier. Ses collègues pensaient que sa romance avec Sam était digne d'un roman à l'eau de rose. Quant aux membres de sa famille, ils ne se remettraient pas d'apprendre que le mariage qu'ils avaient célébré n'avait été qu'un leurre. Si Sam et elle venaient à se séparer, prendraient-ils seulement son parti ? Rien n'était moins sûr… Ils lui diraient probablement que Sam était un brillant médecin et qu'elle devait s'estimer chanceuse qu'il se soit intéressé à elle. À leurs yeux, ce serait elle la fautive.

Il en était toujours ainsi : on lui donnait tous les torts.

Lorsque des disputes éclataient autrefois entre les jumelles et elle, leurs parents tranchaient systématiquement en faveur de Lorna et de Lisa, leur trouvant mille excuses.

« Elles ne savaient pas… »

« Elles ne l'ont sûrement pas fait exprès… »

Les Jennings adoraient Sam, il faisait partie de la famille. Si Emmy se séparait de lui, ce serait à elle qu'on ferait des reproches.

Peut-être aurait-il mieux valu qu'elle élève son enfant seule. Au moins n'aurait-elle pas eu l'illusion qu'il existait un lien d'amour entre Sam et elle.

Avait-elle rêvé ce séjour à Paris ? Se pouvait-il qu'elle se soit trompée sur les sentiments que Sam lui avait alors manifestés ? Après qu'ils se furent donné du plaisir, peut-être était-il passé à autre chose… Avait-il rencontré une autre femme ? Cette idée lui broyait le cœur.

Durant leur escapade romantique, il lui avait déclaré qu'elle était la seule femme qu'il aurait pu épouser, mais pas la seule femme avec qui il pouvait coucher. Il ne lui avait pas juré fidélité, mais elle avait espéré que cela ferait partie du contrat.

Emmy ignorait si Sam entretenait une liaison avec une autre femme, mais elle connaissait ses appétits sexuels. Étant donné qu'ils n'avaient pas dormi ensemble depuis leur retour à Londres, ce n'était plus qu'une question de temps avant qu'il cherche à satisfaire sa libido. Il n'aurait aucun mal à trouver une femme plus séduisante et plus mince que sa fausse épouse, enceinte jusqu'aux yeux. Pourquoi se priverait-il de relations intimes ? Emmy serait la seule à souffrir, se demandant tous les soirs où il rentrerait tard avec qui il était, et pourquoi ce n'était pas elle.

En prenant son poste, ce jour-là, elle éprouvait donc une certaine appréhension, consciente du danger auquel était confronté son mariage. À moins qu'elle parvienne à convaincre son mari qu'elle était la seule femme dont il avait besoin dans sa vie, son avenir s'annonçait plus sombre que jamais. Elle n'avait pas envie que son bébé arrive dans un foyer où les parents vivent séparément, avec une mère malheureuse accrochée à un homme qui ne peut lui donner ce qu'elle désire. Sam avait essayé de la mettre en garde, de lui expliquer pourquoi le mariage n'était pas fait pour lui, mais hélas, elle l'aimait plus encore qu'au premier jour.

Ce soir, elle mettrait les choses au clair avec lui. Elle avait besoin de réponses avant l'arrivée du bébé. Il lui fallait savoir une fois pour toutes s'ils formaient ou non un vrai couple. Certes, elle risquait gros à pousser Sam dans ses retranchements, mais elle ne pouvait continuer à souffrir en silence. S'il la rejetait, alors elle saurait qu'elle avait été folle d'imaginer Sam amoureux au point de passer sa vie avec elle.

Sam était anéanti. Emmy lui avait laissé un bref message sur son répondeur téléphonique, lui demandant s'il pouvait lui accorder un moment ce soir. Cela révélait à quel point leur pseudo-mariage battait de l'aile. Oui, il avait cherché à la fuir, dans son intérêt à elle. Mais il craignait plus que tout de la perdre, aujourd'hui. Bien qu'il ne puisse s'attendre à ce qu'elle accepte une relation qui la rendait si malheureuse, il ne voyait pas comment éviter de lui faire du mal sinon en gardant ses distances avec elle.

Ce n'était pas loyal de prétendre qu'ils avaient fait un vrai mariage, ni de considérer qu'il s'agissait d'une union factice. Ils étaient tombés dans un entre-deux en faisant l'amour ensemble, ce qui brouillait tout.

S'ils se séparaient, ce devrait être à l'initiative d'Emmy. Il ne voulait pas être celui qui, une fois de plus, la laisserait tomber.

— Vous venez boire un verre ? demanda Ben, l'un des infirmiers du service, au moment où Sam s'apprêtait à rentrer chez lui.

— Non, Emmy a prévu quelque chose.

Ben laissa échapper un petit sifflement.

— Veinard ! Profitez-en. Dès que les enfants seront là, vous n'aurez plus l'occasion de planifier des rendez-vous coquins.

Sam rit, même s'il n'avait pas le cœur à cela.

— C'est noté, répondit-il simplement.

Il n'avait aucune envie que la conversation aille plus loin, d'autant plus que personne encore n'était au courant de la grossesse d'Emmy.

Quand le bébé serait né, avec le manque de sommeil et la fatigue nerveuse, Emmy risquait de se sentir prise au piège dans ce mariage. Et lui aussi, il en avait peur. Peut-être était-ce pour cela que son père était passé d'une maison à l'autre, d'une famille à l'autre, sans jamais rester suffisamment longtemps pour s'investir et contribuer de façon positive à la bonne marche du foyer.

Si Emmy et lui n'arrivaient pas à admettre qu'ils avaient commis une erreur, ils risquaient de faire peser leur frustration sur la vie de leur enfant, ce qui les rendrait finalement tous malheureux.

— Docteur Goodwin ! Ah, vous êtes encore là. Pouvez-vous venir nous donner un coup de main avec un jeune patient qui vient d'arriver ?

Une infirmière travaillant aux urgences pédiatriques, visiblement stressée, était entrée en trombe dans la salle du personnel. Elle avait paru soulagée en voyant que Sam n'avait pas encore quitté l'hôpital pour rentrer chez lui.

Il songea à Emmy qui l'attendait à la maison, espérant avoir enfin une explication avec lui. Il n'était pas un lâche, mais il savait où étaient ses priorités.

— Oui, bien sûr. J'arrive.

Il ne demanda même pas dans quel état était le patient, certain qu'il devait aller à son chevet. La vie du garçon dépendait peut-être de lui, pas celle d'Emmy. Elle le comprendrait – du moins l'espérait-il.

— Je t'ai attendu.

— Tu n'aurais pas dû.

Sam ôta son manteau et se laissa tomber dans le fauteuil le plus proche. Emmy était assise dans le noir, près de la fenêtre. Elle avait dû guetter son arrivée.

Il avait espéré qu'elle était allée se coucher, car son intervention auprès du patient l'avait retenu à l'hôpital jusqu'à minuit passé.

— J'étais inquiète.

— Je t'ai avertie que j'étais retenu au travail.

Il était fatigué et irritable après une soirée difficile aux urgences. Le moment était particulièrement mal choisi pour discuter avec Emmy. Oui, il pensait qu'elle serait plus heureuse sans lui, mais il ne voulait pas qu'elle en vienne à le détester. Il restait le père du bébé et il était important qu'il garde de bons rapports avec Emmy. Ainsi, ils pourraient partager les tâches parentales et montrer un front uni, dans l'intérêt de leur enfant, en cas de difficultés.

— Oui, mais je n'ai eu aucune nouvelle ensuite, dit-elle froidement.

Il haussa les épaules, comme pour lui signifier qu'il n'avait pas de comptes à lui rendre sur son emploi du temps. Il lui en coûtait de se comporter ainsi avec elle, mais il se rappela qu'il le faisait pour le bien de tous.

— Au cas où tu l'aurais oublié, nous ne sommes pas *vraiment* mariés.

— Oh !

On eût dit qu'elle venait de recevoir un coup de poing dans le ventre. Il dut se cramponner aux accoudoirs de son fauteuil pour ne pas se précipiter vers elle, se jeter à ses pieds et se confondre en excuses.

Au lieu de quoi, il se montra encore plus brutal.

— Tu as eu ton petit voyage de noces romantique, mais maintenant nous sommes revenus dans le monde réel. J'ai d'autres responsabilités et d'autres priorités. Je pensais que tu l'avais compris, Emmy.

— Je croyais… je croyais qu'après notre séjour à Paris, nous allions avancer dans notre relation et essayer de devenir un vrai couple.

— Emmy, dois-je te rappeler que notre mariage est une union de convenance ? Pour moi, cela signifie que nous allons continuer de mener notre vie chacun de notre côté tout en élevant notre enfant ensemble.

— Pour toi, cela veut dire coucher avec d'autres femmes ?

Il aurait voulu crier : « Non ! », mais il se retint.

— Tu savais qui j'étais quand tu m'as épousé, répondit-il d'un ton calme.

Il y eut un long silence.

— Alors, je crains de ne pas pouvoir continuer, Sam. Je ne peux pas rester ta femme si cela me rend aussi malheureuse. Ce n'est bon pour personne.

Elle se leva de sa chaise, tandis qu'il restait assis, n'essayant même pas de la retenir.

— Je suis désolé qu'on en arrive là, conclut-il simplement.

C'était la seule phrase sincère qu'il ait prononcée depuis son retour à la maison.

Emmy ne pouvait se résoudre à annoncer à qui que ce soit sa rupture avec Sam. Impossible d'en parler à ses collègues et encore moins à sa famille. On lui aurait posé trop de questions, or comment expliquer la situation sans avouer que ce mariage n'avait été qu'une mascarade ? Le pire, c'était qu'elle n'avait même pas été capable de faire durer cette fausse union. C'était si pathétique, une femme qui se mariait pour trouver la sécurité et qui se retrouvait seule un mois plus tard !

Ne voulant confier ses soucis à aucun proche, elle n'avait nulle part où aller après avoir quitté Sam. Partir lui était apparu être la seule solution pour échapper à l'atmosphère toxique qui se serait sûrement développée entre eux si elle avait continué à vivre sous le même toit que lui.

Elle ne parvenait pas à s'expliquer comment les baisers passionnés échangés à Paris avaient fait place, dès leur retour à Londres, à une telle froideur. Le mari amoureux s'était transformé en un simple colocataire.

En fait, Sam était redevenu celui qu'elle avait toujours connu : un séducteur qui aimait les femmes et qui n'avait aucunement l'intention de s'engager. En le quittant, elle protégeait leur enfant. Il n'aurait pas à grandir dans un environnement malsain.

— Merci d'avoir répondu si vite à ma requête, monsieur Sutherland. J'apprécie vraiment.

Après quelques nuits passées dans un hôtel bon marché, Emmy savait qu'elle devait trouver un logement avant d'avoir épuisé toutes ses économies. Elle n'irait chez ses parents qu'en dernier ressort. Heureusement, elle avait eu l'idée de reprendre contact avec son ancien propriétaire.

— Je ne peux rien porter pour vous, dit le vieil homme. Voici la clé. Le loyer devra être payé à la fin du mois, conclut-il d'un air grognon avant de redescendre la rue.

— C'est très bien, je n'ai pas grand-chose avec moi, lui cria-t-elle de loin.

Malgré le visage bourru qu'il affichait, elle aurait volontiers couru après lui pour le serrer dans ses bras.

Retrouver son ancien appartement était comme une lumière au milieu des jours sombres qui avaient succédé à sa pseudo-lune de miel.

Elle étouffa un bâillement. Il était tard. Debout sur le trottoir, entourée de ses bagages, elle ne rêvait que d'une chose : monter se coucher. Chargée de son sac à dos, son sac à main accroché à l'épaule, elle tira sur la poignée de sa valise à roulettes et commença à grimper les marches. La valise était si lourde qu'Emmy dut la hisser des deux mains et monter en marche arrière, tournant le dos à l'escalier.

La prochaine fois qu'elle quitterait un mari, elle veillerait d'abord à louer les services d'un déménageur.

Arrivée chez elle, elle laissa tomber tous ses bagages sur le parquet, les poumons en feu et les muscles douloureux, et alla s'affaler sur le canapé. Elle sentit son portable vibrer dans sa poche. Elle l'avait mis sur le mode « silencieux », car elle ne voulait parler à personne. Agacée par la vibration qui s'éternisait, elle jeta un coup d'œil sur l'écran. C'était Sam qui l'appelait.

Pas question de répondre à quelqu'un qui s'était comporté aussi mal avec elle. Ce n'était pas comme s'il était venu lui présenter ses excuses ou la supplier de lui pardonner. Sans doute lui téléphonait-il pour faire annuler leur mariage, ou pour l'implorer de ne rien dire à David, ou encore pour parler de ses droits de garde concernant leur bébé à naître. Étant donné la rapidité avec laquelle il était passé du rôle d'époux aimant à celui de candidat au célibat, elle restait sceptique sur son envie de jouer les pères responsables. Durant deux jours, elle n'avait cessé de pleurer à cause de lui, et rien ne l'obligeait à lui parler maintenant.

Le fait qu'il travaillait dans le même hôpital qu'elle n'allait pas lui faciliter la vie. Elle aurait du mal à l'éviter. Elle allait devoir décider bientôt de ce qu'elle allait faire, avant que sa grossesse soit trop avancée pour lui permettre d'entreprendre quoi que ce soit. S'il ne quittait pas l'hôpital, ce serait à elle de le faire. Tout allait finir par se savoir et elle serait alors obligée de mettre sa famille au courant de la situation.

Peut-être le moment était-il venu pour elle de prendre un nouveau départ et d'aller travailler dans un autre hôpital, en jonglant entre ses obligations professionnelles et ses responsabilités de mère. Même si elle souhaitait que ses parents la secondent et puissent jouer à l'occasion les baby-sitters, elle ne pouvait pas vraiment compter sur eux.

Comment penser qu'ils la soutiendraient et qu'ils aimeraient son bébé alors qu'elle avait grandi en doutant de leur amour pour elle ? Elle ne voulait pas que son enfant ait, comme elle, l'impression de rester un étranger dans la famille. Si ce devait être le cas, elle préférait partir et vivre seule avec son bébé. Après tout, elle ne pouvait compter que sur elle-même.

Le téléphone vibra de nouveau. C'était encore Sam. Il avait laissé un message vocal.

« C'est Sam. J'espérais pouvoir te parler. Je veux m'assurer que tu vas bien. Personne n'a l'air de savoir où tu es. Et, heu… je suis encore le père de ce bébé. Tu sais où me joindre. »

C'était bien là le cœur du problème. À son grand regret, elle ne pouvait pas modifier le passé, ni la biologie. Sam était le père, elle était la mère et, quelle que soit leur relation, elle voulait le meilleur pour son enfant. Restait à savoir en quoi cela consistait : renoncer à partir et donner à Sam une seconde chance, ou bien s'en aller afin de prendre un nouveau départ toute seule.

Épuisée, elle n'avait plus la force de réfléchir aux autres changements qu'elle pouvait opérer dans sa vie. C'était maintenant au tour de Sam de trouver des solutions.

11.

Sam n'était plus que l'ombre de lui-même. Depuis qu'Emmy était partie, il avait perdu l'appétit et le sommeil. Ayant pris l'habitude depuis toujours de séparer sa vie privée de sa vie professionnelle, il parvenait encore à faire son travail au mieux de ses compétences. Mais il se rongeait d'inquiétude pour Emmy et leur bébé, et regrettait amèrement de s'être comporté comme un imbécile.

— Emmy, je t'en prie, parle-moi…

Une fois de plus, il laissa sur son répondeur téléphonique un message désespéré.

Il n'était pas surprenant qu'elle ne veuille plus avoir le moindre contact avec lui. Il l'avait chassée de la maison afin de lui épargner d'être malheureuse auprès de lui, mais son plan n'avait que trop bien marché. Elle semblait s'être évaporée.

S'il n'avait pas été aussi occupé à pleurer sur son propre sort, il se serait rendu compte que la disparition d'Emmy avait quelque chose d'alarmant, et de plus sérieux que sa maison vide et son cœur brisé. Il lui avait fallu quelques jours pour lécher ses blessures et déplorer la situation qu'il avait lui-même créée, après quoi il avait commencé ses recherches, effrayé par le silence prolongé d'Emmy.

Ravalant sa fierté, il commença à interroger son entourage professionnel, demandant si quelqu'un avait des nouvelles de sa femme.

— Vous l'avez déjà perdue ? s'enquit Shelley, une infirmière qui travaillait avec Emmy aux urgences pédiatriques.

— Oui. Euh, nous faisons un petit break, mais je voudrais m'assurer qu'elle va bien.

Les collègues d'Emmy parurent surprises d'apprendre qu'ils étaient déjà séparés, et Emmy n'apprécierait sans doute pas qu'il ait divulgué une information aussi intime, mais il commençait à s'affoler. Tout ce que les infirmières purent lui indiquer, c'est qu'Emmy avait demandé quelques jours de congé.

Sam n'avait maintenant d'autre choix que de se rendre chez les Jennings pour les questionner. Sur la route, il sentit l'angoisse monter en lui. Si Emmy avait déjà mis sa famille au courant de la situation, il risquait d'être mal reçu. Dans le cas contraire, il lui faudrait expliquer comment Emmy et lui se retrouvaient dans cette situation.

Il inspira profondément puis appuya sur la sonnette. Il était là pour retrouver sa femme et leur bébé, et non pour soigner son image.

Ce fut Dave qui lui ouvrit.

— Sam ? Qu'est-ce que tu fais ici ? Emmy est restée dans la voiture ?

Emmy n'était donc pas chez ses parents et la famille ignorait qu'elle l'avait quitté.

L'inquiétude de Sam ne fit que grandir.

— Non, elle n'est pas avec moi. Puis-je entrer ?

— Bien sûr, dit Dave en s'effaçant pour le laisser pénétrer dans la maison. Je ne m'attendais pas à te voir, mais je suis ravi que tu sois venu.

Sam apprécia ce soutien moral que lui apportait son ami, au moment où lui-même allait devoir avouer à ses beaux-parents qu'il s'était si mal comporté avec leur fille qu'elle était partie.

M. et Mme Jennings étaient au salon, en train de prendre le thé.

— Bonjour, Sam. Qu'est-ce qui t'amène ici ?

— Assieds-toi. Emmy est-elle avec toi ?

Sam prit place sur le canapé, écrasé sous le poids de la culpabilité à l'idée qu'il allait encore faire du mal à des gens qu'il aimait.

— Euh… je ne sais pas comment vous dire cela, mais Emmy a disparu.

— Que veux-tu dire ? s'écria Dave en se laissant tomber à côté de lui sur le canapé.

Sam se gratta la gorge.

— Elle… eh bien… nous avons décidé de nous séparer.

Il fut tenté de fermer les yeux pour ne pas voir la peine et l'incompréhension se peindre sur les trois visages lui faisant face.

Ce fut Mme Jennings qui réagit la première. Elle leva les mains en l'air et se mit à rire.

— Tous les couples se disputent ! Vous allez vous embrasser, et tout s'arrangera. Combien de fois nous nous sommes querellés, mon mari et moi, en menaçant à tour de rôle de quitter la maison ? ajouta-t-elle avec un sourire forcé.

Silence.

— J'ai l'impression que Sam nous parle de tout autre chose, commenta M. Jennings, l'air grave.

— Vous venez juste de vous marier, dit Dave, le regard sombre. Qu'est-ce qui s'est passé ?

— Cela ne pouvait pas marcher entre nous, nous nous en sommes aperçus trop tard. Mais le problème n'est pas là. Depuis qu'Emmy a quitté la maison, je n'ai plus aucune nouvelle d'elle. J'ai peur qu'il lui soit arrivé quelque chose. Surtout si elle n'a pris aucun contact avec vous autres.

La famille avait été son dernier espoir. Peut-être devrait-il signaler la disparition d'Emmy à la police.

— Eh ! Attends une minute. Tu ne peux pas nous balancer une nouvelle pareille sans nous expliquer comment vous en êtes arrivés là. Emmy t'idolâtre depuis toujours, mon vieux, alors dis-nous plutôt ce que tu as fait pour qu'elle décide de partir ?

Sam ne chercha même pas à se défendre, trop occupé qu'il était à essayer d'intégrer ce que Dave venait de lui révéler.

— Emmy m'idolâtre depuis toujours ? Comment ça ?

— Tu es sérieux ? s'exclama Dave. Vous êtes mariés, non ? Si tu ne sais pas qu'Emmy est amoureuse de toi depuis qu'elle est gamine, rien d'étonnant à ce que cela ne marche pas entre vous. Tu n'es qu'un idiot.

Sur ces mots, David se leva et alla à l'autre bout du salon, l'oreille collée à son téléphone. Sans doute essayait-il de joindre sa sœur.

Sam regarda ses beaux-parents pour vérifier si Dave avait dit vrai.

— Pourquoi crois-tu que nous étions tous si heureux de vous voir vous marier ? dit M. Jennings en secouant la tête. Nous attendions depuis des années que vous vous décidiez à vous avouer votre amour.

— Mais… mais…

Sam avait toujours eu un faible pour Emmy, cependant il avait gardé ses distances par respect pour elle et pour sa famille, jusqu'à cette fameuse soirée où il avait craqué. Depuis, ses sentiments pour elle n'avaient fait que s'intensifier. Jamais il n'avait pensé qu'elle pouvait les partager. Le séjour à Paris avait été magique, mais le marché qu'ils avaient passé tous les deux ne prévoyait pas qu'il tombe amoureux. C'était pour cette raison qu'il l'avait poussée à le quitter. Il avait eu peur de lui faire du mal. À elle, mais aussi au bébé et à lui-même.

Ces derniers jours passés sans elle lui avaient montré qu'il s'était trompé sur toute la ligne. Maintenant qu'il savait qu'elle l'aimait, il imaginait combien elle avait dû souffrir d'être séparée de lui. Lui-même s'était senti dévasté de ne plus l'avoir à son côté.

— Pourquoi as-tu l'air surpris quand on te dit qu'Emmy est amoureuse de toi ? demanda Mme Jennings. Vous en avez sûrement parlé, tous les deux. Sinon, pourquoi vous seriez-vous mariés ?

— Nous… Nous avons décidé de nous marier dans l'intérêt du bébé. Nous avons fait un mariage de convenance afin de pouvoir élever cet enfant ensemble. Sauf que… vous connaissez l'histoire de ma famille. Je ne voulais pas finir comme mon père, et faire du mal à mes proches. Lorsque j'ai réalisé que ma relation avec Emmy devenait sérieuse, j'ai pris mes distances. J'ai cru que mener des vies séparées nous épargnerait de souffrir.

— Et c'est à ce moment-là qu'elle a disparu ?

Sam hocha la tête. La honte l'avait envahi, alors qu'il expliquait aux Jennings le raisonnement stupide qu'il s'était tenu. S'ils avaient cru qu'il était l'homme idéal pour Emmy, leur opinion sur lui allait changer radicalement.

— David a raison, tu n'es qu'un idiot, dit Mme Jennings en se levant pour débarrasser les tasses et la théière.

Sam ne broncha pas. À coup sûr, il méritait toutes les insultes, et celle-là n'était pas la pire qu'il s'apprêtait à entendre. Loin de là.

— Emmy est à son travail, annonça Dave en raccrochant. De toute évidence, il n'y a que toi qu'elle cherche à fuir, ajouta-t-il en s'adressant à Sam.

— Est-ce qu'elle va bien ?

— Je viens de te le dire, elle travaille. Et elle n'était pas ravie que je l'appelle ni que tu alertes tout le monde.

— Je suis content que tu lui aies téléphoné. Au moins, je vais pouvoir demander aux équipes de secours d'arrêter les recherches !

Il essayait de faire de l'humour pour détendre l'atmosphère, maintenant que tout le monde savait qu'Emmy et le bébé allaient bien.

— Alors, qu'est-ce que tu comptes faire, Sam ?

— Tu dois arranger les choses avec Emmy.

— Cesse de jouer les crétins ou je vais devoir te flanquer une correction !

Les parents et le frère d'Emmy avaient parlé tous en même temps pour lui dire la même chose, mais il avait déjà pris sa décision. Il devait aller la voir sans perdre un instant.

Le moment était venu pour eux de s'avouer leurs sentiments. Peut-être alors auraient-ils une vraie chance d'être heureux pour former ensemble une famille.

— Il s'agit juste d'un malentendu. Sam a oublié que je devais passer quelques jours chez mes parents, voilà tout.

— Ah bon… mais il semblait vraiment très inquiet. Tu devrais peut-être l'appeler.

Shelley ne semblait guère convaincue par l'explication qu'Emmy venait de lui donner. Cependant, personne à l'hôpital n'était au courant de la situation, et Emmy espérait que Sam n'avait pas amené ses collègues à se poser trop de questions. Tout cela était en partie sa faute, pour être restée si longtemps sans lui donner de ses nouvelles ni répondre à ses messages.

Franchement, jamais elle n'aurait imaginé qu'il se

donnerait tant de mal pour essayer de la retrouver. Il avait eu l'air si pressé de mener de nouveau sa vie de célibataire !

Si elle était restée sourde à ses appels, c'était peut-être aussi parce qu'elle avait eu envie de le faire souffrir un peu. Et maintenant, cela se retournait contre elle, puisque ses collègues et son frère savaient qu'elle avait quitté le domicile conjugal. Ils devaient sûrement se demander pourquoi.

— Ce sont des choses qui arrivent. Avec nos horaires décalés, nous avons parfois du mal à communiquer, reprit-elle d'un ton léger. Nous devrions peut-être nous offrir un agenda commun pour voir ce que fait l'autre, conclut-elle avec un petit rire.

Elle avait toujours détesté mentir. À présent, elle semblait capable de le faire à n'importe quelle occasion. Tout cela pour couvrir sa fausse relation avec Sam.

Le pire, c'était que cette mascarade était un échec. Elle doutait même qu'ils puissent élever ensemble leur enfant en bonne intelligence. En effet, Sam avait prouvé qu'il était peu fiable, comme il le lui avait toujours dit.

Maintenant, elle allait devoir affronter sa famille. David l'avait contactée après que Sam se fut présenté chez les Jennings en annonçant sa disparition. Son frère avait été rassuré de la savoir au travail, mais il ne tarderait pas à lui demander une explication. Jamais il ne croirait que Sam et elle avaient essuyé une simple dispute d'amoureux.

Elle allait devoir évoquer le marché qu'elle avait conclu avec Sam en raison de sa grossesse. Sa famille aurait alors la confirmation que, même devenue adulte, elle n'était qu'une ratée dont personne ne voulait.

Elle se frotta les tempes pour essayer de faire passer un violent mal de tête. Ce matin, elle avait eu des vertiges et la chaleur étouffante de l'hôpital lui laissait la peau moite.

Elle avait sans doute attrapé un virus, pensa-t-elle. La fatigue avait dû affaiblir son système immunitaire.

Tout ce stress n'était pas bon pour le bébé. Pour mener à bien sa grossesse, Emmy devrait se ménager et, surtout, trouver un terrain d'entente avec Sam. Elle réglerait les choses à l'amiable avec lui, et dirait aussi à sa famille tout ce qu'elle avait sur le cœur.

Ensuite, elle consacrerait toute son énergie à préparer l'arrivée prochaine de son bébé.

Dès qu'elle retourna auprès de ses patients, elle oublia tous ses problèmes personnels.

— Bonjour, Liam. Comment te sens-tu aujourd'hui ?

— Bien, répondit le petit garçon. Maman m'a apporté du matériel de peinture pour m'occuper.

L'une des tables à roulettes utilisées pour les repas avait été transformée en atelier. Placée à côté du lit de Liam, elle était couverte de crayons, de papier à dessin et de boîtes de peinture.

— Ah, c'est bien, tu vas t'amuser, avec tout cela. Mais fais attention de ne pas les semer partout, sinon tu risques de te faire gronder par l'infirmière en chef.

Elle se baissa pour ramasser une feuille de coloriage, mais soudain fut prise d'un étourdissement. Il lui fallut un moment avant de recouvrer ses esprits, et elle dut se cramponner à la table de nuit le temps que le vertige cesse.

— Est-ce que ça va, Emmy ? demanda Liam qui l'observait d'un air inquiet depuis son lit.

— Je crois que j'ai voulu me redresser un peu trop vite, ne te fais pas de souci. Je reviendrai un peu plus tard contempler tes chefs-d'œuvre.

Une fois dans le couloir, hors de la vue de l'enfant, elle dut prendre appui contre le mur. Elle avait l'impression d'avoir le corps en feu. De nouveau, elle crut qu'elle allait s'évanouir.

— Au secours !

Elle n'aurait pu dire si elle avait réellement crié à l'aide. Tout ce qu'elle savait, c'était qu'elle se sentait mal et craignait de perdre le bébé.

— Emmy ? Qu'est-ce qui t'arrive ? Quelqu'un peut-il apporter un chariot ?

C'était la voix de Sam. Il lui saisit les mains tandis qu'elle se concentrait sur sa respiration.

Inspire. Expire. Tiens bon, bébé.

Elle réalisa qu'elle pleurait.

— Reste avec moi, Emmy.

Sam lui passa le bras autour des épaules pour la soutenir jusqu'au moment où des mains secourables allongèrent rapidement Emmy sur une civière.

— Sam ? Est-ce que nous sommes en train de perdre le bébé ? demanda-t-elle comme on la transportait de toute urgence en salle d'examen.

— Non, nous allons tout faire pour que cela n'arrive pas, répondit-il sans lui lâcher la main. Je suis désolé pour tout ce qui s'est passé. J'étais venu te le dire. Peu importe la suite, je suis là, près de toi. Ta famille a raison, je ne suis qu'un imbécile.

— Pourquoi dis-tu cela ? Ils t'aiment.

Moi aussi, eut-elle envie d'ajouter.

— Je t'expliquerai plus tard. Mais une chose est sûre, c'est que tu vas revenir vivre avec moi, Emmy Goodwin. J'ai besoin de toi. Je t'aime !

Tandis que tout devenait noir autour d'elle, elle songea que son cerveau lui jouait des tours. Sam ne l'aimait pas. Personne ne l'aimait. Voilà pourquoi elle ne devait pas perdre son bébé. Car elle aurait alors, pour la première et sans doute la seule fois de sa vie, quelqu'un qui l'aimerait inconditionnellement. Sans ce bébé, le bébé de Sam, elle n'aurait plus aucune raison de vivre.

La voix de Sam, qui murmurait son prénom à l'oreille, fut la dernière chose dont elle se souvint avant de sombrer.

— Je ne sais pas ce que je deviendrais s'il arrivait quelque chose à Emmy ou au bébé, dit Sam.

Il était assis sur une chaise dans le couloir de l'hôpital, la tête entre les mains. Jamais il ne s'était senti aussi impuissant qu'aujourd'hui. Ici, maintenant, il ne pouvait rien faire pour venir en aide à sa femme et à son enfant.

Le pire était de savoir que c'était probablement à cause de lui que leur vie était en danger.

— J'espère que tu ne vas pas me dire, après tout cela, que tu n'es pas amoureux d'elle, lança Dave en lui donnant une tape affectueuse dans le dos.

Étant donné les circonstances, il ne méritait pas ces marques d'amitié.

Dès qu'Emmy avait été prise en charge aux urgences, il avait téléphoné aux Jennings et les avait mis au courant de ce qui était arrivé. Aussitôt, tous étaient venus à l'hôpital pour lui apporter leur soutien moral et être proches d'Emmy. Si seulement elle pouvait les voir, à présent, avec leurs visages ravagés par les larmes et les nerfs à vif, impatients d'avoir les résultats des analyses, elle réaliserait à quel point sa famille l'aimait. Même les jumelles étaient tendues, bouleversées de savoir que leur grande sœur et son bébé étaient en train de se battre pour survivre.

Il avait la gorge nouée en songeant à l'épreuve qu'ils traversaient tous, à commencer par Emmy. Il essayait de rester fort pour elle et le bébé, mais il ne pouvait retenir ses larmes. Tous étaient témoins de l'amour qu'il portait à Emmy. Un amour qu'il avait si longtemps nié.

— Seul un imbécile pourrait prétendre une chose pareille, répondit-il à Dave en essayant de sourire.

— Notre Emmy est une guerrière, elle va se battre, déclara M. Jennings qui serrait la main de sa femme dans la sienne.

Il essayait de les convaincre qu'Emmy pouvait tout surmonter, se dit Sam. Sauf que son mariage avec lui l'avait finalement bouleversée. C'était sa faute à lui, si elle était ici, entre la vie et la mort.

Il n'avait pensé qu'à lui quand il l'avait chassée de la maison. L'avenir le terrifiait tellement ! Hanté par la crainte de ne pas être à la hauteur, il avait été incapable de voir ce dont tous les Jennings s'étaient rendu compte depuis longtemps : Emmy et lui s'aimaient et avaient peur de l'admettre. Une bonne conversation, franche, honnête, aurait pu suffire à empêcher tout ce gâchis.

Il comprenait pourquoi elle ne lui avait pas confié ses sentiments si, comme l'affirmait sa famille, elle était amoureuse de lui depuis des années. Lorsqu'il lui avait parlé mariage, il n'avait jamais été question d'amour.

Cependant, Emmy avait l'esprit romanesque. Jamais elle ne se serait mariée pour la seule raison que c'était la solution la plus logique, la plus censée. Tous ses actes étaient dictés par l'amour et l'engagement. Comment avait-il pu se montrer aussi aveugle ?

Il ne regrettait pas de l'avoir épousée ni de l'avoir mise enceinte, et jamais il n'aurait dû le lui laisser croire. Les soucis et le stress sont très mauvais pour la mère comme pour l'enfant au début d'une grossesse, mais il n'y avait pas songé. Il ne savait même pas où elle avait habité après son départ de la maison…

— Emmy est plus fragile qu'elle en a l'air, dit-il. Nous sommes tous coupables d'avoir ignoré ses sentiments, simplement parce que c'était plus commode ainsi. Je ne veux mettre personne plus mal à l'aise encore, mais il faut comprendre qu'Emmy souffre depuis longtemps. Je reconnais que, récemment, c'est moi qui lui ai brisé le cœur, et j'en assume toute la responsabilité. Dès qu'elle sera sortie d'affaire, je suis décidé à être le meilleur mari et le meilleur père possible.

Sa voix se brisa. Il souhaitait de toute son âme qu'Emmy se rétablisse et qu'il puisse lui prouver sa sincérité !

— Comment ça, elle souffre depuis longtemps ? La savais-tu malade ? demanda Mme Jennings, la main sur le cœur, comme pour contenir sa douleur.

— Je parle de souffrance affective. Emmy est très sensible et, parfois, eh bien, elle a l'impression de ne pas avoir sa place parmi vous…

Il regarda les jumelles qui baissèrent la tête, l'air penaud.

Mme Jennings poussa un petit cri, mais ce fut son mari qui se mit à protester avec vigueur.

— Emmy a toujours été désirée, dans cette famille. Elle en est un membre à part entière.

— Sam a raison, papa, intervint Dave. Nous ne prenons pas la défense d'Emmy quand ces deux-là lui lancent des piques car nous n'en faisons pas une affaire. Mais j'imagine que, pour Emmy, c'est différent. Elle se demande si elle fait vraiment partie de la famille.

Les jumelles, ravalant leurs larmes, prirent la parole en même temps.

— Nous ne voulions vraiment pas lui donner cette impression !

— Nous ne le ferons plus jamais. Je promets que nous allons essayer de mieux nous comporter !

Elles semblaient si sincèrement désolées que Sam eut envie de les croire.

— Nous ne sommes pas du même sang, mais Emmy est notre fille, et il en sera toujours ainsi, déclara Mme Jennings d'un ton déterminé. Je n'aurais jamais imaginé qu'elle ressentait les choses de cette façon, et nous ferons notre maximum pour la rassurer.

Les autres hochèrent la tête en signe d'assentiment. S'ils avaient tous échoué – y compris Sam lui-même – à donner à Emmy le sentiment de sécurité dont elle avait tant besoin, il fallait espérer qu'ils puissent faire amende honorable et se rattraper en accueillant avec amour la génération suivante.

12.

Emmy avait les lèvres sèches. Elle essaya de les humecter avec la langue, mais la tâche lui parut être au-dessus de ses forces. Plongée dans une sorte de brouillard, à mi-chemin entre veille et sommeil, elle cherchait à reprendre pied dans la réalité.

— Emmy ? Tu es réveillée ? Je pense qu'elle essaye de reprendre conscience. Je vois ses yeux bouger.

Une voix qui lui était familière lui parvenait de quelque part. Une voix qu'elle avait envie d'entendre.

— Sam ?

Le mot avait ressemblé à un croassement, mais elle avait dû attirer l'attention de Sam, car elle sentit une main agripper la sienne.

— Je suis là, Emmy. Ouvre les yeux, et tu verras.

Malgré tout ce qui s'était passé entre eux, il se trouvait à son chevet, et elle avait envie de le revoir. Elle était restée bien trop longtemps sans lui.

Il y avait d'autres bruits de voix et d'autres sons autour d'elle, mais elle restait focalisée sur ce qu'elle voulait le plus entendre en cet instant, la voix de Sam. Rassemblant ce qui lui restait d'énergie, elle souleva les paupières. Éblouie par la lumière, elle eut besoin de quelques secondes pour parvenir à focaliser son regard.

— Sam ? répéta-t-elle, le cherchant des yeux.

Il lui pressa la main.

— Je suis là, près de ton lit.

Elle tourna la tête et vit alors le beau visage de Sam penché vers elle.

— Tu n'es pas rasé, observa-t-elle.

— C'est que je me suis beaucoup inquiété pour toi.

— Pour moi ?

Elle fouilla dans sa mémoire, essayant de se rappeler ce qui s'était passé et où elle était. Tout s'embrouillait dans son cerveau et rien n'avait de sens. Pourquoi était-elle couchée dans ce lit et se sentait-elle aussi mal en point ? Pourquoi Sam était-il ici alors qu'ils avaient rompu ?

Tout lui revint d'un coup, provoquant chez elle une émotion qui la submergea. Les mots si durs que Sam lui avait dits… son départ de la maison… le travail à l'hôpital… et puis le trou noir.

Elle lui saisit la main et la posa sur son ventre, les yeux pleins de larmes.

— Le bébé… je suis désolée.

Elle était désolée pour elle, pour lui et pour le bébé qui ne verrait jamais le jour. Elle aurait dû demander de l'aide au lieu d'essayer de tout gérer seule. Son refus d'admettre qu'elle avait échoué sur tous les plans – son mariage n'avait même pas duré un mois ! – avait coûté la vie à son bébé. C'était sa faute.

— Chut, murmura Sam en chassant les larmes d'Emmy, avant de l'embrasser sur la joue.

Cette caresse si douce, si aimante, ne fit que redoubler ses pleurs. Elle songeait avec regret à tout ce qu'ils auraient pu vivre ensemble si les choses avaient été différentes.

— Tout va bien. Notre petit est aussi têtu et solide que sa mère.

L'esprit encore embrumé, elle ne comprit pas immédiatement le sens de la phrase. Puis elle vit qu'il souriait.

— Tu veux dire que… ?

— Notre bébé s'accroche. Tu as fait une infection qui

a provoqué chez toi une perte de connaissance. Tu as eu une forte fièvre et tu nous as fait très peur, mais on t'a mise sous perfusion et administré des antibiotiques. Si, à partir de maintenant, tu te ménages et que tu fais attention, la suite de ta grossesse devrait se dérouler sans problème.

— Coucou, ma chérie. Nous sommes si heureux de voir que vous allez bien, le bébé et toi.

À ce moment-là seulement, elle remarqua la présence de son père dans la chambre. Son cœur se gonfla de bonheur quand il s'approcha d'elle et l'embrassa sur la joue.

Sa mère, en pleurs, l'avait suivi. À son tour, elle se pencha vers Emmy.

— Je suis tellement désolée, Emmy, si nous t'avons donné l'impression de te tenir à l'écart. Nous étions convaincus que tu savais à quel point nous t'aimons. Tu es notre fille, même si ce ne sont pas les liens du sang qui nous unissent.

Emmy réussit à s'asseoir pour serrer sa mère dans ses bras. Les jumelles apparurent alors, de chaque côté du lit, pour étreindre ensemble leur grande sœur.

— Nous regrettons vraiment toutes les méchancetés que nous avons pu te dire ou te faire, Emmy.

— Pourras-tu jamais nous pardonner ? Nous serons les meilleures tantes du monde, c'est promis.

Emmy jeta un regard à Sam qui tenta de prendre un air innocent, mais elle n'était pas dupe. Elle était sûre qu'il était pour quelque chose dans cette soudaine démonstration d'affection à laquelle sa famille venait de se livrer, et elle lui en était profondément reconnaissante.

David vint aussi l'embrasser et la prendre dans ses bras, apparemment trop ému pour lui dire autre chose que « C'est bon de te voir de retour, petite sœur ».

— Pourriez-vous nous laisser un moment en tête à tête, Emmy et moi ? demanda Sam.

Elle s'étonna du fait qu'ils avaient pu tous entrer en

même temps dans sa chambre alors que la règle de l'hôpital n'autorisait pas plus d'un ou deux visiteurs à la fois. Là encore, c'était sans doute grâce à l'intervention de Sam. Pourquoi se montrait-il aussi prévenant, après lui avoir signifié qu'il ne voulait plus d'elle ?

— Oui, bien sûr, dit le père d'Emmy. Laissons ces deux-là régler leur problème.

Restée seule avec Sam, Emmy se tourna vers lui, perplexe.

— Que se passe-t-il, Sam ? Je veux dire… je suis contente de vous voir tous ici, mais maintenant que je suis rétablie, tu n'es pas obligé de rester. Tu n'as plus à faire semblant. Nous avons décidé d'un commun accord de nous séparer.

— Je ne fais pas semblant, Emmy. Si je suis près de toi, c'est parce que j'en ai envie.

— Qu'est-ce que cela veut dire, Sam ? Je suis trop fatiguée pour jouer aux devinettes. Dis-moi ce que tu veux.

Il lui avait clairement dit que leur lune de miel était bel et bien finie, et qu'il n'avait plus envie de former un vrai couple avec elle. Elle s'était alors préparée à prendre un nouveau départ et à vivre sans lui, lorsqu'elle avait eu ce malaise. Maintenant que le danger était passé, elle ne voulait pas faire marche arrière et retourner chez Sam sous prétexte qu'il pensait devoir prendre ses responsabilités et s'occuper d'elle.

Ils avaient déjà tenté l'expérience et cela n'avait pas fonctionné. La prochaine fois qu'elle s'installerait avec quelqu'un, ce serait avec un homme qui l'aimerait autant qu'elle l'aimait. Le bébé et elle le méritaient bien.

— Je veux que tu rentres à la maison avec moi.

Emmy soupira. Elle mourait d'envie de dire oui, mais refusait que Sam fasse partie de sa vie à n'importe quel prix. Cela faisait trop mal. Elle ne pouvait plus se permettre d'être égoïste si cela signifiait qu'elle mettait en danger son bébé et son cœur.

— Sam… Je ne suis pas un problème auquel tu dois trouver une solution. Tu n'es pas tenu de me ramener chez toi sous prétexte que je me suis retrouvée hospitalisée. J'ai réintégré mon ancien appartement, et j'envisage, plus tard, de me rapprocher de ma famille.

— Notre maison t'attend, Emmy… Notre bébé va bientôt naître et…

— Sam, coupa-t-elle, ce mariage de convenance ne me convient pas. Je croyais pouvoir vivre ainsi mais la vérité, c'est que… j'ai des sentiments pour toi. Et cela complique tout.

— Quel genre de sentiments ?

— Je te demande pardon ?

— Je comprendrais que tu refuses de vivre avec moi si tu éprouvais une véritable aversion envers moi, après la façon dont je me suis comporté. Mais s'il s'agit d'autre chose, je voudrais que tu me le dises.

— Pourquoi ? Pour que je me sente encore plus humiliée ? Quelle importance, maintenant ? Cela ne change rien à notre situation.

Emmy refusait de s'imposer dans la vie de Sam. Elle avait sa famille et bientôt elle aurait son bébé. Sa vie serait remplie d'amour.

— Je ne voudrais pas être celui qui dit « Je t'aime » sans recevoir la même déclaration en retour…, répondit Sam.

Il la regardait d'un air penaud, comme l'adolescent qu'il était quand il venait voir Dave et passait du temps avec elle. L'aimait-il ? Elle sentit son cœur s'affoler.

— Tu le penses vraiment ? Je ne veux pas que tu dises cela simplement pour me convaincre de retourner vivre avec toi et soulager ainsi ta conscience.

Sam secoua la tête.

— J'étais venu t'avouer mes sentiments juste avant que tu fasses ce malaise. Sans toi, je me suis senti perdu. Je regrette tellement de t'avoir laissée quitter la maison. J'avais peur de répéter les erreurs de mon père. Ce n'est pas une excuse, je sais. Je t'ai blessée alors que c'était précisément ce que je voulais éviter de faire. En découvrant mes sentiments pour toi, j'ai pensé que cela rendrait les choses plus difficiles encore. Je t'ai laissée tomber…

— Tu n'as laissé tomber personne. Mais j'attends encore ces trois petits mots…

Il lui prit le visage entre les mains et se pencha vers elle.

— Je t'aime, Emmy. Je t'ai probablement toujours aimée, même si j'étais trop stupide pour m'en rendre compte. Je suis là pour toi, si tu veux bien de moi ?

C'étaient les mots qu'Emmy avait toujours rêvé d'entendre, mais, dans son intérêt comme dans celui de son bébé, elle devait se montrer prudente.

— Moi aussi, je t'aime, mais est-ce suffisant, Sam ?

Il l'avait pratiquement jetée dehors, en lui disant qu'il ne voulait pas d'un « véritable » mariage. Que s'était-il passé, ces derniers jours, pour qu'il change ainsi d'avis ?

— Je n'ai pas été honnête avec toi, ni avec moi, parce que j'avais peur des conséquences. Tout ce que je peux t'offrir maintenant, c'est mon amour, et la promesse de mieux me comporter avec toi à l'avenir.

Il repoussa sa chaise et s'agenouilla près du lit.

— Je vous aime, madame Goodwin, et j'espère que vous me ferez l'honneur de devenir ma femme.

Emmy sourit à travers ses larmes. Des larmes de bonheur. Avec sa demande en mariage, Sam marquait des points, cette fois.

— Oui, oui, je le veux, monsieur Goodwin.

Si Sam affrontait ses peurs et les fantômes du passé

pour s'engager dans cette relation avec sincérité, elle aussi devait laisser derrière elle ses doutes et ses angoisses.

Sam avait toujours été là pour Emmy, l'appréciant pour ce qu'elle était. Il leur avait seulement fallu beaucoup de temps pour comprendre qu'ils s'aimaient.

Épilogue

Quinze mois plus tard

— Vous pouvez embrasser la mariée.

Emmy sourit à son mari, attendant qu'il lui donne ce baiser en même temps qu'ils renouvelaient leurs vœux de mariage. Au lieu de quoi Sam lui prit le bébé qu'elle avait tenu dans ses bras durant toute la cérémonie.

— Je crois qu'Abigail serait ravie d'aller rejoindre ses chères tantes, dit-il en passant l'enfant à Lorna et à Lisa pour qu'elles veillent sur elle.

Emmy leur avait demandé d'être les marraines de la petite fille. Elle tenait à ce que les jumelles fassent partie de sa famille. Depuis le grave malaise qu'elle avait eu pendant sa grossesse et qui avait effrayé son entourage, ses jeunes sœurs s'étaient montrées très affectueuses envers elle. Elles se révélaient maintenant des tantes fantastiques pour la petite Abigail qu'elles adoraient. Comme tous les Jennings, d'ailleurs.

Une fois qu'Emmy eut les bras libres, Sam l'enlaça et lui donna un baiser digne d'une comédie romantique. Emmy et lui s'aimaient plus que jamais et ils tenaient à rattraper le temps perdu. Devoir s'occuper d'une très jeune enfant ne les empêchait pas de se garder du temps pour eux. Leur relation était leur priorité absolue, et Emmy n'aurait pu être plus heureuse.

Aujourd'hui, ils célébraient deux événements. Le baptême

d'Abigail avait précédé le renouvellement de leurs vœux de mariage. Ils y avaient tenu tous les deux, voulant cette fois que la cérémonie prenne tout son sens. C'était un mariage d'amour, sincère et loyal.

Sam était un mari merveilleux et un papa très présent. Il avait fini par se libérer de sa peur de reproduire le schéma paternel.

— J'ai une surprise pour vous, madame Goodwin, lui glissa-t-il à l'oreille.

— Encore une ?

Sam ne cessait de la couvrir de petits cadeaux et d'attentions délicates, cherchant constamment à lui montrer combien il l'aimait.

— Tes parents ont accepté de garder Abigail pour que nous puissions partir en voyage de noces.

— Où cela ? demanda Emmy d'une voix haletante.

Même si elle adorait son bébé, la perspective de passer quelques jours en tête à tête avec Sam la mettait aux anges.

— Où cela ? Mais à Paris, bien sûr !

Il sourit, conscient d'avoir visé juste en réservant une aussi belle surprise à sa femme.

Emmy laissa échapper un cri de joie avant de serrer Sam dans ses bras.

— Je t'aime, Sam Goodwin.

— Voilà une bonne nouvelle. Car je t'aime aussi, Emmy Goodwin.

Sur ces mots, il l'embrassa avec passion et elle ne se soucia pas une seconde de qui pouvait bien les regarder.

Ils étaient en famille.

BLANCHE

Nouvelle vie pour une infirmière, de Deanne Anders - N°1613

Infirmière de l'air, Katie atterrit sous le soleil de Floride pour y effectuer une mission de deux mois. Son but : laisser derrière elle le traumatisme qu'elle a connu à New York et prendre ensuite un nouveau départ. Mais, alors qu'elle voudrait pouvoir se consacrer entièrement à son métier qu'elle adore, elle est conquise par son nouveau collègue, Dylan, et son adorable petite Violet. Au point qu'elle se demande comment elle aura le courage de les quitter bientôt…

La pédiatre et l'urgentiste, d'Annie Claydon

Entre son travail de pédiatre le jour et son activité de bénévole la nuit, Robbie ne songe pas à l'amour. En fait, elle *veut* être seule ! Alors pourquoi est-elle irrésistiblement attirée par le Dr Joel Mason, le nouvel urgentiste ? Pourquoi se prend-elle à rêver de lui ? Ces questions se font plus vives encore quand Robbie se voit contrainte de collaborer étroitement avec lui…

Une tendre surprise, de Cindy Kirk - N°1614

Mary Karen n'hésite pas longtemps à céder au désir que Travis, perdu de vue depuis des années, lui inspire toujours : il est séduisant, drôle et, comme elle, ne veut pas d'une relation sérieuse. Or, après une nuit incroyable à Las Vegas, Mary Karen découvre avec effarement qu'elle a la bague au doigt. Sous le choc, elle parvient à obtenir de Travis qu'ils annulent ce mariage… avant d'apprendre bientôt qu'elle attend des jumeaux !

Passion à Santa Fe, de Molly Evans

Au bout de quelques semaines d'une brûlante liaison avec le Dr Taylor Jenkins, son patron à l'hôpital, Piper choisit de rompre, certaine que ce don Juan notoire finira par se lasser d'elle. Mais, à sa grande surprise, elle découvre que Taylor n'a nullement l'intention de tourner la page. Au contraire, il semble prêt à tout pour la reconquérir… Par orgueil ou par amour ?

HARLEQUIN

Leur mission : sauver des vies.
Leur destin : trouver l'amour.

HARLEQUIN
www.harlequin.fr

BLANCHE

Amoureuse du play-boy, de Carol Marinelli - N°1615

SÉRIE : ROYAL HOSPITAL - 1/2

Trois ans. Cela fait trois ans que Hugh Linton est chirurgien dans le service où travaille Emily, et trois ans qu'elle lui cache soigneusement les sentiments qu'elle a éprouvés pour lui dès le premier regard, car elle refuse de n'être qu'une conquête de plus pour ce parfait play-boy. Mais tout bascule le jour où Hugh la met au défi de jouer le rôle de sa petite amie...

Le médecin italien, de Carol Marinelli

SÉRIE : ROYAL HOSPITAL - 2/2

Décidément, cette Louise Carter va le rendre fou ! C'est ce que pense Anton Rossi, obstétricien au Royal Hospital, chaque fois que la sage-femme lui adresse la parole. Car, si le comportement de Louise est parfaitement professionnel en salle de travail, elle passe son temps, en dehors, à lui adresser des sourires troublants. Or Anton est résolu à ne pas se laisser distraire par sa charmante collègue...

HARLEQUIN

Leur mission : sauver des vies.
Leur destin : trouver l'amour.

HARLEQUIN
www.harlequin.fr